KB195246

사랑에 대하여

О любви

세계문학전집 461

사랑에 대하여

О любви

안톤 체호프

이항재 옮김

민음사

일러두기

1 이 책에 수록된 19편의 단편 소설은 나우카(Наука) 출판사에서 출간한 「체호프 전집: 전 30권(Полное собрание сочинений и писем в 30 тт)」(모스크바, 1985~1987)을 원전으로 삼아 우리말로 옮겼다.

2 본문의 각주는 모두 옮긴이 주이다.

3 인·지명은 대체로 외래어 표기법을 따랐으나 몇몇 예외를 두었다.

차례

박식한 이웃에게 보내는 편지

블린느이-스예덴느이 마을

친애하는 이웃에게.

막심……(부칭을 잊었사오니 너그럽게 용서해 주십시오!), 이 늙고 어리석은 인간이 졸렬한 글로 넋두리를 하여 당신을 감히 성가시게 하는 것을 용서해 주십시오. 당신이 이 고장에 오셔서 저와 같이 미천한 사람과 이웃이 된 지도 벌써 일 년이 지났지만 저는 아직 당신을 모르며, 당신도 가엾은 덜렁이인 저를 모르십니다. 경애하는 이웃이여, 이 늙은이가 상형 문자 같은 글씨로 당신에게 인사를 드리고, 마음속으로 당신 같은 학자의 손을 잡고, 상트페테르부르크에서 백성들과 농민들, 즉 천한 사람들이 사는 보잘것없는 우리 지방으로 오신 것을 축하드리더라도 용서해 주십시오. 저는 당신과 인사할 기회를 오랫동안 찾고 갈망해 왔습니다. 어떤 의미에서 과학은 우리의 친어머니나 문명과 같은 것이기 때문입니다. 그리고 대중적인 영예의 후광, 월계관, 휘장, 리본, 증명서 등으로 장식된 그 유명한 이름과 칭호가 온 세상, 즉 달 아래 광대한 세계의 방방곡곡에서 우레와 번개처럼 울려 퍼지는 사람들을 진심으로 존경하기 때문입니다. 저는 천문학자, 시인, 형이상학자, 조교수, 화학자 그리고 영리한 사실과 과학의 여러 분야들, 즉 제품과 성과를 통해 당신처럼 과학에 봉사하는 다른 여러 사람들을 열렬히 사랑합니다. 당신은 파이프와 온도계, 유혹적인 그림으로 치장한, 외국 서적이 가득한 서재에 앉아 사색하며 이제껏 많은 책을 출판했다고 들었습니다. 지방의 사제장인 게라심 신부는 자기만의 환상을 가지고 인류의 기원 및 가시적 세계의 다른 현상들에 관한 당신의 생각들과 관념들을 힐난하고 비난했습니다. 또한 당신의 사유 체계와 천체와 운석들로 뒤덮인 사상적 지평에 대해 반대하며 흥분했습니다. 저는 당신의 지적 관념에 대한 게라심 신부의 견해에 동의하지 않습니다. 그건 제가 단 하나의 과학, 즉 가시적 세계와 불가시적 세계의 지하에 매장된, 그중에서도 귀금속, 비금속, 금강석을 파내기 위해 신이 인류에게 주신 과학만을 믿고 살기 때문입니다. 하지만 자연의 본질에 관한 당신의 몇몇 관념들을 이 한낱 미물 같은 늙은이가 감히 반박하더라도 부디 용서해 주십시오. 게라심 신부는, 사람들과 최초의 인간과 노아의 대홍수가 있기 전의 생활에 대해, 그다지 본질적이지 않은 관념들로 서술된 한 저서를 당신이 집필한 것인 양 저에게 알려 주었습니다. 당신은 인간이 긴꼬리원숭이나 유인원 같은 원숭이

종족으로부터 유래했다고 주장하셨습니다. 이 늙은이를 용서해 주시길 바라지만, 저는 이 중요한 문제에 관해 당신에게 동의하는 대신 이의를 제기하고자 합니다. 만일 세상의 지배자이자 숨 쉬는 생물들 가운데 가장 현명한 인간이 어리석고 무식한 원숭이로부터 유래했다면 틀림없이 우리는 꼬리와 기이한 목소리를 가졌을 겁니다. 또 만약 인간이 원숭이에게서 유래했다면 아마 집시들은 우리를 구경꾼들에게 보여 주려고 여러 도시로 끌고 다녔을 테죠. 예컨대 우리는 집시들의 명령에 따라 춤을 추든가, 동물원 철창 안에 앉아서 서로를 구경한 대가로 돈을 냈을 겁니다. 과연 우리 몸이 온통 털로 덮여 있나요? 우리는 원숭이들이 입지 못하는 옷을 입고 있지 않습니까? 매주 화요일에 귀족 단장의 집에서 보는 원숭이의 냄새가 여자에게서 조금이라도 풍긴다면, 정말로 우리가 여자를 경멸하지 않고 사랑할 수 있을까요? 만일 우리 조상들이 원숭이로부터 유래했다면 그들은 기독교도들의 공동묘지에 매장되지 않았을 겁니다. 가령 폴란드 왕국에 살았던 저의 고조부 암브로시는 원숭이처럼 묻히지 않았고, 가톨릭교의 수도원장 이오아킴 쇼스타크 옆에 매장되었습니다. 따뜻한 기후와 과음에 관한 이 수도원장의 수기는 오늘날까지 제 동생 이반(소령)이 보관하고 있습니다. 수도원장은 가톨릭교의 신부를 의미합니다. 무식한 제가 당신의 연구 사업을 방해하고, 멋대로 망령되게 해석하고, 학자들과 문명화된 사람들의 머릿속이 아니라 오히려 뱃속에 있는 저의 어떤 거친 관념들을 당신에게 강요하는 것을 용서해 주십시오. 학자들이 저마다 두뇌 속에서 그

롯된 생각을 할 때면 저는 잠자코 있을 수도, 참을 수도, 당신에게 반대하지 않을 수도 없습니다. 게라심 신부는 달, 즉 사람들이 잠을 자는 어둠과 암흑의 시간에 우리에게 태양을 대신해 주는 달을 당신이 곡해하고, 전등불을 이리저리 옮기며 공상에 잠긴다고 저에게 알려 주었습니다. 당신은 달에 사람들 혹은 어떤 종족들이 산다고 쓰셨습니다. 그것은 결코 있을 수 없는 일입니다. 만일 달에 사람이 산다면 그들은 자신의 집과 비옥한 목장으로 마술과 요술처럼 보이는 저 달빛을 가렸을 테니까요. 게다가 사람들은 비가 없으면 살 수 없는데, 비는 땅으로 떨어지지 달로 올라가지 않습니다. 또 사람들이 달에서 산다면 여기 아래쪽 땅으로 떨어졌을 텐데, 그런 일은 일어난 적이 없습니다. 그리고 불결한 것과 더러운 물 역시 달에서 우리가 사는 대륙으로 떨어져 내리며 사방으로 흩어졌을 겁니다. 만일 달이 밤에만 존재하고 낮에는 사라진다면 당최 사람들이 살 수 있을까요? 정부도 달에서 사는 걸 허가하지 않을 겁니다. 너무 멀리 있는 까닭에, 도달할 수가 없으니, 달에 사는 사람들은 국가에 대한 의무를 매우 쉽게 저버릴 테죠. 당신은 약간 실수를 했습니다. 게라심 신부가 저에게 말한 바와 같이, 당신은 가장 큰 발광체인 태양에 마치 조그만 검은 반점들이라도 있는 양 당신의 현명한 저서에서 언급하셨습니다. 그것은 있을 수 없는 일, 결코 있을 수 없는 일입니다. 보통 사람의 눈으로는 태양을 바라볼 수조차 없는데, 당신은 어떻게 태양의 반점들을 보았나요? 그리고 그 반점들 없이도 살아가는 데에 지장이 없건만 도대체 무엇 때문에 태양에 반점들이 있다고 말씀하시는 겁니까? 태양에 있는 반점들이 타 버리지 않다니, 도대체 저 반점들은 어떤 축축한 물체로 만들어진 겁니까? 당신의 견해대로라면, 태양에는 물고기들도 살고 있을 테죠? 하찮디하찮은 제가 이렇듯 어리석은 재담을 늘어놓는 것을 용서해 주십시오! 저는 과학에 몹시 충실합니다! 19세기의 돛인 돈은 제게 아무런 가치가 없고, 외려 과학이야말로 더 많은 날개를 펼치며 내 눈앞에서 번쩍이는 돈의 광채를 흐리게 합니다. 온갖 발견이 등에 박힌 가시처럼 저를 괴롭힙니다. 비록 저는 무식하고 고루한 지주지만, 어쨌든 이 쓸모없는 늙은이는 과학과 제 두 손으로 이룬 발견들에 종사하고 있습니다. 또 사상과 거대한 지식으로 이 어리석은 머리통과 미개한 두개골을 채우고 있습니다. 어머니인 자연은 읽고 들여다보아야 하는 책입니다. 저는 저의 지혜로 아직 어떤 개혁가도 발명하지 못한 수많은 것들을 발견했습니다. 제 자랑은 아니지만, 저는 부(富)와 사치를 누리며, 노예들과 전기 초인종이 있는 6층 주택을 소유하고 있습니다. 그리고 종종 아이들을 망치는 부모나 후견인의 부를 누리는 대신, 굳은살로 교육받은 사람들의 후예도 아닙니다. 저는, 고대 그리스인들이 걸치던 번쩍번쩍 빛나는 커다란 클라미스 같은 태양이, 부활절 아침 일찍 다양한 색채를 흥미롭고 아름답게 발산하며 신비로운 반짝임으로 경쾌한 인상을 준다는 사실을 제 보잘것없는 지혜로 발견했습니다. 그리고 다른 것도 발견했습니다. 왜 겨울에는 낮이 짧고 밤이 길까요? 또 여름에는 왜 그와 반대일까요? 겨울에 낮이 짧은 까닭은 가시적이고 불가시적인 다른 모든 것들과 마찬가지로 추위 탓에 쪼그라들고 해 또한 일찍 저물기 때문입니다. 한편 밤은 등잔과 등불 덕에 열을 얻어서 팽창하는 겁니다. 그다음에 저는 개들이 봄에 양들과 마찬가지로 풀을 먹는다는 점을 발견했고, 커피가 다혈질인 사람에게 해로울 뿐 아니라 현기증을 일으키고 눈을 침침하게 만든다는 것을 발견했습니다. 비록 증명서와 면허증을 가지고 있지는 않지만 저는 이 밖에도 많은 것들을 발견했습니다. 친애하는 이웃이여, 꼭 저에게 들러 주십시오. 함께 새로운 뭔가를 발견하고 책을 집필하도록 하십시다. 그리고 이교도인 저에게 여러 가지 계산법도 가르쳐 주십시오.

저는 최근에 어떤 프랑스 학자의 책에서, 흔히 학자들이 생각하듯 사자의 낯짝이 사람의 얼굴과 전혀 비슷하지 않다는 글을 읽었습니다. 이에 관해서도 얘기를 해 보십시다. 부디 저에게 와 주십시오. 내일이라도 방문해 주십시오. 우리는 지금 기름기 없는 음식을 먹고 있습니다만 당신을 위해 기름진 음식을 준비하겠습니다. 저의 딸 나타셴카가, 지적 성장에 도움이 되는 책을 한 권 가져다 달라고 당신에게 부탁했습니다. 그애는 이른바 여성 해방주의자인데, 사람들은 죄다 바보이고 오직 자기만이 현명하다고 생각합니다. 당신에게 말씀드리지만, 요즘 젊은이들은 자신을 드러내길 좋아한답니다. 하느님이 그들에게 은혜를 베푸시길! 일주일 뒤에 제 동생 이반(소령)이 올 겁니다. 사람은 좋아요. 그런데 우리끼리 얘기지만 병사 출신 장교여서 과학을 좋아하지 않습니다. 저의 창고 관리인 트로핌이 저녁 8시 정각에 이 편지를 당신에게 가져다 드릴 겁니다. 만일 이 편지가 조금이라도 늦게 도착하면 교수님의 방식대로 그의 뺨을 때리십시오. 이런 족속에게는 예절을 차릴 필요가 없습니다. 만에 하나 편지가 늦게 배달된다면 이 망할 놈이 선술집에 들렀다가 나온 것일 테죠. 이웃에게 들르는 관습은 우리가 고안해 낸 것이 아니고, 우리에 의해 끝나지도 않을 겁니다. 그러니 타자기와 책을 가지고 꼭 방문해 주십시오. 저역시 당신을 뵙고 싶지만 부끄러움을 많이 타서 도무지 찾아갈 용기가 나지 않습니다. 쓸모없는 제가 걱정을 끼쳐 드렸음을 용서해 주십시오.

언제나 당신을 존경하는 돈스코예 부대의 귀족 출신 퇴역 하사관이자 당신의 이웃,

바실리 세미-불라토프 드림.

(1880)

물음표와 느낌표로 이어지는 인생

어린 시절. 신이 뭘 주셨어, 아들이야 딸이야? 곧 세례를 받아야지? 튼실한 녀석이야! 떨어뜨리지 마, 유모! 아, 아! 넘어졌네! 이가 나왔어? 임파선이 부었나? 아이한테서 고양이를 떼어 놔, 안 그러면 아이가 고양이 발톱에 긁힐 테니까! 삼촌 수염을 잡아당겨! 그렇게! 울지 마! 호랑이가 온다! 아이가 벌써 걸음마를 하네! 여기서 아이를 데려가, 버릇이 없어! 이 애가 당신에게 무슨 짓을 한 거야! 프록코트가 엉망이 됐네! 아, 괜찮아, 말리면 돼! 애가 잉크병을 엎었어! 자거라, 이 통통한 녀석아! 아이가 벌써 말을 해요! 아, 너무 기뻐! 자, 뭐라고 말해 봐! 하마터면 마차에 치일 뻔했어요! 유모를 쫓아내! 틈새 바람을 맞고 서 있지 마! 어린애를 때리다니 부끄럽지 않아? 울지 마! 아이에게 당밀 과자를 줘요!

소년 소녀 시절. 이리 와, 혼내 줄 테다! 어디서 코가 깨진 거야? 엄마 속 좀 썩이지 마라! 넌 애가 아니야! 식탁에 다가가지 마, 넌 나중에 먹어! 책 좀 읽어라! 모르겠니? 구석으로 가 있어! 낙제점을 받다니! 주머니에 못을 넣지 마! 왜 넌 엄마 말을 안 듣니? 많이 먹어! 콧구멍 쑤시지 마! 네가 미챠를 때렸니? 망나니 같은 녀석! 엄마에게 크릴로프의 우화 좀 읽어 줘! 복수 주격이 어떻게 되지? 더하고 빼 봐! 교실 밖으로 나가! 저녁은 없어! 이제 잘 시간이야! 벌써 9시야! 얘는 손님들 앞에서만 장난을 친답니다! 거짓말! 머리를 빗어! 이제 식탁에서 일어나! 자, 점수를 보여 줘! 벌써 부츠가 찢어졌다고? 다 큰 애가 울부짖는 게 부끄럽지도 않니! 또 교복을 더럽혔어? 너에게 돈이 한없이 들어가는구나! 또 낙제점이냐? 언제쯤에나 매를 맞지 않아도 말을 듣겠니? 담배 피우면 집에서 내쫓을 거야! 이 형용사의 최상급이 뭐지? 거짓말! 이 포도주는 누가 다 마셨어? 얘들아, 마당에 원숭이를 끌고 왔다! 왜 우리 아들이 2학년에 유급했죠? 할머니가 오셨다!

청년 시절. 아직은 보드카 마시기엔 일러! 시간의 연속성에 대해 말해 보거라! 젊은이, 너무 서두르지 마! 당신 나이 때 나는 아무것도 몰랐어! 자네는 아직도 아버지 앞에서 담배 피우는 걸 겁내나? 아, 얼마나 부끄러운지! 니노치카가 너한테 안부 전해 달래! 율리우스 카이사르에 대해 공부하자! 이게 접속사야? 아, 귀여운 사람! 도련님, 그만두세요, 그러지 않으면 난…… 아버님에게 말하겠어요! 이, 이…… 교활한 놈! 브라보, 콧수염이 나기 시작했어! 어디에? 그 수염은 네가 그린 거지 자란 게 아니잖아! 나디아의 턱은 매혹적이야! 지금 몇 학년이지? 아빠, 아시겠지만, 저는 한 번도 용돈을 받아 본 적이 없어요! 나타냐? 알지! 나는 그녀 집에 갔었어! 그럼 그게 너였어? 에이, 소심한 사람! 담배나 피우자! 아, 내가 얼마나 그녀를 사랑하는지 너는 모를 거야! 그녀는 신이야! 김나지움을 졸업하면 그녀와 결혼할 거야! 엄마와는 상관없는 일이에요! 제 시를 당신에게 바칩니다! 담배 끊어! 나는 세 잔만 마셔도 취해! 앙코르! 앙코르! 브라보! 정말 너는 아직도 바이런을 읽지 않았니? 코사인이 아니고 사인이야! 탄젠트는 뭐지? 소냐는 다리가 못생겼어! 키스해도 될까? 마시고 취할까? 만세, 졸업이다! 내 앞으로 달아 둬요! 25루블만 빌려줘요! 아버지, 저 결혼하겠어요. 하지만 저는 약속했어요! 너 어디서 밤을 보냈니?

스물에서 서른 살. 100루블만 빌려줘요! 무슨 학부라고? 저에겐 다 마찬가지예요! 강의료가 얼마냐? 싸구나, 그래도! 특급 열차 왕복표를 끊어 주세요! 앙코르, 앙코르! 내가 너에게 얼마 빚졌지? 내일 오세요! 오늘 극장에서 뭘 공연하지? 아, 내가 당신을 얼마나 사랑하는지 당신은 몰라요! 좋다는 거야, 싫다는 거야? 좋다고? 오, 내 사랑! 목에 키스하게 해 주오! 웨이터! 셰리주를 마시겠어요? 마리야, 오이절임 좀 줘! 편집장님 집에 계신가? 저한테 재능이 없다고요? 이상하군요! 뭘 하며 살아야 하나? 5루블만 빌려줘! 살롱으로 가자! 여러분, 날이 밝았어요! 나는 그녀를 버렸어! 연미복 좀 빌려줘! 노란 당구공을 구석으로 처넣어! 나는 벌써 취했어! 의사 선생님, 저 죽을 것 같아요! 약을 사게 돈 좀 빌려줘! 하마터면 죽을 뻔했어! 내가 말랐어? 상사병에 걸린 거야? 그럴 만도 하지! 일하게 해 줘요! 제발! 음…… 당신은 게으름뱅이야! 이렇게 늘어도 되는 거야? 문제는 돈이 아니야! 아니, 문제는 돈이야! 총으로 자살할 거야! 확실히! 빌어먹을 놈, 뒈져 버려라! 잘 있어라, 개 같은 인생아! 하지만…… 안 돼! 너, 리자지? 엄마, 제 인생은 이미 끝났어요! 저는 이미 다 살았어요! 삼촌, 자리 하나 주세요! 숙모, 마차가 준비됐어요! 삼촌, 고마워요! 삼촌, 정말 제가 변했나요? 또 싸웠어? 하하! 이 종이를 다 채우도록 해! 결혼은? 절대 안 해요! 그녀는 — 아아! — 유부녀예요! 각하! 세료자, 날 자네 할머니에게 소개시켜 줘! 아가씨, 당신은 매혹적이십니다! 늙었다고요? 그만하세요! 칭찬에 몸 둘 바를 모르겠습니다! 두 번째 줄 좌석을 부탁해요!

서른에서 쉰 살. 실패했다고! 빈자리가 있을까? 최악의 패만 나오는군! 삼팔따라지야! 사장님, 카드를 돌리시죠! 의사 선생, 당신 끔찍하군. 내가 지방간이라고! 말도 안 돼! 의사들은 돈을 너무 많이 받아! 그녀의 지참금은 얼마나 돼? 지금은 사랑하지 않더라도 세월이 흐르면 사랑하게 될 거야! 합법적인 결혼, 축하해! 여보, 난 카드놀이를 포기할 수 없어! 위염이라고? 아들이야, 딸이야? 아버지를 쏙 빼닮았군! 히히히…… 모르겠습니다! 여보, 노름판에서 돈 땄어! 제기랄, 다시 돈을

물음표와 느낌표로 이어지는 인생   17

잃었어! 아들이야, 딸이야? 아버지를…… 닮았어! 맹세코 나는 그 여자를 몰라! 질투 좀 그만둬! 파니, 가자! 팔찌를 갖고 싶어? 샴페인을 줘! 승진을 축하해요! 고마워! 살을 빼려면 무엇을 해야 할까? 내가 벌써 대머리야? 장모님, 들볶지 마세요! 손주야, 손녀야? 카롤리헨, 난 취했어! 너에게 키스하게 해 줘! 저 악당 같은 놈이 또 아내 곁에 나타났어! 아이들은 몇 명이죠? 가난한 사람을 도와주세요! 따님이 정말 사랑스럽군요! 제기랄, 신문에 다 났어! 이리 와, 혼쭐을 내 줄 테다, 나쁜 놈 같으니라고! 네가 내 가발을 엉망으로 만들어 놓았니?

노년기. 물 뜨러 가자! 딸아, 그에게 시집가거라! 바보라고? 충분해! 춤은 못 추지만 다리는 매혹적이군! 100루블 주면…… 키스해도 돼? 이런 개구쟁이! 허허허! 아가씨, 백합 한 송이 줄까? 아들아, 넌…… 예의가 없구나! 젊은이, 인사불성이 되었군! 랄랄라! 나는 음악이 좋아! 샤…… 샴페인을 줘! 풍자 잡지를 읽고 있나? 손자들에게 줄 사탕을 가져왔어! 내 아들은 훌륭하지만 내가 훨씬 나았지! 그때 넌 어디에 있었니? 에마야, 내가 유언장에서 너를 잊었구나! 아니, 내가 이렇게 되다니! 오오, 죽을 때가 됐어! 수종이라고? 정말이야? 천국에 가길! 친척들이 울던가? 그들도 곧 죽게 될 거야! 그에게서 시체 냄새가 나는걸! 성실한 사람이었어, 고이 잠드시길!

(1882)

그와 그녀

그들은 여기저기 돌아다닌다. 파리에서만 몇 달을 머물렀고 베를린, 빈, 나폴리, 마드리드, 페테르부르크 같은 다른 수도에서는 잠시 머물렀다. 파리는 집처럼 편안했다. 그들에게 파리는 수도이자 대저택이었다. 하지만 나머지 유럽은 그랜드호텔의 창문에 내려진 블라인드를 통해서 볼 수 있는, 혹은 무대의 전경에서나 볼 수 있는 따분하고 무의미한 시골이었다. 그리 많은 나이가 아님에도 그들은 이미 모든 유럽의 수도를 두세 번씩 방문했다. 그들은 이미 유럽에 싫증이 났고 이제 아메리카 여행에 대해 말하기 시작했다. 그녀의 목소리가 남과 북아메리카에 들려줄 만큼 훌륭하지 않다는 사실을 알아차릴 때까지 그들은 계속 말할 것이다.

그들을 만나 보기는 어렵다. 어둑한 저녁이나 밤에 마차를 타고 다니므로 거리에서는 그들을 찾아볼 수 없다. 그들은 점심때까지 잠을 자고, 언짢은 채로 일어나서 아무도 만나지 않는다. 그들은 이따금 일정하지 않은 시간에 무대 뒤에서, 또는 저녁 식사를 하면서 사람들을 만난다.

시중에서 판매되는 포토 카드에서 그녀를 볼 수 있다. 포토 카드 속의 그녀는 미인이지만 사실 그녀는 결코 미인이 아니다. 포토 카드 속의 그녀를 믿지 마시라. 오히려 그녀는 못생긴 축에 가깝다. 대부분의 사람들은 무대를 바라보면서 그녀를 본다. 하지만 무대에서는 그녀를 알아보기가 힘들다. 분가루, 연지, 마스카라, 남의 머리카락이 마치 가면처럼 그녀의 얼굴을 가린다. 연주회에서도 마찬가지다.

마르가리타를 연기할 때, 주름진 얼굴에 주근깨가 내려앉은 코를 가진, 동작이 굼뜬 스물일곱 살의 그녀는 날씬하고 아름다운 열일곱 살의 처녀처럼 보인다. 무대에서 그녀는 그녀 자신과 전혀 다른 존재다.

그들을 보고 싶다면, 그녀에게 제공되는 만찬 자리에 참석할 수 있는 자격을 얻어야 한다. 이따금 한 수도에서 다른 수도로 떠나기 전에, 그녀가 직접 만찬을 베풀기도 한다. 얼핏 보기에도 선별된 일부 사람들만이 이 자격을 수월하게 얻을 수 있고, 그 식탁에 앉을 수 있다. 비평가들, 교활한 사람들, 자신을 비평가로 사칭하는 사람들, 본토 가수들, 지휘자들, 악장들, 예술 애호가들과 반들반들한 대머리의 평론가들, 연극을 자주 보러 오는 단골손님들, 황금과 은과 혈연 덕분에 식객이 된 사람들이 바로 선택받은 자들에 속한다. 이 만찬은 따분하기는커녕, 관찰자의 눈에는 흥미롭기까지 하다……. 두 어 번 정도는 식사할 만한 가치가 있다.

유명인들(식사하는 사람들 중에 유명인이 많다.)은 식사를 하며 말을 한다. 그들의 자세는 자유롭다. 목을 한쪽으로 기울이고 머리는 다른 쪽으로 기울이며, 한쪽 팔꿈치를 식탁 위에 기대고 있다. 노인들은 이를 쑤시기도 한다.

신문 기자들은 그녀와 가장 가까운 의자를 차지한다. 대부분 거의 술에 취해 있고, 마치 그녀와 100년은 알고 지낸 듯이 허물없이 행동한다. 더 취하면 더욱 친밀하게 행동할지도 모른다. 그들은 큰 소리로 농담하고, 술을 마시고, 서로의 말을 가로채고(게다가 '파르동!'이라고 말하는 걸 잊지 않는다.) 공허한 건배사를 읊고, 웃음거리가 되기를 두려워하지 않는 것 같다. 어떤 사람들은 신사답게 식탁 모서리를 타고 넘어가서 그녀의 손에 키스한다.

스스로 비평가라고 사칭하는 사람들은 예술 애호가나 평론가에게 훈계하듯이 이야기를 한다. 예술 애호가들과 평론가들은 입을 다문다. 그들은 신문 기자들을 부러워하며 행복한 미소를 띤 채 만찬에 나오는 고급 적포도주만을 마신다.

만찬 자리의 여왕인 그녀는 수수하지만 매우 값비싼 옷을 입고 있다. 레이스 주름 장식 밑으로 목에 건 큼직한 보석이 언뜻 보인다. 두 손목에는 묵직하고 매끈한 팔찌를 차고 있다. 머리 모양이 상당히 이상야릇한데, 부인들은 흡족해하지만 남자들은 썩 좋아하지 않는다. 그녀는 빛나는 얼굴로 식사를 하는 일행에게 환한 미소를 보낸다. 그녀는 단번에 모두에게 미소 지을 수 있고, 또 단번에 모두와 말을 나눌 수 있으며, 상냥하게 고개를 끄덕일 수도 있다. 그녀는 식사하는 모두에게 고개를 끄덕인다. 그녀의 얼굴을 바라보라. 그녀 주위엔 친구들만이 둘러앉았고, 그녀는 친구들에게 우정 어린 호의를 품은 듯 보인다. 식사가 끝날 무렵, 그녀는 몇몇 사람에게 자신의 포토 카드를 선물한다. 그리고 식탁에서 바로 포토 카드를 받은 행운아의 성명을 사진 뒷면에 적은 뒤 자필 사인을 해 준다. 물론 그녀는 프랑스어를 구사하지만 식사 말미엔 다른 언어로 이야기를 한다. 그녀는 영어와 독일어를 우스꽝스러울 만큼 엉터리로 말한다. 하지만 서툰 솜씨로 말하는 그녀의 모습은 사랑스럽다. 대체로 그 모습이 몹시 사랑스러우므로 당신은 그녀가 못생겼음을 한동안 잊게 된다.

그럼 그는 누구인가? 그녀의 남편인 그는 그녀로부터 의자 다섯 개만큼 떨어진 자리에 앉아서 진탕 마시고, 많이 먹고, 오래 침묵하고, 빵 조각으로 만든 작은 공을 굴리고, 병에 붙은 라벨을 읽는다. 그의 모습을 바라보노라면 그는 할 일이 없어서 따분해하고 게으르며 지겨워하는 것 같다…….

그는 금발인데, 머리에 작은 길이 나 있는 듯 머리칼이 듬성듬성 빠져 있다. 여자들, 포도주, 불면의 밤들, 세상 편력이 그의 얼굴에 밭고랑처럼 깊은 주름을 남겼다. 나이는 서른다섯이 넘지 않았음에도 얼핏 제 나이보다 늙어 보인다. 얼굴은 마치 크바스[1]에 흠뻑 적신 것 같다. 시력은 좋지만 게으르

---

1) 발트해 연안 국가에서 호밀과 보리를 발효시켜 만드는 저알코올 음료.

다……. 추남은 아니었는데 지금은 추하다. 다리는 굽었고 손은 흙색이며 목에는 털이 많다. 굽은 다리와 유난히 이상한 걸음걸이 때문에 왠지 유럽에서는 '유아차'라고 놀림을 받는다. 연미복을 입은 그의 모습은 마른 꼬리가 달린 젖은 갈까마귀 같다. 식사하는 사람들은 그의 존재를 알아채지 못한다. 그 역시 식사하는 사람들을 모른 체한다.

만찬 자리에 가서 이 부부를 관찰하거든 무엇이 이 두 사람을 연결해 주었고, 연결하고 있는지 내게 말해 달라.

그들을 바라보며 당신은 (물론, 대체로) 이렇게 대답할 것이다.

그녀는 유명한 가수이고, 그는 유명한 가수의 남편일 뿐이다. 아니, 더 은밀하게 표현하자면 그는 자기 아내의 남편인 것이다. 그녀는 러시아 돈으로 일 년에 8만 루블을 벌어들인다. 그는 아무것도 하지 않고, 그녀의 하인으로서 시간을 보낸다. 그녀는 자기 대신에 출납을 담당하고, 극단주를 상대하면서 계약과 협약을 도맡아 줄 사람이 필요하다. 그녀는 손뼉을 치는 관중에게만 신경 쓸 뿐, 출납이나 자기 활동의 현실적 측면엔 아예 관심이 없다. 따라서 그녀에게는 아첨꾼이나 하인으로서의 그가 필요하다……. 그녀 스스로가 일을 잘 처리할 수 있었다면 벌써 그를 쫓아냈을 것이다. 그는 상당한 봉급을 받으면서(그녀는 돈의 가치를 모른다!) 틀림없이 하녀들과 함께 그녀의 돈을 훔치고, 물 쓰듯이 낭비하면서 심지어 만일의 경우를 대비해 돈을 숨겨 두었을 터다. 그리고 싱싱한 사과 속으로 기어 들어간 벌레처럼 자신의 처지에 만족한다. 그녀에게 돈이 없었다면 그는 그녀를 떠났을 것이다.

만찬 중에 그들을 본 사람들은 모두 그렇게 생각하고 말한다. 사람들은 사건의 진상을 꿰뚫어 보지 못하고 겉모습으로만 판단하기 때문에 그렇게 생각하고 말하는 것이다. 사람들은 프리마돈나를 보듯이 그녀를 우러르고, 개구리 점액을 뒤집어쓴 망나니를 꺼리듯이 그를 피한다. 하지만 유럽의 프리마돈나는 누구나 부러워할 법한 이 새끼 개구리와 아주 고상한 관계를 맺고 있다.

그는 이렇게 쓰고 있다.

"사람들은 내게 왜 이 심술궂은 여자를 사랑하느냐고 묻는다. 사실 그녀는 사랑할 가치도, 미워할 가치도 없는 여자다. 관심을 돌리기보다 존재 자체를 무시하는 편이 마땅하리라. 그녀를 사랑하려면 오롯이 내가 되거나 미쳐야 하는데, 솔직히 둘 다 마찬가지다.

그녀는 아름답지 않다. 내가 그녀와 결혼했을 때 그녀는 못생겼었다. 지금은 더 꼴불견이다. 그녀는 이마가 없다. 눈 위엔 눈썹 대신, 잘 보이지 않는 줄 두 개가 그어져 있다. 그리고 눈 대신에 두 개의 얕은 틈새가 있다. 이 틈 사이에선 아무것도 빛나지 않는다. 지혜도, 소망도, 열정도 빛나지 않는다. 코는 감자 같고, 입은 작고 예쁘지만 치아는 끔찍하다. 가슴과 허리가 없다는 그녀의 마지막 결함은, 코르셋을 초자연적으로 교묘하게 꽉 졸라매는 비범한 능력을 통해 극복되었다. 그녀는 키가 작고 뚱뚱한 데다, 비만으로 인해 피부가 축 늘어졌다. 그리고 내가 생각하기에 그녀의 몸엔 유독 중대한 결함이 하나 있는데, 그건 바로 여성성이 전혀 없다는 점이다. 나는 창백한 피부와 무기력한 근육을 여성성이라고 생각하지 않는다. 이 점에서 나의 관점은 대개의 사람들과 다르다. 그녀는 숙녀나 지주이기보다 거칠게 행동하는 구멍가게 주인이다. 그녀는 걸어 다니면서 두 손을 터덜거리고, 앉을 때 다리를 꼬고, 온몸을 앞뒤로 흔들어 대고, 다리를 들어 올리고 눕는다…….

그녀는 단정하지 못하다. 이 점에서 그녀의 여행 가방은 특징적이다. 여행 가방 속에는 깨끗한 속옷과 더러운 속옷이 한데 뒤섞여 있다. 또 커프스와 슬리퍼와 내 부츠, 새 코르셋과 망가진 코르셋이 뒤엉켜 있다. 우리의 호텔 방은 항상 더럽고 어수선해서 절대 아무도 들이지 않는다……. 아, 어떻게 말을 해야 할까? 한낮에 일어나 이불 밑에서 게으르게 기어 나오는 그녀를 보라. 당신은 그녀가 꾀꼬리 목소리를 가진 가수임을 알아보지 못할 것이다. 빗질하지 않은 헝클어진 머리카락, 잠에 취해 부어터진 눈, 사시에 맨발, 어깨에 구멍이 난 잠옷을 입고 어제의 담배 연기 속에 있는 그녀가 꾀꼬리로 보이는가?

그녀는 술을 마신다. 그녀는 술을 마시고 싶을 때, 무엇이든 마시고 싶은 대로 경기병(輕騎兵)처럼 마신다. 그녀는 이미 오래전부터 술을 마셔 왔다. 만일 그녀가 술을 마시지 않았다면 아델리나 파티[2]보다 훌륭하거나, 적어도 파티에 못지않았으리라. 그녀는 경력의 절반을 술로 탕진했고, 앞으로 남은 절반도 아주 빠르게 술로 탕진할 것이다. 몹쓸 독일인들이 그녀에게 맥주 마시는 방법을 가르쳐 주었다. 이제 그녀는 자기 전에 술

---

2) Adelina Patti(1843~1919). 이탈리아의 오페라 가수.

을 두세 병 정도 마시지 않으면 잠들지 못한다. 술을 마시지 않았다면 위염도 앓지 않았을 터다.

대학교의 음악회에 그녀를 초청한 학생들의 증언에 따르면 그녀는 무례하다.

그녀는 광고를 좋아한다. 우리는 광고를 내는 데에 매년 수천 프랑을 쓴다. 나는 진심으로 광고를 경멸한다. 이 어리석은 광고가 아무리 비싸더라도 그녀의 목소리보다는 항상 저렴할 것이다. 아내는 사람들이 자신의 결점을 관대히 봐주는 걸 좋아하지만, 진실을 들려주는 건 싫어한다. 그녀는 매수되지 않은 정직한 비평보다 돈에 팔린 유다의 입맞춤을 더 선호한다. 그녀는 자신의 가치를 전혀 알지 못한다!

그녀는 영리하지만 그리 지혜롭지는 않다. 그녀의 두뇌는 이미 오래전에 탄력을 잃고, 지방에 뒤덮인 채 잠들어 있다.

변덕스럽고 쉽게 동요하는 그녀에게 확고한 신념 따윈 없다. 어제 그녀는 돈이란 무의미하고, 문제는 돈이 아니라고 말했다. 그럼에도, 오늘 무려 네 곳에서나 음악회를 개최한다. 이 세상에서 돈보다 소중한 것은 없다고 확신하기 때문이다. 내일 그녀는 어제 말했던 것을 되풀이하리라. 그녀는 조국에 대해 알고 싶어 하지 않는다. 그녀에겐 정치적 영웅도, 애독하는 신문도, 좋아하는 작가도 없다.

그녀는 부유하지만 가난한 사람들을 돕지 않는다. 그뿐만 아니라 종종 여성용 모자 장인들과 미용사들에게 돈을 다 지불하지 않는다. 그녀에겐 연민이라는 감정이 없다.

그녀는 완전히 타락했다!

5월의 노을을 반기는 꾀꼬리들, 종달새들과 경쟁하기 위해 그녀가 얼굴에 덕지덕지 화장을 하고, 머리를 곱게 빗고, 코르셋으로 허리를 꽉 조인 채 각광(脚光) 쪽으로 다가갈 때 이 심술궂은 여자를 바라보라. 걸음걸이가 얼마나 품위 있고 매혹적인지! 당신에게 간청하건대, 주목하고 눈여겨보라. 그녀가 처음으로 한 손을 들어 올리고 입을 열 때, 그녀의 찢어진 작은 눈은 커다랗게 부풀며 광채와 열정으로 가득 차오른다. 당신은 다른 어느 곳에서도 이토록 아름다운 눈을 보지 못하리라. 내 아내인 그녀가 노래를 부르기 시작할 때, 최초의 전음(顫音)이 공중에 울려 퍼질 때, 이 신비한 소리의 영향으로 내 심란한 영혼이 고요해지는 순간을 느끼는 내 얼굴을 바라보라. 그러면 당신은 내 사랑의 비밀을 알게 될 것이다.

　'정말 아름답지 않은가요?' 그때 나는 옆 사람에게 이렇게 묻는다.

　그들은 '아름답다'고 대답하지만, 이 말로는 부족하다. 이 비범한 여자가 내 아내가 아닐지도 모른다고 생각하는 사람을 없애 버리고 싶을 정도다. 나는 이전에 있었던 모든 것을 잊고, 현재만을 산다.

　그녀가 얼마나 훌륭한 배우인지 보라! 그녀의 동작 하나하나에 얼마나 깊은 의미가 숨어 있던가! 그녀는 모든 것을 이해하고 있다. 사랑도 미움도 인간의 영혼도…… 관중의 박수로 극장이 들썩이는 데는 다 이유가 있다.

　마지막 막이 끝나면 나는 극장에서 그녀를 데리고 나온다. 진이 다 빠지고 창백해진 그녀는 하루 저녁에 전 생애를 경험한 듯하다. 나도 파리하고 피로하다. 우리는 마차를 타고 호텔로 향한다. 호텔에 당도한 그녀는 입을 다물고 옷도 벗지 않은 채 침대 위로 쓰러진다. 나는 말없이 침대맡에 앉아서 그녀의 팔에 입을 맞춘다. 오늘 저녁 그녀는 나를 쫓아내지 않는다. 그 대신 우리는 잠에 빠지고, 아침까지 자고, 서로를 쫓아내기 위해 잠에서 깬다…….

당신은 또 언제 내가 그녀를 사랑하는지 아는가? 그녀가 무도회나 만찬 자리에 참석할 때 나는 그녀를 사랑한다. 실제로 그럴 수 있는 듯, 그녀는 자신의 본성을 이겨 내고 극복하기 위해 훌륭한 배우가 되어야 한다……. 나는 이 어리석은 만찬 자리에서 평소의 그녀를 알아보지 못한다……. 그녀는 털이 뽑힌 오리에서 공작새가 된다…….”

이 편지는 술에 취해 거의 알아볼 수 없는 필체로 쓰였다. 또 이 편지는 틀린 맞춤법의 독일어로 얼룩져 있다.

여기 그녀가 쓴 편지가 있다.

“당신은 왜 이런 남자를 사랑하느냐고 내게 묻는다. 그렇다, 이따금…… 그 이유는 신만이 안다.

사실 그는 못생긴 데다 인상도 나쁘다. 그와 같은 사람들은 서로 사랑할 권리를 발휘하기 위해 태어나지 않는다. 그들에게 사랑은 돈을 주고 사는 것일 뿐, 공짜가 아니다. 스스로 판단해 보라.

그는 구두장이처럼 밤낮으로 취해 있고, 아주 볼썽사납게 손을 떤다. 술에 취했을 때 그는 침을 뱉고 주먹질을 한다. 그는 나를 때리기도 한다. 정신이 멀쩡할 때는 아무 데나 누워서 아무 말도 하지 않는다.

옷을 살 돈이 있음에도 그는 항상 누더기를 걸치고 있다. 내가 버는 돈의 절반은 그의 손을 거쳐 어딘가 알 수 없는 곳으로 사라진다.

나는 절대 그를 통제하지 않을 것이다. 불행한 기혼 여성 배우들에게 출납원은 매우 비싼 존재다. 남편들은 준(準)출납원으로서 일을 하고, 그 대가로 봉급을 받는다.

그는 여자들을 위해 돈을 낭비하지 않는다. 나는 그 점을 알고 있다. 그는 여자들을 경멸한다.

그는 게으르다. 나는 지금껏 그가 무슨 일이든 하는 모습을 본 적이 없다. 그는 마시고 먹고 잘 따름이다.

그는 무슨 학교에서든 제대로 학업을 마치지 못했다. 그는 버릇없는 행동으로 대학교 1학년 때 퇴학을 당했다.

그는 귀족이 아니고, 무엇보다 끔찍하게도 독일인이다.

나는 독일인을 싫어한다. 독일인 100명 중 99명은 바보고, 딱 한 명만이 천재다. 예컨대 나는 프랑스계 독일인 왕자에게서 그 하나뿐인 천재성을 알아보았다.

그는 역겨운 냄새가 나는 담배를 피운다.

하지만 그에게도 좋은 면이 있다. 그는 나보다 나의 고상한 예술을 더 좋아한다. 연극이 시작되기 전, 내가 병이 나서 노래를 부를 수 없다고 공지하면(즉, 내가 변덕을 부린 것이다.) 그는 죽은 듯이 걸어 다니며 주먹을 쥔다.

그는 겁쟁이가 아니며 사람들을 무서워하지 않는다. 나는 그의 이런 점을 무엇보다 좋아한다. 내 인생에서 일어난 사소한 에피소드 중 하나를 말하겠다. 내가 음악원을 졸업하고 일 년이 지난 뒤 파리에 있을 때의 일이다. 그 시절, 아주 젊었던 나는 술을 배웠다. 젊고 힘이 넘치는 만큼 나는 매일 저녁 술 자리를 호화롭게 즐겼다. 물론 무리 지어 다니는 사람들 사이에서도 호사를 누렸다. 내가 한 주연(酒宴)에서 나를 숭배하는 유명 인사들과 술잔을 부딪칠 때, 그다지 잘생기지 않은 낯선 풋내기 하나가 테이블로 다가와서 내 눈을 똑바로 쳐다보며 물었다.

'왜 술을 마시죠?'

우리는 큰 소리로 웃기 시작했다. 그 풋내기는 당황하지 않았다.

더 대담한 두 번째 질문이 그의 마음속에서 터져 나왔다.

'왜 웃죠? 지금 당신에게 술을 먹이는 이 무뢰한들은 술 때문에 당신의 목소리가 망가지고 빈털터리가 되면 당신에게 돈 한 푼 주지 않을 겁니다!'

이 무슨 대담한 행동이라는 말인가? 내 일행이 와자지껄 떠들어 대기 시작했다. 나는 그 풋내기를 내 옆에 앉히고, 그에게 술을 주라고 했다. 금주(禁酒)를 옹호하던 풋내기는 술을 잘 마셨다. 그런데 내가 그를 풋내기라고 부른 까닭은, 그의 콧수염이 아주 작았기 때문이다. 그의 대담함에 나는 결혼으로 화답했다.

그는 더욱 말수가 줄어들었다. 그는 자주 한 단어를 말하곤한다. 그는 가슴에서 뿜어져 나오는 목소리로 목을 떨고 얼굴에 경련을 일으키며 이 단어를 말한다. 만찬 자리나 무도회에 참석했을 때 그는 사람들 사이에 앉아서 그 말을 한다……. 누군가(그게 누구일지라도) 거짓말을 하면 그는 머리를 쳐들고 우렁찬 목소리로 아무것도 바라보지 않은 채 침착하게 말한다.

'거짓말!'

이건 그가 좋아하는 단어다. 과연 어떤 여자가 눈을 반짝이며 이 단어를 말하는 사람에게 맞서겠는가? 나는 이 단어를 좋아하고, 그의 빛나는 눈도 얼굴의 경련도 좋아한다. 아무나 이런 멋지고 담대한 단어를 말할 수 있는 건 아니다. 내 남편은 언제, 어디서나 이 단어를 말한다. 나는 그를 '이따금' 사랑한다. 여기서 '이따금'이란 이 멋진 단어를 말하는 때와 일치한다. 하지만 내가 무엇 때문에 그를 사랑하는지는 오직 신만이 안다. 나는 엉터리 심리학자다. 이런 경우에 대개 사람들은 심리적 문제를 건드릴 것 같다……"

이 편지는 프랑스어로, 아름답고 거의 남성적인 필체로 쓰였다. 이 편지에서 당신은 문법적 오류를 하나도 발견하지 못할 것이다.

(1882)

뚱뚱이와 홀쭉이

 니콜라옙스카야 기차역에서 두 친구가 우연히 만났다. 한 사람은 뚱뚱하고 다른 한 사람은 홀쭉하다. 뚱뚱이는 기차역에서 방금 식사를 했으므로 기름 묻은 입술이 잘 익은 버찌처럼 반들거렸다. 그에게선 셰리주와 오렌지꽃 향기가 풍겼다. 방금 객실에서 나온 홀쭉이는 트렁크와 봇짐, 마분지 상자를 짊어지고 있었다. 그에게서는 햄과 커피 찌꺼기 냄새가 났다. 그의 등 뒤에서 깡마른 몸에 턱이 긴 여자, 즉 그의 아내가 얼굴을 내밀고 있다. 키가 큰, 김나지움 학생인 그의 아들도 눈을 가늘게 뜨고 얼굴을 내밀고 있다.

 "포르피리!" 홀쭉이를 보고 뚱뚱이가 외쳤다. "이게 누군가? 친구, 정말 오랜만이야!"

 "이게 누구야!" 홀쭉이가 깜짝 놀랐다. "미샤! 내 어린 시절

32

친구! 어디서 갑자기 나타났나?"

두 친구는 세 차례 입맞춤을 하고 나서 눈물이 글썽한 눈으로 서로를 바라보았다. 둘 다 기쁜 나머지 어리벙벙했다.

"친구!" 입맞춤을 하고 나서 홀쭉이가 말했다. "이렇게 만나리라고는 생각도 못 했네! 정말 뜻밖이야! 그래, 날 좀 쳐다봐! 자넨 여전히 미남이고 멋쟁이군! 오, 오! 그래, 자넨 어떤가? 돈은 많이 벌었나? 결혼은? 보다시피 나는 벌써 결혼했네……. 이쪽은 내 아내 루이자, 반첸바흐 가문 출신이고…… 루터교 신자야……. 얘는 내 아들 나파나일인데, 김나지움 3학년이야. 나파냐, 이분은 아버지의 어릴 적 친구란다! 우리는 김나지움에서 같이 공부했지!"

나파나일은 잠시 생각하더니 모자를 벗었다.

"우린 김나지움에서 같이 공부했어!" 홀쭉이가 말을 이었다. "애들이 자넬 놀렸던 일 기억하나? 자네는 학교 장서로 담배를 말아 피워서 헤로스트라토스[3]라고 놀림을 받았지. 나는 고자질을 좋아한다고 에피알테스[4]라고 놀림당했고 말이야. 하하…… 참, 천진난만했어! 나파냐, 무서워하지 마라. 아저씨에게 더 가까이 다가가렴. 이쪽은 내 아내인데 반첸바흐 가문 출신이고…… 루터교 신자야."

나파나일은 곰곰 생각하더니 아버지 등 뒤로 숨었다.

"그래 어떻게 살고 있나, 친구?" 뚱뚱이가 기쁨에 젖어 친구

---

[3] 유명해지기 위해 아르테미스 신전을 불태운 고대 그리스인.
[4] 테르모필레 전투에서, 그리스 군대가 지키는 테르모필레를 우회하는 길을 페르시아 군대에게 알려 준 반역자.

를 바라보며 물었다. "어디서 근무하나? 출세 좀 했어?"

"관청에서 근무하고 있네, 친구! 이 년 전에 8등 문관이 됐고 스타니슬라프 훈장도 받았어. 봉급은 많지 않고⋯⋯. 하지만 괜찮아! 아내는 음악을 가르치고, 나는 부업으로 목제 담뱃갑을 만들지. 아주 멋진 담뱃갑이야! 하나에 1루블씩 받고 판다네. 열 개 이상을 사면 좀 깎아 주기도 하지. 그럭저럭 살아가고 있네. 알다시피 나는 국(局)에서 근무했고, 이번에 같은 관청의 계장이 되어 여기로 전보되었네⋯⋯. 앞으로 여기서 근무할 거야. 그런데 자넨 어떤가? 아마 벌써 5등관은 됐겠지? 그렇지?"

"아니, 그보다 조금 더 올라갔어." 뚱뚱이가 말했다. "벌써 3등관이 되었네⋯⋯. 훈장도 두 개 받았고."

홀쭉이는 갑자기 낯빛이 하얘지더니 돌처럼 굳어 버렸다. 하지만 금세 얼굴을 일그러뜨리며 만면에 미소를 지었다. 그의 얼굴과 눈에서 불꽃이 튀는 것 같았다. 그는 몸을 웅크리고 등을 구부리며 오그라들었다⋯⋯. 그의 트렁크와 봇짐, 마분지 상자마저 오그라들더니 주름이 잡혔다⋯⋯. 아내의 긴 턱은 더욱 길어졌다. 나파나일은 미동 없이 똑바로 서서 교복의 단추를 죄다 채웠다⋯⋯.

"각하⋯⋯ 저는 정말 기쁩니다. 말하자면 어린 시절의 친구가 갑자기 고관이 되셨군요! 히히히."

"아니, 그만하게!" 뚱뚱이는 얼굴을 찌푸렸다. "목소리는 왜 그런가? 우리는 어린 시절 친구인데, 도대체 여기서 관등 성명을 따질 이유가 어디 있나!"

"제발…… 무슨 그런 말씀을……." 홀쭉이는 더욱더 오그라들면서 히히히 웃기 시작했다. "각하의 친절하신 배려…… 마치 생명수 같습니다……. 각하, 여기 이 아이는 제 아들 나파나일이고…… 이쪽은 제 아내 루이자, 루터교 신자인데, 어느 정도……."

뚱뚱이는 뭐라 반박하고 싶었다. 그런데 홀쭉이의 얼굴에서 경건하고 달콤하고 비굴하고 아첨 어린 미소를 보자 토할 것만 같았다. 뚱뚱이는 홀쭉이를 외면하고 작별의 악수를 청했다.

홀쭉이는 뚱뚱이의 세 손가락을 잡고서 이마가 땅에 닿도록 허리를 굽혀 공손히 인사를 올렸다. 그러고는 마치 중국인처럼 '히히히' 웃기 시작했다. 아내도 미소를 지었다. 나파나일은 발을 맞부딪치며 경례를 하다가 모자를 떨어뜨렸다. 세 사람 모두 기뻐서 어안이 벙벙했다.

(1883)

굴

비 내리는 그 가을날 황혼 녘을 상세하게 떠올리기 위해 내가 애써 기억력을 발휘할 필요는 없다. 나는 아버지와 함께 사람들로 붐비는 모스크바 거리 어느 한 곳에 서서 이상한 병이 점점 나를 압도하고 있음을 느끼고 있다. 아무런 고통도 없지만 다리가 휘청거리고, 목구멍에서 말이 나오지 않고, 머리는 힘없이 옆으로 기울어진다……. 금방 쓰러져서 의식을 잃을 것 같다.

만일 이 순간에 내가 병원으로 가면 의사들은 내 병상 명패(名牌)에 '굶주림'이라는, 의학 교과서에도 없는 병명을 써 놓을 것이다.

내 옆의 보도에는 하얀 솜뭉치가 삐져나온 해진 여름 외투를 입고 트리코 모자를 쓴 아버지가 서 있다. 아버지는 발에 크고 묵직한 덧신을 신고 있다. 허영심이 강한 사람이라 자기가 맨발에 덧신을 신고 있음을 사람들이 눈치챌까 봐 걱정하면서, 아버지는 낡은 장화의 목을 종아리까지 팽팽하게 끌어 올린다.

맵시 있는 여름 코트가 더 해지고 더러워질수록 내가 더 사랑하게 되는 이 가엾고 어리석은 괴짜는 다섯 달 전에 사무직 일자리를 찾으러 수도로 왔다. 지난 다섯 달 내내 아버지는 일을 찾아서 시내를 배회했고, 오늘에야 구걸하러 거리에 나서기로 작정했던 것이다…….

우리 맞은편에는 '트락티르'[5]라고 쓰인 푸른색 간판이 달린 커다란 삼층집이 있다. 내 머리가 힘없이 뒤로 젖혀지고 옆으로 기울었기에, 나는 불 밝힌 음식점의 창문들을 올려다볼 수밖에 없다. 사람들의 모습이 창문 저편에서 어른거린다. 오케스트리언[6]의 오른쪽 측면과 두 개의 석판화 그리고 벽에 걸린 등불들이 보인다……. 창문 하나를 응시하다가 나는 하얀 반점을 본다. 그 반점은 움직이지 않고, 전체적으로 어두운 갈색 배경 속에서 직사각형으로 또렷이 드러난다. 나는 집중해서 바라보다가 그 반점이 하얀 벽보임을 알아본다. 그 벽보에는 뭐라 쓰여 있지만 그게 뭔지는 보이지 않는다…….

반 시간 동안 나는 그 벽보에서 눈을 떼지 않는다. 벽보의 흰색이 내 눈을 끌어당기고, 마치 내 머리에 최면을 거는 듯하

---

5) 음식과 술을 팔고, 손님에게 일정한 돈을 받고 숙박을 제공하는 집.
6) 오르간과 피아노를 결합한 악기로, 관현악과 유사한 음을 낸다.

다. 나는 그것을 읽으려 애쓰지만 소용이 없다.

마침내 이상한 병이 자기 힘을 발휘한다.

마차들의 덜커덕거리는 소리가 천둥소리처럼 들리기 시작하고, 나는 거리에 자욱한 악취 속에서 수많은 냄새를 식별한다. 트락티르의 램프와 가로등 불빛이 번개처럼 눈을 부시게 한다. 나의 오감은 긴장되고 비정상적으로 예민해진다. 나는 여태 보지 못했던 것을 발견한다.

"굴……." 나는 벽보에서 이 단어를 인식한다.

이상한 단어다! 나는 이 세상에서 꼭 팔 년하고 삼 개월 동안 살아왔는데, 단 한 번도 저 단어를 들어 본 적이 없었다. 이게 무슨 뜻일까? 트락티르 주인의 성은 아니겠지? 성을 써넣은 간판은 벽이 아니라 문에 걸지 않던가!

"아빠, 굴이 무슨 뜻이야?" 나는 아버지 쪽으로 힘겹게 얼굴을 돌리면서 쉰 목소리로 묻는다.

아버지는 듣지 못한다. 아버지는 군중의 움직임을 응시하면서 지나가는 사람들을 일일이 눈으로 좇고 있다……. 아버지의 눈을 보고, 나는 아버지가 지나가는 사람들에게 무언가를 말하고 싶어 한다는 점을 알아챈다. 하지만 그 치명적인 말은 아버지의 떨리는 입술에 무거운 추처럼 매달려 있을 뿐 결코 입 밖으로 나오지 않는다. 아버지는 어떤 행인의 뒤를 따라가서 그의 소매를 건드리기까지 했으나, 막상 그가 돌아서자 아버지는 당황한 채 "잘못했습니다."라고 말하며 뒷걸음질했다.

"아빠, 굴이 무슨 뜻이야?" 나는 다시 묻는다.

"그건 동물이야……. 바다에 사는……."

나는 즉시 이 미지의 바다 동물을 상상해 본다. 그것은 틀림없이 물고기와 게의 중간쯤 되는 걸 거야……. 바다 동물이니까, 그것에 향긋한 후추와 월계수 잎을 넣어 따끈히 끓이면 아주 맛있는 생선 수프가 되겠지. 아니면 여린뼈가 든 새콤한 수프나 가재 소스, 아니면 고추냉이를 곁들인 냉육 요리를 만들 수 있을 거야……. 나는 이 바다 동물을 시장에서 가져와, 재빨리 씻은 뒤 곧장 냄비 속에 넣는 장면을 생생하게 그려 본다……. 빨리, 빨리, 모두가 먹고 싶으니까……. 무척 먹고 싶으니까! 부엌에서 뜨거운 생선과 가재 수프의 냄새가 풍겨 나온다. 나는 이 냄새가 내 입천장과 콧구멍을 자극하고, 점점 내 몸 전체를 점령하고 있음을 느낀다……. 음식점, 아버지, 하얀 벽보, 내 옷소매가 계속 그 냄새를 풍긴다. 그 냄새가 너무나 강렬해서 급기야 나는 씹기 시작한다. 정말로 그 바다 동물의 한 조각이 내 입속에 있는 양 씹으면서 꿀꺽꿀꺽 삼킨다…….

이때 느낀 만족감이 몹시도 큰 나머지 내 다리가 구부러진다. 나는 쓰러지지 않으려고 아버지의 옷소매를 붙잡는다. 그의 축축한 여름 외투에 기댄다. 아버지는 떨면서 몸을 움츠린다. 추웠던 것이다…….

"아빠, 굴은 정진(精進) 음식이야, 아니면 정진 중에 먹을 수 없는 음식이야?"

"그건 날로 먹는 거야……." 아버지가 말한다. "굴은 거북이처럼 껍질 안에 들어 있어. 그런데…… 반쪽짜리 두 껍질 속에 들어 있지."

이제껏 내 몸을 자극하던 맛있는 냄새는 순식간에 멎고, 환영은 사라진다……. 이제 나는 모든 것을 이해한다!

"정말로 역겨워." 나는 중얼거린다. "정말로 역겨워!"

그래, 바로 그것이 굴의 실체다! 나는 개구리와 비슷한 동물을 상상한다. 개구리가 껍질 안에 들어앉아서 번들거리는 커다란 눈을 굴리며 혐오스러운 턱을 움직인다. 또 집게발과 번쩍거리는 눈과 미끈미끈한 피부를 가진, 이 껍질 속의 동물을 시장에서 가져오는 광경을 상상한다……. 아이들은 모두 숨고, 요리사는 혐오감으로 얼굴을 찡그리면서 그 동물의 집게발을 잡아 접시에 놓은 뒤 식당으로 가져간다. 어른들은 그것을 집어 먹는다……. 눈과 이빨과 앞발이 달린 그것을 산 채로 먹는다! 그 바다 동물은 찍찍거리면서 그들의 입술을 물려고 한다…….

나는 얼굴을 찌푸린다. 그러나…… 그러나 왜 내 이는 우적우적 씹기 시작하는 걸까? 그 동물이 역겹고 혐오스럽고 끔찍함에도 나는 그것을 먹는다. 그것의 맛과 냄새를 식별하게 될까 봐 두려워하면서 게걸스럽게 먹는다. 동물 하나를 다 먹어 치우고 나는 이미 두 번째, 세 번째 동물의 번쩍거리는 눈을 본다……. 나는 그것들도 먹는다……. 마침내 식탁보도, 접시도, 아버지의 덧신도, 흰색 벽보도 먹는다……. 나는 내 눈에 띄는 것을 모두 먹는다. 먹는 것만이 내 병을 없애 주리라고 느끼기 때문이다. 눈으로 무섭게 바라보는 굴들이 혐오스럽다. 나는 굴 생각에 몸을 떨지만 먹고 싶다! 먹고 싶다!

"굴을 줘요, 내게 굴을 줘요!" 이 외침이 내 가슴에서 터져 나온다. 나는 두 손을 앞으로 뻗는다.

"도와주십시오, 여러분!" 이때 나는 아버지의 공허하고 짓눌린 듯 울리는 낮은 목소리를 듣는다. "구걸하는 게 부끄럽지만 — 오, 하느님! — 더 이상 견딜 수가 없어요."

"굴을 줘요!" 나는 아버지의 뒤쪽 소맷자락을 잡아당기며 소리친다.

"네가 정말 굴을 먹겠다고? 이렇게 작은 꼬마가!" 나는 내 주위에서 웃음소리를 듣는다.

실크해트를 쓴 두 신사가 우리 앞에 서서 웃으며 내 얼굴을 바라본다.

"꼬마야, 너 굴 먹을래? 정말? 이거 재밌겠는걸! 네가 그걸 어떻게 먹니?"

나는 누군가의 억센 손이 나를 불 밝힌 트락티르로 끌고 갔음을 기억한다. 잠시 후 내 주위에 많은 사람들이 모여서 호기심을 띤 웃는 얼굴로 나를 바라본다. 나는 식탁에 앉아서 습기 차고 곰팡이가 슨, 미끈거리고 짜디짠 무언가를 먹는다. 나는 씹지도 않고, 내가 무엇을 먹는지 보지도 않고, 아예 알려고도 하지 않은 채 걸신스럽게 먹는다. 눈을 뜨면 번들거리는 눈과 집게발과 날카로운 이빨을 보게 될 것 같다…….

갑자기 나는 딱딱한 뭔가를 씹기 시작한다. 우두둑 소리가 들린다.

"하-하! 껍질을 먹고 있어!" 사람들이 웃는다. "바보야, 정말 그걸 먹을 수 있겠니?"

그 뒤에 찾아온 지독한 갈증을 기억한다. 나는 침대에 누웠으나 가슴앓이와 작열하는 입속에서 느껴지는 이상한 맛 때문에 잠을 이룰 수 없다. 아버지는 손짓을 하며 이 구석에서 저 구석으로 왔다 갔다 한다.

"난 감기에 걸린 것 같아." 아버지가 중얼거린다. "머릿속에서 무언가가 느껴져……. 마치 누군가가 머릿속에 앉아 있는 것 같아……. 아마 이건 내가…… 오늘 아무것도 먹지 못했기 때문일 거야……. 난 정말 이상하고 어리석은 인간 같아……. 신사들이 굴값으로 10루블을 지불하는 걸 보면서, 나는 왜 그들에게 다가가 돈 좀…… 빌려 달라고 청하지 않았을까? 어쩌면 돈을 주었을지도 모르는데."

아침 무렵에 나는 잠이 들고, 껍질 속에 앉아 눈을 뒤룩거리는, 집게발이 달린 개구리 꿈을 꾼다. 한낮에 갈증 때문에 잠에서 깨어난 나는 눈으로 아버지를 찾는다. 아버지는 아직도 방구석을 왔다 갔다 하면서 손짓을 하고 있다…….

(1884)

살아 있는 연대기

5등 문관 샤라므이킨의 객실은 기분 좋은 어스름 속에 잠겨 있다. 녹색 갓을 씌운 커다란 청동 램프는 벽에 걸린 「우크라이나의 밤」[7]과 가구와 사람들의 얼굴에 초록빛을 던진다……. 꺼져 가는 난로 속에서 가물가물 타던 장작개비가 이따금 확 타오르며 한순간 화재 같은 불빛으로 얼굴을 물들이곤 한다. 그러나 그것이 전체적인 빛의 조화를 깨뜨리지는 않는다. 이른바 화가들이 말하는, 전반적인 색조는 유지되는 것이다.

관리 스타일의 희끗희끗한 볼수염에, 온화한 푸른 눈을 가진 중년 신사 샤라므이킨이 방금 식사를 마친 사람의 자세로

---

7) 러시아의 풍경화가 아르히프 쿠인지(1842~1910)의 그림.

난로 앞 안락의자에 앉아 있다. 그의 얼굴에선 부드러움이 넘쳐흐르고, 입술엔 우울한 미소가 어려 있다. 그의 발치에는 마흔 살쯤 된 기운찬 사내, 부지사 로프네프가 난로 쪽으로 발을 뻗고 권태로운 듯이 몸을 편 채 긴 의자에 앉아 있다. 피아노 주위에서 샤라므이킨의 아이들인 니나, 콜랴, 나쟈, 바냐가 놀고 있다. 살짝 열린, 샤라므이킨 부인의 방으로 통하는 문으로부터 희미한 불빛이 흘러든다. 그 문 저쪽에 샤라므이킨의 아내이자 이 지방의 부인회 회장인, 서른 남짓 된 활기차고 매력적인 안나 파블로브나가 자기 사무용 책상 앞에 앉아 있다. 그녀의 검고 민첩한 두 눈동자는 코안경을 통해 프랑스 소설책의 책장 위를 달리고 있다. 그 소설책 아래에는 지난해 부인회의 결산 서류가 헝클어진 채 깔려 있다.

"이전에 우리 도시는 그런 점에서 더 행복했지요." 샤라므이킨은 온화한 눈을 가늘게 뜨고 가물가물 타는 석탄 덩어리들을 바라보면서 말한다. "겨울에 유명인이 오지 않고 지나간 해는 없었어요. 이름난 배우들과 가수들이 오곤 했지요. 그런데 지금은…… 제기랄! 요술쟁이들이나 손풍금을 뜯는 거리의 악사들 말고는 아무도 오지 않아요. 어떤 미적 감흥도 없지요……. 마치 숲속에 사는 것 같아. 그래요……. 기억하시나요, 각하, 그 이탈리아 비극 배우 말입니다……. 이름이 뭐였더라? ……갈색 머리카락에 키가 큰…… 이런, 내 정신머리하고는……. 아, 그렇지! 루이지 에르네스토 데 루지에로……. 놀라운 천재였어요……. 그 힘이란! 한마디로 말해, 극장이 막 뒤흔들렸다니까요. 우리 아뉴토치카는 그의 재능에 흠뻑 빠졌었지요. 그에게 극장도 알선해 주고, 연극 공연 티켓도 열 장이나 팔아 주었답니다……. 그는 그 답례로 아뉴토치카에게 낭독법과 얼굴 표정 짓는 법을 가르쳐 주었어요. 성실한 사람이었지요! 그는 거짓말을 하지 않기 위해…… 여기에 오곤 했답니다……. 얼추 십이 년 전이었지……. 아니, 그 정도는 아니고…… 십 년쯤 전이었어……. 아뉴토치카, 우리 니나가 몇 살이지?"

"열 살!" 안나 파블로브나가 자기 방에서 소리쳤다. "그런데 왜요?"

"아무것도 아냐, 난 그저……. 훌륭한 가수들도 왔어요……. 서정적인 테너 프릴리프친을 기억하시죠? 정말 성실한 사람이었죠! 외모도 멋졌고요! 금발에…… 표정도 풍부하고 태도는 파리 스타일이었고…… 그 목소리는 어땠습니까, 각하! 딱하나 결점이 있었는데, 가령 몇몇 음을 배로 내거나 '레' 음을 가성으로 처리했지요. 그럼에도 모든 게 좋았어요. 그는 탐베를리크한테서 배웠다고 했죠……. 나와 아뉴토치카는 그에게 사교 모임에서의 공연 자리를 알선해 주었고, 그는 그에 대한 답례로 우리에게 온종일, 밤낮없이 노래를 불러 주곤 했어요……. 아뉴토치카에게 노래를 가르쳐 준 적도 있고요……. 지금도 기억하는데, 그는 대재(大齋) 기간 때 왔지요. 그러니까…… 십이 년 전쯤이군요. 아니 더 되겠군……. 이런 정신머리하고는! 아뉴토치카, 우리 나제치카가 몇 살이지?"

"열두 살!"

"열두 살이라……. 여기에 열 달을 더하면…… 그렇지, 그쯤 되겠군……. 십삼 년 전이야! ……이전에 우리 도시의 생활은 어쩐지 더 풍요로웠어요……. '자선의 밤' 하나만 예로 들어도 그래요. 예전엔 우리 도시에 얼마나 아름다운 야회가 있었습니까! 참으로 매혹적이었지요! 노래를 부르고, 연극을 하고, 시를 낭독하고……. 전쟁이 끝난 뒤, 포로로 잡힌 튀르키예인들이 이곳에 머물렀을 때, 아뉴토치카가 부상병들을 위한 야회를 열었던 일이 생각나는군요. 10만 루블쯤 모았었지요……. 지금도 기억하는데, 튀르키예인 장교들이 아뉴토치카의 목소리에 넋을 잃고, 줄곧 그녀의 손에 입을 맞추었지요. 헤, 헤……. 아시아인들이긴 하지만 감사할 줄 아는 민족이었습니다. 그날 야회가 얼마나 성공적이었던지, 믿으실지 모르겠지만, 저는 그 일을 일기장에 기록까지 했답니다. 지금 기억하기로는, 그게 76년이던가…… 아니야! 77년에……. 아니야! 미안하지만, 우리 도시에 튀르키예인들이 머물렀던 게 언제죠? 아뉴토치카, 우리 콜레치카가 몇 살이지?"

"나 일곱 살이야, 아빠!" 거무스름한 얼굴에, 석탄처럼 새카만 머리카락을 지닌 콜랴가 말한다.

"그래요, 우리는 늙어서 이미 그런 힘이 없소!" 로프네프가 한숨을 내쉬며 동의했다. "이게 바로 원인이지……. 노쇠말이오! 그런 일을 주도할 젊은이들은 없고 노쇠한 늙은이들뿐……. 이미 그런 열정이 없소. 지금보다 젊었을 때 나는 따분한 사교계를 좋아하지 않았지……. 나는 당신의 아내인 안나파블로브나의 주요한 조력자였지요……. 그게 자선 사업의 목적으로 열린 야회든, 추첨의 밤이든, 저명인사를 지지하는 환

46

영의 밤이든, 나는 모든 것을 내던지고 분주히 돌아다녔어요. 지금도 기억하는데, 어느 해 겨울에 나는 병이 날 정도로 바쁘게 뛰어다녔지요……. 나는 그 겨울을 잊을 수가 없어요! …… 화재를 당한 사람들을 위해 나와 당신의 안나 파블로브나가 어떤 공연의 대본을 썼는지 기억하시오?"

"그럼요. 그게 어느 해였지요?"

"그리 오래되지는 않았지……. 79년인가…… 아니, 아마 80년도 같소! 미안하지만, 당신의 바냐는 몇 살이죠?"

"다섯 살!" 안나 파블로브나가 자기 방에서 외쳤다.

"그러니까, 그게 육 년 전 일이군……. 맞아요, 그런 일들이 있었어! 그런데 지금은 예전 같지 않아! 그런 열정이 없어요!"

로프네프와 샤라므이킨은 생각에 잠긴다. 가물가물 타던 장작개비가 마지막으로 확 타올랐다가 재를 남기고 바르르 사그라진다.

(1885)

인생은 아름다워!
— 자살을 기도하는 사람들에게

인생은 더없이 불쾌하다. 하지만 인생을 아름답게 만들기는 그리 어렵지 않다. 인생을 아름답게 만드는 데 도박에서 20만 루블을 따고, 예쁜 여자와 결혼하고, 흰독수리 훈장을 받고, 온건한 사상가로 이름을 떨치는 것만으로는 부족하다. 이 모든 행복은 무상하고, 이내 익숙해지기 때문이다. 슬프고 비탄에 빠진 순간에도 끊임없이 마음속 행복을 누리려면 현재에 만족하고, 상황이 더 나쁠 수도 있었음을 자각하고 기뻐할 줄 알아야 한다. 이것은 어렵지 않다.

당신의 주머니 속 성냥에 불이 붙기 시작할 때, 그 주머니 속에 화약이 없음을 기뻐하고 하늘에 감사하라.

가난한 친척들이 당신 별장을 찾아왔을 때 창백한 낯빛을 비치지 말고 "경찰이 아니라서 다행이야!"라고 환호하며 외쳐라.

당신 손가락이 가시에 찔렸을 때 "눈이 찔리지 않아서 다행이야."라고 기뻐하라.

당신 아내나 처제가 피아노 음계를 치면 아무리 감흥에 젖더라도 냉정함을 잃지 말라. 당신은 들개들의 울부짖음이나 발정 난 고양이의 울음소리가 아니라 음악 연주를 듣는 것이다.

당신이 철도마차를 끄는 말이 아니고, 콜레라균이 아니고, 선모충이 아니고, 돼지가 아니고, 당나귀가 아니고, 집시가 데리고 다니는 곰이 아니고, 벼룩 따위가 아님을 기뻐하라……. 당신이 똑바로 걷고, 앞을 볼 수 있고, 소리를 들을 수 있고, 말을 할 수 있고, 콜레라 환자가 아님을 기뻐하라……. 이 순간 당신이 피고인석에 앉아 있지 않고, 빚쟁이와 대면하지 않고, 투루바[8]와 원고료에 대해 언쟁하지 않음을 기뻐하라. 당신이 유형지에 살고 있다면, 정말 먼 곳으로 유배되지 않았음을 생각하라. 그러면 정말로 행복해지지 않겠는가?

당신 이가 하나 아프다면 모든 이가 아프지 않음에 미칠 듯이 기뻐하라. 당신이 《시민》[9]을 읽지 않아도 되고, 오수 처리통에 앉지 않아도 되고, 단번에 세 명의 여자와 결혼할 가능성이 없음을 기뻐하라…….

당신이 경찰서에 끌려간다면 불타는 지옥으로 끌려가지 않았음을 펄쩍펄쩍 뛰며 기뻐하라.

당신이 자작나무로 얻어맞는다면 다리를 떨면서 "엉겅퀴로

---

8) 《삽화의 세계》 발행인. 당시 투루바는 잡지 발행과 원고료 지급을 지체하기로 유명했다.
9) 당시 페테르부르크에서 발행된 보수 잡지.

맞지 않으니 얼마나 다행인가!"라고 외쳐라.

아내가 당신을 배신한다면 조국이 아닌 당신을 배신했음에 기뻐하라.

사람들이여, 내 충고를 따르라. 그러면 당신 인생은 끊임없이 즐거우리라.

(1885)

아이들

엄마, 아빠, 나쟈 아주머니는 집에 없다. 그들은 작은 회색 말을 타고 다니는 늙은 장교네 어린아이의 세례 축하연에 갔다. 어른들이 돌아오길 기다리면서 그리샤, 아냐, 알료샤, 소냐 그리고 식모의 아들 안드레이가 식당 식탁에 앉아 로토놀이[10]를 하고 있다. 솔직히 말해 아이들은 이미 잠잘 시간이었다. 하지만 오늘 어떤 어린아이가 세례를 받았고, 저녁으로 무엇이 나왔는지를 엄마에게 캐묻지 않고서 어떻게 잠들 수 있겠는가? 허공에 매달린 램프 불빛에 비친 식탁은 숫자들,

---

10) 놀이를 하는 사람들이 각각 숫자가 적힌 카드를 몇 장씩 받고, 한 사람이 숫자를 부를 때 그 숫자에 해당하는 카드를 가지고 있으면 호두 껍데기, 종이, 유리 조각 등으로 그것을 덮는다. 한 줄에 있는 숫자를 맨 먼저 덮는 사람이 이기게 된다.

호두 껍데기, 종이들 그리고 작은 유리 조각들로 얼룩져 보인다. 놀이를 하는 아이들 앞에는 각각 카드 두 장과 숫자를 덮기 위한 작은 유리 조각 한 무더기가 놓여 있다. 식탁 한가운데서 1코페이카짜리 동전 다섯 개가 놓인 작은 접시가 하얗게 빛난다. 작은 접시 옆에는 먹다 만 사과, 호두 까는 집게와 호두 껍데기를 넣어 두는 우묵한 접시가 있다. 아이들은 돈을 걸고 놀이를 한다. 놀이에 거는 돈은 코페이카다. 놀이의 조건은, 누군가 속임수를 쓰면 그 사람을 즉시 판에서 쫓아내는 것이다. 식당에는 놀이를 하는 아이들뿐이다. 유모 아가피야 이바노브나는 아래층 부엌에 앉아서 식모에게 옷 마름질을 가르치고 있다. 5학년인 형 바샤는 응접실 소파에 누워 빈둥거리고 있다.

아이들은 열심히 놀이를 한다. 누구보다도 그리샤의 얼굴에 흥분한 빛이 역력하다. 그리샤는 머리를 빡빡 밀고, 불룩한 뺨에 흑인처럼 두꺼운 입술을 가진, 조그마한 아홉 살 아이다. 그는 벌써 예비반에서 공부하고 있다. 그래서 큰아이이자 가장 영리한 아이로 간주된다. 그는 오로지 돈 때문에 놀이를 한다. 작은 접시 위에 코페이카 동전들이 없었다면 이미 오래전에 잠들었을 것이다. 그의 갈색 눈동자가 놀이를 하는 아이들의 카드 위로 불안하게, 질투하듯 달린다. 빡빡 민 머리 속에 가득 찬, 질 수도 있다는 공포, 질투심, 돈에 대한 집착 때문에 그는 편안히 앉아 있거나 집중할 수가 없다. 그는 바늘방석에 앉은 듯이 안절부절못한다. 일단 이기면 욕심 사납게 돈을 움켜쥐고 당장 호주머니 속에 감춘다. 여덟 살인 그의 여동생 아냐는 턱이 뾰족하고 눈이 영리하게 반짝이는 아이인데, 역시 다른 누군가가 이길까 봐 걱정한다. 주의 깊게 상대방을 감시하는 아냐의 얼굴은 빨개졌다 파래지기를 반복한다. 아냐는 코페이카에 별로 관심이 없다. 아냐에게 놀이에서 이기고 지는 운수는 자존심의 문제다. 다른 여동생인 소냐는 여섯 살 아이로, 고수머리에다 아주 건강한 아이들과 값비싼 인형들과 봉봉 케이스에서나 볼 수 있을 법한 그런 얼굴빛을 하고 있다. 소냐는 놀이의 과정을 즐기려고 로토 놀이를 한다. 소냐의 얼굴엔 감동의 빛이 넘친다. 누가 이기든지 소냐는 똑같이 큰 소리로 웃고 손뼉을 친다. 포동포동하고 마치 공처럼 생긴 땅딸보 알료샤는 숨이 차서 쌕쌕거리고 콧바람을 슝슝 내뿜으며 눈을 부릅뜨고 카드를 본다. 알료샤는 욕심도, 자존심도 없다. 식탁에서 자기를 쫓아내지 않고 억지로 재우지만 않아도 감지덕지하다. 언뜻 우둔해 보이지만 알료샤 속에는 상당한 꾀쟁이가 들어 있다. 알료샤는 로토 놀이보다는 놀이 중에 피할 수 없는 말싸움 때문에 자리에 앉아 있다. 누가 누구를 때리고 욕하면 그는 몹시 유쾌하다. 그는 이미 오래전에 여기저기 바삐 다녀와야 했지만 자리를 비우면 누가 자기 유리 조각과 코페이카 동전 들을 훔쳐 갈까 봐 걱정이 돼서 잠시도 식탁에서 물러나지 않는다. 알료샤는 같은 한 자리 수와 0으로 끝나는 숫자들만을 알기에 아냐가 알료샤 대신 숫자를 덮는다. 놀이를 즐기는 다섯 번째 친구는 사라사 셔츠를 입고 가슴에 구리 십자가를 단, 식모의 아들 안드레이다. 안드레이는 꼼짝 않고 서서 생각에 잠긴

듯 숫자들을 바라본다. 자신이 이기든 남이 이기든 안드레이는 무관심한데, 놀이에 필요한 산수와 복잡하지 않은 수학에 열중하기 때문이다. 그는 이 세상에 얼마나 다양한 숫자들이 있는지, 또 어떻게 이 무수한 숫자들이 서로 뒤엉키지 않는지 생각한다!

소냐와 알료샤를 제외하고 모두가 순서대로 숫자들을 외친다. 숫자들이 단조로운 까닭에 숫자들을 부르면서 온갖 은어와 우스꽝스러운 별명 들이 만들어진다. 가령 아이들 사이에서 일곱이라는 숫자는 불쏘시개로, 열하나는 젓가락으로, 일흔일곱은 세묜 세묜느이치로, 아흔은 할아버지 등으로 불린다. 놀이는 활발하게 진행된다.

"서른둘!" 그리샤가 아버지의 모자에서 노란 통을 끄집어내며 외친다. "열일곱! 불쏘시개! 스물여덟 — 풀을 베자!"

아냐는 안드레이가 28을 흘려보내는 모습을 본다. 다른 때라면 아냐가 안드레이에게 그 점을 알려 주었으리라. 하지만 코페이카 동전이 자신의 자존심과 함께 작은 접시 속에 놓여 있는 지금, 그녀는 의기양양하다.

"스물셋!" 그리샤가 말을 잇는다. "세묜 세묜느이치! 아홉!"

"바퀴야, 바퀴!" 소냐가 식탁을 지나 달아나는 바퀴벌레를 가리키며 비명을 지른다. "에구머니!"

"죽이지 마." 알료샤가 나직하게 말한다. "아마 바퀴벌레에게 새끼들이 있을 거야……."

소냐는 바퀴벌레를 바라보며, 그 새끼들이 틀림없이 아주 작으리라고 생각한다!

"마흔셋! 하나!" 그리샤는 아냐가 벌써 두 줄이나, 게다가 다섯 칸 중 네 칸을 채웠다는 사실에 괴로워하면서 말을 잇는다. "여섯!"

"이겼다! 내가 이겼어!" 소냐가 아양을 떨듯이 눈을 굴리고 큰 소리로 웃으면서 외친다. 놀이를 하던 아이들의 표정이 일그러진다.

"확인해 보자!" 그리샤가 소냐를 노려보면서 말한다.

가장 영리하고 연장자라는 권위로, 그리샤의 제안은 결정적인 의견이 된다. 다들 그리샤가 원하는 대로 한다. 과연 소냐가 이겼는지 오랫동안 꼼꼼히 확인해 보지만, 그들에게는 몹시 유감스럽게도, 소냐가 속임수를 쓰지 않았음이 밝혀진다. 다시 다음 판이 시작된다.

"그런데 어제 정말 신기한 것을 봤어!" 아냐가 마치 혼잣말을 하듯이 얘기한다. "필립 필리프이치가 눈꺼풀을 뒤집으니까 눈이 꼭 귀신 눈깔처럼 빨갛고 무섭게 되더라."

"나도 봤어" 그리샤가 말한다. "여덟! 그런데 우리 반 아이 하나는 귀를 움직일 수 있어. 스물일곱!"

안드레이는 눈을 들어 그리샤를 보고 뭔가를 생각하면서 이렇게 말한다.

"나도 귀를 살짝 움직일 수 있어……."

"그래, 움직여 봐!"

안드레이는 눈, 입술, 손가락을 움직거리면서 자기가 귀를 움직였다고 생각한다. 모두가 웃음을 터뜨린다.

"필립 필리프이치는 좋지 않은 사람이야." 소냐가 한숨을 쉰다. "어제 그가 우리 아이들 방으로 들어왔는데, 나는 속옷만 입고 있었어……. 정말 망측했어!"

"이겼다!" 그리샤가 작은 접시에 놓인 돈을 움켜쥐면서 갑자기 외친다. "내가 이겼어! 원하면 확인해 봐!"

식모의 아들은 눈을 쳐들더니 낯빛이 하얘진다.

"난 더 이상 못 놀겠어." 그가 웅얼거린다.

"왜?"

"왜냐하면…… 이제 돈이 없어."

"돈 없으면 안 돼!" 그리샤가 말한다.

안드레이는 혹시나 하고 다시 한 번 호주머니를 뒤져 본다. 빵 부스러기와 이로 깨문 몽당연필 말고는 아무것도 없음을 확인하고 그는 입을 비죽거린다. 그러고는 괴롭게 눈을 껌뻑이기 시작하더니 금세 울 것만 같다…….

"내가 널 위해 돈을 대 줄게." 그의 수난자 같은 시선을 견디지 못하고 소냐가 말한다. "꼭 나중에 갚아."

판돈이 나오고 놀이는 계속된다.

"어딘가에서 종소리가 울리는 것 같아." 눈을 크게 뜨며 아냐가 말한다.

모두들 놀이를 멈춘다. 그리고 입을 벌리고 컴컴한 창문을 바라본다. 어둠 저편에서 램프 불빛이 반사되어 아른거린다.

"그런 소리가 들렸어."

"밤에는 공동묘지에서만 종소리가 울려……." 안드레이가 말한다.

"왜 거기에서 종소리가 울리지?"

"강도들이 교회로 몰래 들어가지 못하게 하는 거야. 강도들은 종소리를 무서워하거든."

"무엇 때문에 강도들이 교회로 몰래 들어갈까?" 소녀가 묻는다.

"그 이유는 분명해. 수위를 죽이려는 거야!"

잠시 침묵이 흐른다. 모두 서로를 바라보며 몸을 부르르 떤다. 그리고 놀이를 이어 간다. 이번에는 안드레이가 이긴다.

"저 애가 속임수를 썼어." 알료샤가 뜬금없이 낮은 목소리로 말한다.

"거짓말이야, 난 속이지 않았어!"

안드레이는 낯빛이 하얘지고 입을 비죽대더니 급기야 알료샤의 머리를 갈긴다. 알료샤는 매섭게 눈을 휘둥그레 뜨고 펄쩍 뛰어오르며 한쪽 무릎을 식탁에 대고 일어선다. 이번에는 알료샤가 안드레이의 목을 때린다. 두 아이는 서로 뺨을 한 대씩 더 갈기고 울부짖는다. 소녀가 험악한 분위기를 견디지 못하고 같이 울기 시작한다. 식당에서 다양한 음색의 울부짖음이 울려 퍼진다. 그러나 이 때문에 놀이가 끝났다고 생각하지는 마시라. 미처 오 분도 지나지 않아 아이들은 다시 큰 소리로 웃어 대며 조용히 이야기를 나눈다. 울어서 얼굴이 퉁퉁 부었지만 그렇다고 웃지 못할 형편은 아니었다. 심지어 알료샤는 행복감마저 느낀다. 오해로 싸우기까지 했으니까!

5학년 학생 바샤가 식당으로 들어온다. 졸리고 낙심한 듯한 모습이다.

'개탄할 일이야!' 그는 그리샤가 코페이카 동전으로 쩔그렁

거리는 호주머니를 어루만지는 모습을 바라보며 생각한다. '아이들에게 돈을 줘도 되나? 아이들이 노름하는 걸 허락해도 될까? 교육학은 좋은 거야, 두말할 나위가 없지. 개탄할 일이야!'

하지만 아이들이 너무나 재미있게 즐기고 있으므로 바샤 자신도 아이들의 노름판에 끼어들어 운수를 시험해 보고 싶다.

"잠깐 기다려, 나도 할게." 바샤가 말한다.

"1코페이카를 대야 해."

"지금 댈게." 바샤는 호주머니를 뒤지면서 말한다. "난 코페이카 동전은 없고 루블이 있어. 난 루블을 댈게."

"아니, 아니, 안 돼……. 코페이카를 대!"

"바보들 같으니. 어쨌든 루블이 코페이카보다 더 비싸거든." 이 김나지움 학생이 설명을 한다. "이기는 사람은 내게 거스름돈을 줘야 해."

"아니야, 제발, 저리 가!"

5학년 학생은 어깨를 으쓱하며 하인들에게 잔돈을 얻으러 부엌으로 간다. 부엌에는 1코페이카도 없다.

"그렇다면 이걸 코페이카로 좀 바꿔 줘." 바샤는 부엌에서 나오자마자 그리샤에게 귀찮게 달라붙는다. "네게 바꿔 주는 값을 줄게. 싫어? 그럼 1루블을 받고 내게 10코페이카를 팔아라."

그리샤는 이게 무슨 간계나 사기가 아닌지, 의심스럽게 바샤를 흘겨본다.

"싫어." 그리샤는 호주머니를 꽉 누르면서 말한다.

바샤는 불끈 화를 내기 시작하더니, 놀이를 하는 아이들을 멍청이, 무쇠 대가리라고 부르면서 욕설을 퍼붓는다.

"바샤, 내가 널 위해 돈을 댈게!" 소냐가 말한다. "앉아!"

김나지움 학생이 자리에 앉고, 자기 앞에 카드 두 장을 놓는다. 아냐는 숫자를 읽기 시작한다.

"1코페이카를 떨어뜨렸어!" 돌연 그리샤가 흥분한 목소리로 선언한다. "잠시 멈춰!"

아이들은 램프를 벗겨 들고 코페이카를 찾고자 식탁 아래로 기어 들어간다. 서로 머리를 부딪치며 손으로 더듬어 보지만 침, 호두 까는 집게만이 만져질 뿐 코페이카는 나타나지 않는다. 그들은 다시 코페이카를 찾기 시작하고, 바샤가 그리샤의 손에서 램프를 빼앗아 제자리에 걸어 놓을 때까지 계속 찾는다. 그리샤는 어둠 속에서도 코페이카를 포기하지 않는다.

마침내 코페이카를 찾았다. 아이들은 식탁에 앉아 놀이를 이어 가려고 한다.

"소냐가 잔다!" 알료샤가 알린다.

소냐는 고수머리를 두 팔에 대고, 마치 한 시간 전에 잠든 듯이 달콤하고 포근하게 곤히 자고 있다. 다른 아이들이 코페이카를 찾는 동안 무심코 잠이 들었던 것이다.

"엄마 침대에 가서 누워!" 아냐가 식당에서 소냐를 데리고 나오면서 말한다. "가자!"

모두가 무리를 지어 소냐를 데리고 간다. 얼추 오 분이 지나자 엄마 침대에서 재미있는 광경이 펼쳐진다. 소냐가 잠을 잔다. 그 옆에서 알료샤가 코를 곤다. 그리샤와 아냐는 그들의 다리에 머리를 얹고 잠이 든다. 바로 그때 식모의 아들 안드레이도 다른 아이들과 함께 자리에 눕는다. 아이들 곁에는 새로운 놀이가 시작될 때까지 제힘을 잃어버린 코페이카들이 여기 저기 널려 있다. 잘들 자거라!

(1886)

애수

저녁 어스름이 깔린다. 물기 먹은 함박눈이 방금 불을 밝힌 가로등 주위로 빙글빙글 돌면서 느릿느릿 떨어지고 지붕에, 말 등짝에, 어깨에, 모자에 얇고 부드럽게 켜켜이 쌓인다. 요나 포타포프의 모습은 유령처럼 온통 새하얗다. 그는 생명 있는 몸뚱이가 굽힐 수 있는 만큼 몸을 한껏 굽히고 마부석에 앉아 미동조차 하지 않는다. 설령 눈덩이가 쏟아져 내리더라도 굳이 몸에서 눈을 털어 낼 필요는 없을 것 같다……. 새하얘진 그의 말도 움직이지 않는다. 각진 몸뚱이에, 말뚝처럼 꼿꼿한 다리로 꼼짝 않고 서 있는 그 모습은 흡사 1코페이카짜리 말 모양의 당밀 과자 같다. 분명 말도 깊은 생각에 잠겨 있다. 쟁기와, 익숙하고 평범한 풍경을 뒤로하고 여기로, 즉 이상한 불빛과 끊임없는 소란과 분주히 뛰어다니는 사람들로 가득 찬 혼란 속으로 내던져진다면 그 누구든 생각에 잠기지 않을 수 없을 것이다…….

요나와 그의 말은 이미 오래전부터 꼼짝 않고 그 자리에 있다. 그들은 점심 식사 전에 집에서 나왔건만 여태 첫 손님도 태우지 못했다. 그런데 도시에는 벌써 저녁 어스름이 깔리고 있다. 창백한 가로등 불빛이 점점 밝아지고, 길거리는 더욱 혼잡해진다.

"마부! 브이보르스카야!"라고 외치는 소리가 요나의 귀에 들린다. "마부!"

요나는 몸을 부르르 떨면서 눈송이가 달라붙은 속눈썹 사이로, 후드가 달린 외투를 입은 군인을 본다.

"브이보르스카야!" 군인이 다시 외친다. "졸고 있는 거야? 브이보르스카야!"

요나는 동의한다는 의미로 말고삐를 당긴다. 그러자 말의 등짝과 그의 어깨에서 눈덩이가 흩어져 떨어진다……. 군인이 썰매에 앉는다. 마부는 입술로 쩝쩝 소리를 내며 백조처럼 목을 늘여 빼고 엉거주춤 몸을 일으킨다. 그리고 필요해서라기보다는 차라리 버릇대로 채찍을 휘두른다. 말도 목을 길게 빼고 기둥 모양의 다리를 구부리며 어정어정 걸음을 뗀다…….

"어디로 밀고 들어오는 거야, 이 귀신 같은 놈아!" 요나는 앞뒤로 움직이는 어렴풋한 군중 사이에서 터져 나오는 고함 소리를 처음으로 의식한다. "도대체 어디로 오는 거야? 오른쪽으로 가!"

"마차를 몰 줄 몰라? 오른쪽으로 가!" 군인도 화를 낸다.

용수철 달린 사륜마차에 올라탄 마부가 욕지거리를 하고, 길을 건너다가 말 대가리에 어깨를 부딪친 행인은 사납게 노려보며 소매에서 눈을 털어 낸다. 마부석의 요나는 바늘방석에 앉은 듯 절절매며 팔꿈치로 이리저리 옆을 찌르고, 마치 자기가 왜 여기에 있는지 모르는 양 미친 사람처럼 눈을 두리번거린다.

　"다들 더러운 놈들이야!" 군인은 비꼬듯이 말한다. "마차에 부딪치려고 하질 않나, 말 아래로 기어들려고 하질 않나. 모두 작당하기라도 한 모양이야."

　요나는 승객을 돌아보며 입술을 움쭉거린다……. 무슨 말을 하고 싶은 듯한데, 목구멍에서는 씩씩거리는 소리밖에 나오지 않는다.

　"뭐라고?" 군인이 묻는다.

　요나는 입을 일그러뜨리고 웃으면서 목구멍에 힘을 주어 씩씩거린다.

　"글쎄, 나리……. 제 아들 녀석이 이번 주에 죽었슈."

　"흠……. 왜 죽었소?"

　요나는 온몸을 승객 쪽으로 돌리며 말한다.

　"그걸 누가 알겠슈? 아마 열병 때문에…… 사흘 동안 병원에 누워 있다가 죽었슈……. 하느님의 뜻이지유."

　"옆으로 돌려, 이 망할 놈아!" 어둠 속에서 고함 소리가 울려 퍼진다. "눈깔이 삐었어, 이 늙은 개자식? 눈깔은 뒀다 뭘 하는 거야!"

　"어서 가자, 어서 가……." 승객이 말한다. "이렇게 하다간 내일까지도 못 가겠군. 말을 내몰아!"

마부는 다시 목을 길게 빼며 엉거주춤 일어서더니 무겁고 우아하게 채찍을 치켜올린다. 요나는 몇 번이나 승객을 돌아다보지만, 눈을 감은 승객은 좀처럼 요나의 말을 들으려 하지 않는다. 브이보르스카야 거리에서 승객을 내려 준 요나는 선술집 옆에 말을 세우고, 마부석에서 허리를 굽힌 채 다시 움직이지 않는다……. 물기 머금은 눈이 다시 그와 말을 하얗게 물들인다. 한 시간, 또 한 시간이 흐른다…….

젊은이 셋이 덧신 소리를 요란하게 내고, 서로 욕지거리를 하면서 보도를 따라 지나간다. 그들 중 둘은 키가 크고 말랐으며, 나머지 한 사람은 키가 작은 꼽추다.

"마부, 폴리체이스키 다리까지!" 꼽추가 떨리는 목소리로 외친다. "세 사람에…… 20코페이카!"

요나는 말고삐를 당기며 입술로 쩝쩝 소리를 낸다. 20코페이카는 택도 없지만 그는 요금에 관심이 없다……. 1루블이건 5코페이카건 승객을 태울 수 있다면 지금 그에겐 다 마찬가지다……. 젊은이들은 서로 밀치고 욕설을 해 대며 썰매로 다가와서는 셋이 모두 한꺼번에 자리로 기어오른다. 누가 자리에 앉고 누가 서서 갈지를 결정해야 한다. 그들은 오랫동안 서로 욕을 하고 변덕을 부리며 비난을 하더니, 결국 두 사람이 앉고 가장 키가 작은 꼽추는 서서 가기로 정한다.

"자, 말을 몰아!" 자리를 잡고 선 꼽추가 요나의 뒤통수에 대고 입김을 뿜으며 떨리는 목소리로 외친다. "채찍질을 해! 영감, 그 모자 참 대단하군! 페테르부르크를 다 뒤져도 그 모자보다 흉한 건 없겠어……."

"호호…… 호호……." 요나가 큰 소리로 웃는다. "뭐, 이런 모자도 있쥬……."

"이봐, 잔말 말고 말이나 몰아! 계속 이렇게 갈 거야? 응? 목덜미를 얻어터지고 싶어?……."

"머리가 깨질 것 같아……." 키다리 중 하나가 말한다. "어제쿠크마소프네서 바시카하고 둘이 코냑을 네 병이나 마셨거든."

"왜 거짓말을 하는 거야!" 다른 키다리가 화를 낸다. "빌어먹을 거짓말은 집어치워!"

"이게 거짓말이면 벼락을 맞겠다, 정말이야……."

"그건 말이야, 이〔蝨〕가 기침한다는 소리와 같아."

"호호!" 요나가 싱글거린다. "재미있는 분들이셔!"

"쳇, 이 염병할 놈!" 꼽추가 버럭 성을 낸다. "이 늙다리야, 가는 거야, 마는 거야? 정말 이렇게 말을 몰 거야. 말을 채찍으로 후려치라고! 에이, 망할 놈! 힘껏 후려쳐!"

요나는 등 뒤에서 이리저리 흔들리는 몸뚱이와 꼽추의 떨리는 목소리를 느낀다. 요나는 자기에게 퍼붓는 욕설을 듣거나 사람들을 보고 있으면 가슴속에 자리한 외로움이 조금씩 떨어져 나간다. 꼽추는 뽐내는 듯한 거친 욕지거리로 숨이 막히고 기침이 터져 나올 때까지 연신 욕을 해 댄다. 키다리들은 나제쥐다 페트로브나라는 여자에 대해 이야기를 시작한다. 요나는 그들을 돌아본다. 그들의 대화가 잠시 멈출 때를 기다렸다가, 요나는 다시금 뒤를 돌아보며 중얼거린다.

"이번 주에…… 내 아들 녀석이…… 죽었슈!"

"누구나 다 죽는 거야……." 꼽추는 기침을 하고 나서 입술을 문지르며 한숨을 쉰다. "자, 말을 몰아, 어서 몰아! 이보게들, 이렇게는 더 이상 못 가겠어! 이렇게 가면 언제 도착하겠어?"

"그럼, 자네가 저 영감을 살짝 정신 차리게 해 주지 그래……. 목덜미를 한 대 쳐!"

"이 늙다리야, 들었지? 정말 목덜미를 후려칠까 보다! 당신 같은 작자를 점잖게 대하느니 차라리 걷는 편이 낫겠어! 듣고 있어, 늙다리? 우리 말을 귓등으로 듣는 거야?"

요나는 뒤통수를 내리치는 소리를 느끼기보다 그 소리를 듣는다.

"흐흐……." 요나가 웃는다. "재미있는 분들이셔……. 부디 건강들 하슈!"

"마부, 자네 결혼은 했나?" 키다리가 묻는다.

"나 말이오? 흐흐……. 재미있는 분들이셔! 지금 내 마누라는 축축한 땅 밑에 있지유. 흐흐흐……. 무덤 말이오! 아들이 죽었는데, 내가 살아 있으니…… 이상한 일이쥬. 죽음이 문을 잘못 찾았지……. 내게로 오는 대신 아들에게로 갔으니까유……."

요나는 아들이 어떻게 죽었는지를 이야기하려고 몸을 돌린다. 하지만 이때 꼽추는 가볍게 한숨을 내쉬며, 다행히도 마침내 목적지에 도착했다고 알린다. 20코페이카를 받아 든 요나는 어두운 현관 안으로 사라지는 주정뱅이들의 뒷모습을 오랫동안 바라본다. 그는 다시 혼자가 되고, 침묵이 다시 그의 주위를 감싼다……. 잠시 잦아들었던 애수가 다시 솟아나고 더 세게 가슴을 짓누른다. 요나는 거리의 양옆을 따라 배회하는 군중을 두 눈으로 훑으며 이 수천의 사람들 중에서 자기 말을 들어 줄 사람이 단 하나라도 있을지 생각한다. 하지만 군중은 요나의 존재도, 그의 애수도 알아채지 못하고 달려간다……. 그의 애수는 너무나 커서 그 끝을 알 수 없다. 요나의 가슴이 터져서 애수가 흘러나오면 온 세상에 넘쳐 나리라. 그럼에도 불구하고 애수는 눈에 보이지 않는다. 그의 애수는 아주 하찮은 껍질 속에 들어 있으므로 낮에 불을 밝히더라도 볼 수 없다…….

요나는 가마니를 짊어진 문지기를 보고 그와 이야기를 나누기로 한다.

"여보슈, 지금 몇 시유?" 요나가 묻는다.

"9시가 넘었구먼……. 그런데 왜 여기 서 있는 거요? 지나가쇼!"

요나는 몇 걸음 떼다가 등을 굽히고 애수에 잠긴다……. 사람들에게 말을 걸어 봤자 아무 소용이 없다고 그는 생각한다. 하지만 오 분도 지나지 않아서 몸을 쭉 펴고, 마치 예리한 아픔을 느낀 듯이 머리를 흔들며 고삐를 당긴다……. 그는 견딜 수가 없다.

'숙소로 가자, 숙소로!' 요나는 생각한다.

말은 그의 생각을 알아차린 듯 속보로 달리기 시작한다. 한 시간 반이 지난 뒤, 요나는 이미 커다랗고 더러운 난로 곁에 앉아 있다. 난롯가에서, 마룻바닥에서, 긴 의자 위에서 사람들이 코를 곤다. 공기는 숨이 막힐 듯이 후덥지근하다……. 요나는 잠자는 사람들을 바라보며 몸을 긁적이다가 이렇게 일찍 귀가했음을 후회한다…….

'귀리값도 못 벌었어.' 요나는 생각한다. '그래서 이렇게 슬픈 거여. 스스로 할 일을 아는 사람…… 자기도 배부르고 말도 배부르면 그 사람은 늘 마음이 편안한 법인데…….'

한쪽 방구석에서 젊은 마부가 몸을 일으키더니 잠결에 끙끙거리며 물동이 쪽으로 손을 뻗는다.

"목이 마른가?" 요나가 묻는다.

"예, 물을 마시고 싶어요."

"그려……. 어서 마시게나……. 그런데 여보게, 우리 아들이 죽었어……. 알겠슈? 이번 주에 병원에서……. 그런 일이 있었지!"

요나는 자기 말이 어떤 효과를 미쳤을지 지켜보지만 아무것도 볼 수 없다. 젊은이는 머리까지 모포를 푹 뒤집어쓰고 벌써 잠이 들었다. 요나가 한숨을 쉬고 몸을 긁는다……. 젊은이가 물을 마시고 싶어 했듯이 그는 이야기를 하고 싶다. 아들이 죽은 지 곧 한 주가 다 되어 가지만, 그는 아직 그 누구와도 아들 얘기를 제대로 나누지 못했다……. 조리 있게, 적당한 간격을 두고 얘기해야만 한다……. 아들이 어떻게 병에 걸렸고, 얼마나 고통스러워했고, 죽기 전에 무슨 말을 했고, 어떻게 죽었는지 얘기해야만 한다……. 장례식 광경이나 죽은 아들의 옷을 가지러 병원에 갔던 일도 얘기해야만 한다. 시골에는 딸 아니샤가 남아 있다……. 이 딸에 대해서도 말해야만 한다. 그는 지금 무엇이든 다 말할 수 있다. 이 얘기를 듣는 사람은 탄식하고 한숨을 쉬고 슬피 울어야 한다……. 아낙들과 얘기하는 편이 더 나으리라. 아낙들더러 바보라고 하지만 두

68

어 마디만 들어도 울음을 터뜨릴 터다.

'말을 보러 갈까?' 요나는 생각한다. '잠은 언제든 잘 수 있으니까……. 아마 넉넉히 잘 수 있을 거야…….'

요나는 옷을 입고 자신의 말이 있는 마구간으로 향한다. 그는 귀리, 건초, 날씨에 대해 생각한다……. 혼자 있을 때는 아들에 대해 생각할 수가 없다……. 아들에 대해 누군가와 얘기할 수는 있지만, 혼자서 아들을 생각하고 아들의 모습을 그려보는 일은 도무지 괴로워서 견딜 수 없다…….

"먹고 있는겨?" 요나는 반짝반짝 빛나는 말의 눈을 바라보며 묻는다. "그려, 먹어라, 먹어……. 귀리 살 돈은 벌지 못했어도 건초는 먹을 수 있잖어……. 그려……. 마차를 몰기엔 나는 이미 늙었어……. 내가 아니라 아들이 몰아야 하는디……. 그 애는 진짜 마부였어……. 살아 있기만 했더라면……."

요나는 잠시 침묵하다가 이렇게 말을 잇는다.

"그려, 암말아……. 쿠지마 요느이치는 없는겨……. 이 세상을 떠났잖어……. 갑자기 허망하게 죽었지……. 지금 네게 망아지가 있다고 허자. 너는 이 망아지의 어미다……. 그런데 갑자기 이 망아지가 죽었다고 허는겨……. 그럼 넌 얼마나 슬프겠냐?"

건초를 씹던 둔한 말이 요나의 말을 들으며 주인의 두 손에 입김을 내뿜는다…….

요나는 넋을 잃고 말에게 모든 것을 이야기한다…….

(1886)

애수   69

추도 미사

베르흐니 자프루트 마을에 있는 오디기트리옙스키 성모 교회에서 방금 미사가 끝났다. 사람들이 움직이기 시작하고 교회에서 밀려 나온다. 베르흐니 자프루트 마을의 토박이이자 인텔리겐치아인 구멍가게 주인 안드레이 안드레이치만 움직이지 않는다. 그는 오른쪽 성가대석 난간에 팔꿈치를 괴고 무언가를 기다리고 있다. 기름기가 돌고, 한때 났던 여드름 때문에 울퉁불퉁해진 그의 면도한 얼굴이, 이번엔 서로 대립하는 두 감정을 내보이고 있다. 하나는 알 수 없는 운명 앞에 순종하는 감정이고, 다른 하나는 옆으로 지나가는 농민의 긴 외투와 알록달록한 머릿수건에 대한 어리석고 한없이 거만한 감정이다. 일요일이면 그는 멋쟁이처럼 옷을 입는다. 그는 뼈로 만든 노란 단추가 달린 나사(羅紗) 외투에, 장화 밖으로 나오는 푸른 바지를 입고 튼튼한 덧신을 신는다. 적극적이고 세심하며 종교적 신념이 있는 사람들만이 이렇게 크고 볼품없는 덧신을 신는다.

눈꺼풀이 부어오르고, 생기 없는 그의 눈동자가 성상으로 장식된 제단 앞 휘장으로 향한다. 그는 이미 오래전부터 잘 아는 성자들의 용모, 볼을 부풀려 촛불을 끄는 수위 마트베이, 컴컴해진 덧문들, 닳아빠진 양탄자, 세단에 있다가 쏜살같이 뛰어나가서 장로에게 성병(聖餠)을 가져다주는 교회지기 로푸호프를 본다. 이 모든 것들은, 마치 제 다섯 손가락을 보듯이 벌써 오래전부터 보고 또 보아 온 것이다……. 그러나 약간 이상하고 흔하지 않은 풍경이 하나 있다. 바로 아직 법의도 벗지 않은 그리고리 신부가 북쪽 문가에 서서 화가 난 듯 짙은 눈썹을 끔벅거리는 모습이다.

'저런, 신부님이 누구에게 눈을 끔벅거리는 걸까?' 구멍가게 주인은 생각한다. '아, 손가락으로 오라고 신호하네! 저런, 발을 구르기도 하고……. 도대체 이게 무슨 일이지? 누구에게 저러는 걸까?'

안드레이 안드레이치는 주위를 둘러보며 이미 텅 빈 교회를 살펴본다. 문가에 열 사람 정도 모여 있는데, 그들은 제단을 등지고 서 있다.

"부를 때 와야지! 왜 그렇게 멍청히 서 있는 거야?" 그리고리 신부의 성난 목소리가 들린다. "자네를 부르고 있잖아!"

구멍가게 주인은 그리고리 신부의 잔뜩 성이 난 붉은 얼굴을 바라본다. 그제야 그는 신부가 자기에게 눈썹을 끔벅거리고, 손가락을 까딱이고 있을지도 모른다고 생각한다. 그는 몸을 부르르 떨면서 성가대석을 떠난다. 그러고는 튼튼한 덧신 소리를 울리며 머뭇거리다가 제단을 향해 걸어간다.

"안드레이 안드레이치, 자네가 이걸 마리야의 안식을 위해 드리는 봉헌 기도에 바쳤나?" 신부는 땀이 나서 번들거리는 그의 얼굴에 성난 눈길을 던지며 묻는다.

"그렇습니다."

"그러니까 자네가 이것을 썼다는 말인가? 자네가?"

그리고리 신부는 노기를 띠고 그의 눈앞에 단자(單子)를 불쑥 들이민다. 안드레이 안드레이치가 봉헌 기도를 위해 성병과 함께 바친 이 단자에는 마치 비틀거리는 듯한 커다란 글씨로 "하느님의 종이자 탕녀인 마리야의 안식을 위하여"라고 쓰여 있다.

"그렇습니다……. 제가 썼습니다." 구멍가게 주인이 대답한다.

"어떻게 감히 이런 걸 썼나?" 신부는 한 마디 한 마디 천천히 속삭이듯 말한다. 그의 씩씩대는 속삭임 속에 분노와 경악이 배어 있다.

구멍가게 주인은 깜짝 놀라서 신부를 멍하니 바라보다가 의아해한다. 그리고리 신부는 여태까지 단 한 번도 베르흐니 자프루드 마을의 인텔린겐치아들과 이런 어조로 이야기를 나눈 적이 없었던 것이다! 두 사람은 잠시 말없이 서로 눈을 바라본다. 구멍가게 주인은 얼마나 당황했던지, 그의 번들거리는 얼굴이 마치 엎질러진 반죽처럼 사방으로 퍼져 나간다.

"자네가 어떻게 감히?" 신부가 다시 말한다.

"누구…… 누굴 말입니까?" 안드레이 안드레이치가 당황한다.

"모르겠나?" 그리고리 신부는 놀란 나머지 뒷걸음질을 하고 손뼉을 치면서 속삭이듯 말한다. "자네 어깨 위에 있는 건 무엇인가? 머리인가, 다른 물건인가? 제단에 단자를 바치면서, 심지어 길바닥에서조차 입 밖에 내기 어려운 천한 말을 쓰다니! 왜 눈을 휘둥그레 뜨나? 이 말이 무슨 뜻인지 몰라?"

"탕녀를 말씀하시는 건지요?" 구멍가게 주인이 얼굴을 붉히고 눈을 껌뻑이면서 중얼거린다. "하지만 하느님은 자비심으로 그걸…… 탕녀를 용서하셨고…… 그녀에게 자리도 마련해 주셨습니다. 그리고 거룩하신 이집트의 성녀 마리야의 전기를 보면 이 말이 어떤 의미로 쓰였는지 알 수 있습니다. 죄송합니다……."

구멍가게 주인은 자기 말을 정당화하기 위해 또 다른 논거를 끌어오고 싶었으나 그만 헷갈려서 옷소매로 입술을 훔친다.

"그래, 잘도 아는군!" 그리고리 신부는 손뼉을 친다. "그래, 하느님은 용서하셨어, 알고 있지? 용서하셨다고. 그런데 자네는 질책하고 비난하며 천한 말로 부르고 있어. 게다가 누구를 비난하는 건가! 고인이 된 자기 친딸을 비난하다니! 성경에서뿐만 아니라 속세의 전기에서도 그런 죄는 감할 수 없네! 안드레이, 자네에게 다시 말하는데, 굳이 지혜로운 체할 필요는 없어! 신이 자네에게 예리한 이성을 주셨다면, 그리고 자네가 그것을 관리할 수 없다면, 깊이 탐구하지 않는 편이 좋아……. 깊이 탐구하지 말고 잠자코 있어!"

"그러나 그 아이는 그…… 죄송합니다만 배우였습니다!" 아연실색한 안드레이 안드레이치가 말한다.

"배우라! 그녀가 뭐였든 죽은 뒤에는 모든 것을 잊어버려야만 해. 단자에 그렇게 써서는 안 돼!"

"옳습니다……." 구멍가게 주인이 동의한다.

"신이 자네에게 징벌을 내려야," 부제(副祭)가 제단 깊은 곳에서 안드레이 안드레이치의 당황한 얼굴을 경멸하듯이 바라보며 낮고 굵은 목소리로 말한다. "지혜로운 체하는 걸 그만둘 텐데! 자네 딸은 유명한 배우였지. 그녀의 사망 소식이 신문에도 났으니까……. 철학자 양반!"

"그건 물론입니다……. 실제로……," 구멍가게 주인이 중얼거린다. "적당한 말은 아니지만, 그리고리 신부님, 저는 비난하려고 그런 게 아니라 교회의 법도대로 하려고…… 누구를 위해 기도를 올리는지 신부님이 더 잘 아시도록 그런 겁니다. 추도록에는 어린 요안, 물에 빠져 죽은 펠라게야, 전사(戰士) 예고르, 피살당한 파벨 등 여러 이름들이 적혀 있습니다……. 저도 그렇게 하고 싶었어요."

"어리석군, 안드레이! 신이 자네를 용서할 거네. 하지만 다음번에는 조심하게. 무엇보다 지혜로운 체하지 말고, 다른 사람들의 본에 따라 생각하게. 열 번 절하고 물러가게."

"알겠습니다." 구멍가게 주인은 벌써 질책이 끝났음에 안도하면서 다시 엄숙하고 침착한 표정을 지은 채 말한다. "절을 열 번요? 아주 좋습니다, 알겠습니다. 그런데 신부님, 지금 제게 청이 하나 있습니다……. 아시다시피, 어쨌거나 저는 그 애의 아비입니다……. 여하튼 그 애는 제 딸이고, 저는 그……
죄송합니다만, 오늘 신부님께 추도식을 올려 주십사 부탁하려
고 합니다. 부제님께도 부탁합니다!"

"그거참 좋군!" 그리고리 신부가 법의를 벗으면서 말한다.
"그건 칭찬할 만한 일이야. 찬성하네……. 자, 물러가게! 우리
도 이제 나갈 거야."

안드레이 안드레이치는 제단에서 위엄 있게 발걸음을 옮긴
다. 그리고 장중하게 추도식을 올리는 표정을 지은 채, 상기된
얼굴로 교회 중앙에서 걸음을 멈춘다. 수위 마트베이는 재(齋)
에 쓰는 꿀밥을 올린 작은 상을 안드레이 앞에 가져다 놓는
다. 이윽고 추도식이 시작된다.

교회 안은 고요하다. 향로의 날카로운 금속성 소리와 길게
늘여 뽑는 찬송가만이 들린다……. 안드레이 안드레이치 옆에
는 수위 마트베이, 산파 마카리예브나와 그녀의 아들, 손이 마
비된 미치카가 서 있다. 더 이상 아무도 없다. 부제는 불쾌하
고 둔탁한 낮은 목소리로 서툴게 노래를 부른다. 그럼에도 그
선율과 가사가 너무나 애처로워서 구멍가게 주인은 점차 침착
한 표정을 잃고 슬픔에 잠긴다. 그는 자기 딸 마슈트카를 회
상한다……. 자기가 베르흐니 자프루드 마을의 지주 집에서
하인으로 일하던 시절에 딸이 태어났음을 떠올린다. 하인 일
이 너무나 분주했으므로 그는 딸이 어떻게 자랐는지 알지 못
했다. 딸아이가 금발에, 코페이카 동전처럼 크고 생각에 잠긴
듯한 눈을 가진 우아한 미인으로 성장한 그 오랜 세월은 어
느새 훌쩍 지나가 버렸다. 딸아이는 총애받는 하인의 아이들

이 대체로 그러하듯이 주인집 아가씨들 곁에서 사랑을 받으며 자라났다. 무료한 주인 부부는 딸아이에게 읽기와 쓰기 그리고 춤을 가르쳐 주었고, 그 자신은 딸의 훈육에 개입하지 않았다. 이따금 우연히 대문 옆이나 층계참에서 딸아이와 마주칠 때에야 겨우 이 아이가 내 딸이구나, 하고 생각했다. 그리고 여가가 생기면 딸아이에게 기도하는 법과 성경의 역사를 가르치기 시작했다. 아, 그때만 해도 그는 교회 법규와 성서를 잘 아는 사람으로 이름났었다. 딸아이는 아비의 얼굴이 아무리 침울하고 엄숙해도 즐겁게 그의 말에 귀를 기울였다. 딸아이는 하품을 하면서 아비의 뒤를 따라 기도를 되풀이했다. 그런데 딸아이는, 그가 말을 더듬고 적당한 비유를 찾고자 애쓰면서 역사 이야기를 시작하면 한껏 집중해서 듣곤 했다. 딸아이는 에서의 팥죽, 소돔에 내린 징벌 그리고 작은 소년 요셉의 불행 같은 이야기들을 들으면, 얼굴이 창백해지거나 파란 눈을 동그랗게 뜨곤 했다.

그 후 그가 하인 자리를 내던지고 그동안 모은 돈으로 구멍가게를 차렸을 때 마슈트카는 주인 부부와 함께 모스크바로 떠났다……. 죽기 삼 년 전에 딸은 아버지에게 왔다. 그는 딸을 간신히 알아보았다. 귀족 아가씨의 몸가짐에, 고귀하게 옷을 차려입은 그녀는 젊고 늘씬했다. 그녀는 책을 보고 낭독하듯이 총명하게 말했고, 담배를 피웠으며, 정오까지 잠을 잤다. 안드레이 안드레이치가 무슨 일을 하느냐고 묻자, 그녀는 아버지의 눈을 똑바로 쳐다보며 "저는 배우예요!" 하고 말했다. 이런 솔직함은 이전에 하인 노릇을 하던 사람에게는 냉소주의 그 이상의 뭔가로 보였다. 마슈트카는 자신의 성공과 배우 생활을 자랑하려고 했으나 아버지가 얼굴을 붉히며 놀라서 양팔을 벌리는 모습을 보고 그만 입을 다물었다. 두 사람은 딸이 떠날 때까지 이 주 동안 말도 않고 서로를 쳐다보지도 않은 채 지냈다. 딸은 돌아가기 전에 아버지에게 강변을 산책하자고 청했다. 대낮에 성실한 사람들이 모두 보는 앞에서 배우인 딸과 산책하기가 영 언짢았지만 그는 딸의 청을 들어주었다……

"여기는 참 아름다운 곳이 많아요!" 딸은 산책하면서 감탄했다. "이 골짜기와 늪은 정말 멋져요! 아, 내 고향은 정말 좋구나!"

그리고 딸은 울기 시작했다.

'이런 장소는 자리나 차지할 뿐이야……' 안드레이 안드레이치는 골짜기를 물끄러미 바라보며, 감동한 딸아이의 마음을 이해하지 못한 채 생각했다. '염소에게서 젖을 짜내듯이 저런 땅을 굴려서 이익을 얻어야지.'

그러나 딸은 울고 또 울었고, 한껏 깊이 숨을 쉬었다. 마치 숨 쉴 날이 얼마 남지 않았음을 예감한 것 같았다……

안드레이 안드레이치는 뭐에 물린 말처럼 머리를 흔든다. 그리고 이 괴로운 추억을 달래려고 재빨리 성호를 긋기 시작한다……

"주여, 간원하옵니다." 그는 중얼거린다. "당신의 죽은 종이자 탕녀인 마리야를 용서하여 주소서. 고의든 고의가 아니든……"

상스러운 말이 다시 그의 혀에서 튀어나온다. 하지만 그는 이것을 알아채지 못한다. 의식 속에 단단히 박힌 것은, 그리고 리 신부의 훈계뿐만 아니라 대못으로도 빼내지 못할 테니까! 마카리예브나는 한숨을 쉬며 뭐라고 속삭이고, 손이 마비된 미티카는 숨을 들이마시면서 무언가를 깊이 생각했다…….

"병과 슬픔과 탄식이 없는 곳에……." 부제는 한 손으로 오른쪽 뺨을 가리면서 나직하고 둔탁한 소리를 낸다.

향로에서 피어오른 푸르스름한 연기는 음울하고 죽은 듯한 교회 공간을 가로질러, 비스듬히 넓게 비치는 햇살 속에 묻혀 버린다. 이 햇살 속에 죽은 딸의 영혼이 연기와 함께 떠다니는 것 같다. 어린아이의 곱슬머리처럼 가는 연기 줄기가 빙빙 돌며 창문을 향해 올라간다, 마치 이 가엾은 영혼에 가득 들어찬 상심과 비애가 물러나듯이.

(1886)

반카

석 달 전에 구두장이 알랴힌의 수습공이 되어 일을 배우고 있는 아홉 살 소년 반카 주코프는 크리스마스 전날 밤에 잠자리에 들지 않았다. 반카는 주인 부부와 수습공들이 새벽 예배에 갈 때까지 기다렸다가 주인의 찬장에서 잉크병과 펜촉에 녹이 슨 펜대를 꺼냈다. 그러고는 구겨진 종이 한 장을 앞에 펴 놓고 편지를 쓰기 시작했다. 반카는 첫 글자를 쓰기 전에 몇 번이나 소심하게 문과 창문을 둘러보고, 어둑한 성상(聖像)과 그 성상 양편으로 쭉 늘어선 구두 모형들을 넣어 둔 선반을 곁눈질한 뒤 간간히 한숨을 쉬었다. 긴 의자 위에 종이를 펴 놓고 반카는 무릎을 꿇고 앉았다.

"사랑하는 할아버지 콘스탄틴 마카르이치!" 반카가 썼다. "할아버지께 편지를 씁니다. 성탄을 축하드리고 하느님이 할아버지께 모든 복을 내려 주시길 빌어요. 저에겐 아빠도 엄마도 없고 오직 할아버지뿐이에요."

반카는 눈길을 돌려 촛불이 반사되어 어른거리는 어두운 유리창을 바라보았다. 그리고 상상을 통해 지주 지바레프의 집에서 야간 경비원으로 일하는 할아버지 콘스탄틴 마카르이치의 모습을 또렷이 보았다. 할아버지는 몸집이 작고 말랐지만 유난히 민첩하고 활동적인 예순다섯 살의 노인으로, 늘 웃는 얼굴에 술 취한 눈빛을 하고 있었다. 낮에는 하인들의 거처에서 잠을 자거나 여자 요리사들과 농담을 하며 시간을 보냈지만 밤에는 헐렁한 모피 외투를 입고 딱따기를 딱딱 치면서 저택 주위를 걸어 다녔다. 머리를 떨군 늙은 누렁이와, 족제비같이 길쭉한 몸통과 검은 털 때문에 미꾸라지라고 불리는 수캐가 할아버지의 뒤를 따라다녔다. 이 미꾸라지는 유난히 공손하고 상냥했는데, 집안사람들이나 낯선 사람들을 가리지 않고 똑같이 부드러운 눈길로 바라보는 까닭에 누구에게도 신뢰감을 주지 못했다. 그런데 미꾸라지의 공손함과 순종 뒤에는 교활한 적의가 감추어져 있었다. 제때에 살금살금 다가가서 한쪽 다리를 잡아채거나 지하 냉장실로 기어들어 가서 농부의 암탉을 훔치는 데는 미꾸라지를 따를 개가 없었다. 사람들이 여러 번 뒷다리를 부러뜨리고, 두어 번이나 공중에 달아매고, 매주 반죽음이 되도록 때렸지만 미꾸라지는 언제나 되살아나곤 했다.

아마도 지금쯤 할아버지는 대문간에 서서 눈을 가늘게 뜨고 마을 교회의 선홍빛 창문들을 바라보고 계시겠지. 그리고 펠트 장화를 신고 장단에 맞춰 발을 구르며 하인들과 시시덕거리실 거야. 할아버지는 허리춤에 딱따기를 차고, 두 손을 마주치며 추위에 몸을 움츠린 채, 늙은이처럼 킬킬거릴 테지. 그러고는 하녀나 여자 요리사를 번갈아 꼬집어 대겠지.

"연초 냄새 맡아 보겠수?" 아낙들 앞에 쌈지를 내밀면서 할아버지가 말한다.

아낙들은 냄새를 맡다가 재채기를 한다. 할아버지는 미칠 듯이 기뻐하고 자지러지게 웃어 대면서 소리친다.

"떼어 버려, 코가 얼어붙겠어!"

그들은 개들에게도 연초 냄새를 맡게 한다. 누렁이는 재채기를 하며 낯짝을 돌리고 화가 나서 옆으로 물러난다. 하지만 미꾸라지는 너무나 점잖아서 차마 재채기는 못 하고 꼬리를 흔든다. 날씨는 이루 말할 수 없이 좋다. 대기는 고요하고 투명하며 신선하다. 밤은 어둡지만 하얀 지붕들과 굴뚝에서 피어오르는 가느다란 연기가 물결처럼 흐르는 온 마을, 서리를 맞아 은빛으로 빛나는 나무들과 눈 더미들이 보인다. 하늘에는 즐겁게 반짝이는 별들이 온통 흩뿌려져 있고, 은하수는 마치 성탄절을 앞두고 눈(雪)으로 닦아 낸 듯 몹시 선명하다…….

반카는 한숨을 쉬고 나서 펜에 잉크를 찍어 계속 써 내려갔다.

"어제는 매를 맞았어요. 요람에 누운 주인댁 아기를 흔들어 주다가 무심코 잠이 들었다는 이유로 주인이 내 머리칼을 잡아 쥐고 마당으로 끌어내더니 가죽끈으로 호되게 때렸어요. 이번 주에는 안주인이 청어를 깨끗이 손질하라고 해서 꼬리부터 씻었더니 청어를 집어 들고 그 대가리로 내 얼굴을 쿡쿡 찔러 댔죠. 수습공들은 날 놀리면서 보드카를 사 오라고 술집으로 보내거나 주인집 오리를 훔쳐 오라고 시켜요. 그러다 들키면 주인은 닥치는 대로 날 때려요. 먹을 게 하나도 없어요. 아침에는 빵을 주고 점심에는 죽을 주고 저녁에는 또 빵을 줘요. 차나 양배춧국은 주인들끼리만 게걸스럽게 먹어 치우죠. 심지어 나더러 현관에서 자라고 해요. 주인댁 아이가 울면 나는 한잠도 못 자고 요람을 흔들어요. 사랑하는 할아버지, 제발 여기서 저를 집으로, 시골로 데려가 주세요. 여기에는 어떤 가망도 없어요……. 무릎 꿇고 할아버지께 간청하고, 항상 하느님께 기도하겠어요. 여기서 저를 데려가 줘요, 아니면 저는 죽을 거예요…….”

반카는 입을 비죽거리다가 시커먼 주먹으로 눈가를 닦고 나서 훌쩍거렸다.

“할아버지에게 연초를 비벼 드리고, 하느님께도 기도드릴게요.” 반카는 계속 편지를 써 나갔다. “뭔가 잘못하면 사정없이 저를 때리세요. 제가 할 일이 없다고 생각하지 마세요. 제발 장화를 닦는 일을 맡겨 달라고, 집사에게 부탁할게요. 아니면 페지카 대신 목동으로 일하겠어요. 사랑하는 할아버지, 여기엔 어떤 가망도 없고, 그저 죽는 수밖에 없어요. 걸어서 시골로 도망치려 했지만 장화도 없고 추위도 무서워요. 어른이 되면 제게 베푼 은혜를 갚기 위해 할아버지를 부양하고, 아무도 할아버지를 괄시하지 못하게 할게요. 할아버지가 돌아가시면 엄마 펠라게야를 위해 기도했던 것처럼 할아버지의 영혼이 안식하도록 기도할게요.

모스크바는 큰 도시예요. 집은 모두 지주들의 것이고, 말이 많아요. 그런데 양들은 없고 개들이 사납지 않아요. 여기 아이들은 별이 뜨면 돌아다니지 않고, 교회 성가대석에선 아무나 노래를 부를 수 없어요. 한번은 가게 진열창에서 줄 달린 낚싯바늘을 파는 걸 보았어요. 온갖 물고기들을 잡을 수 있는 아주 값비싼 낚싯바늘인데, 심지어 1푸드[11]나 되는 메기를 잡을 수 있는 낚싯바늘도 있어요. 지주 나리들의 것과 비슷한 갖가지 총을 파는 가게도 보았어요. 아마 한 자루에 100루블쯤 할 거예요…… 고깃간에는 멧닭도 있고, 들꿩도 있고, 토끼도 있어요. 어디서 잡은 거냐고 물어봐도 점원들은 대답하지 않아요.

사랑하는 할아버지, 지주댁에서 사탕이나 과자를 매단 크리스마스트리를 세우면 금박 입힌 호두 하나를 떼어 내 초록색 상자 속에 넣어 두세요. 올가 이그나티예브나 아가씨에게 부탁해서, 반카에게 줄 거라고 말씀하세요."

반카는 경련하듯 한숨을 쉬고 나서 다시 창문을 응시했다. 반카는 주인댁에서 쓸 전나무를 베러 숲에 갔을 때 할아버지가 자신을 데려갔던 일을 떠올렸다. 참 즐거운 시절이었다! 할아버지가 헛기침을 하면 얼어붙은 숲도 헛기침을 했고, 할아버지와 그 얼어붙은 숲을 바라보면서 반카도 헛기침을 했다. 전나무를 베기 전에 할아버지는 담뱃대로 담배를 피우고, 오

11) 러시아의 무게 단위. 1푸드는 16.38킬로그램.

랫동안 연초 냄새를 맡으면서 추위에 꽁꽁 얼어 버린 반카를 놀려 대곤 했다……. 서리를 뒤집어쓴 어린 전나무들은 꼼짝 않고 서서, 과연 자기들 중 누가 죽을지를 잠자코 기다리고 있다. 돌연 눈 더미 위로 토끼가 쏜살같이 달아난다……. 할아버지는 소리를 지르지 않을 수 없다.

"잡아라, 잡아……. 오, 꼬리가 짧은 악마 같은 놈!"

할아버지가 전나무를 베어 주인집으로 끌고 오면, 이제 사람들은 전나무를 장식하기 시작했다……. 반카가 좋아하는 올가 이그나티예브나 아가씨가 어느 누구보다 바빴다. 반카의 엄마가 아직 죽지 않고 주인댁 하녀로 일하던 시절, 올가 이그나티예브나는 반카에게 알사탕을 가져다주거나 한가할 때는 읽고 쓰기, 100까지 세기, 심지어 카드리유[12]를 추는 방법까지 가르쳐 주었다. 하지만 엄마가 죽은 뒤 고아가 된 반카는 하인들의 거처로 쫓겨났고, 할아버지 손에 맡겨졌다가 다시 모스크바의 구두장이 알랴힌에게 보내진 것이었다…….

"어서 와 주세요, 사랑하는 할아버지." 반카는 계속 편지를 써 내려갔다. "제발 저를 여기서 데려가 줘요. 불행한 고아인 저를 불쌍히 여겨 주세요. 모두가 날 때려요. 그리고 몹시 배가 고파요. 갑갑하기는 이루 말할 수 없고 늘 울고 있어요. 얼마 전엔 주인이 각목으로 내 머리를 때리는 바람에 쓰러졌다가 간신히 정신을 차렸어요. 제 비참한 생활은 개만도 못해요……. 알료나, 애꾸눈 예고르카, 마부 아저씨에게 안부를 전

---

12) 네 사람이 한 조가 되어 사방에서 서로 마주 보며 추는 프랑스 춤.

해 주세요. 제 아코디언은 아무에게도 주지 마세요. 손자 이반 주코프 드림. 사랑하는 할아버지, 어서 와 주세요."

반카는 글을 빼곡히 쓴 종이를 네 겹으로 접어서, 엊저녁에 1코페이카를 주고 산 봉투에 넣었다……. 잠시 생각한 뒤, 반카는 펜촉에 잉크를 적셔 주소를 썼다.

"시골에 계신 할아버지께."

그리고 머리를 긁적이며 잠시 또 생각하다가 "콘스탄틴 마카르이치에게."라고 덧붙였다. 아무런 방해도 받지 않고 편지를 썼음에 만족한 반카는 모자를 쓰고 외투조차 걸치지 않은 채, 오직 루바시카만을 입고 거리로 뛰어나갔다……. 엊저녁에 반카는 고깃간 점원들에게 물어봤다. 그들이 말하길, 편지를 우체통에 넣으면 술 취한 마부가 모는 우편 삼두마차가 딸랑딸랑 워낭을 울리며 전국으로 편지를 배달해 준다고 했다. 반카는 첫 번째 우체통까지 뛰어가서 소중한 편지를 그 안에 밀어 넣었다…….

달콤한 희망에 혼곤해진 반카는 한 시간쯤 지난 뒤 깊은 잠에 빠져들었다……. 그는 페치카가 나오는 꿈을 꾸었다. 할아버지가 맨발을 축 늘어뜨리고 페치카 위에 앉아서 여자 요리사들에게 편지를 읽어 주고 있다……. 미꾸라지가 페치카 주위를 돌아다니며 꼬리를 흔든다…….

(1886)

복권

일 년에 1200루블을 받으며 가족과 함께 사는 자기 운명에 아주 만족하는 중년의 이반 드미트리치는 웬일인지 저녁을 먹고 난 뒤 소파에 앉아서 신문을 읽기 시작했다.

"오늘 신문 보는 걸 잊었네." 아내가 식탁을 치우면서 말했다. "봐요, 신문에 복권 당첨 일람표가 나지 않았어요?"

"그래, 여기 있군." 이반 드미트리치가 대답했다. "당신 복권은 저당잡히지 않았었나?"

"아뇨. 화요일에 이자가 붙었어요."

"번호가 뭐야?"

"조(組) 번호는 9499이고, 복권 번호는 26이에요."

"그래…… 어디 보자……. 9499에 26이라."

이반 드미트리치는 복권에 당첨되리라고는 믿지 않았다. 그래서 다른 때 같으면 복권 당첨 일람표를 절대 들여다보지 않았을 테지만, 지금은 딱히 할 일이 없었고, 게다가 마침 신문이 눈앞에 있었기 때문에 손가락으로 조 번호를 위에서부터 아래로 훑어보았다. 그러나 그의 불신을 조롱이라도 하듯이 위에서 채 두 줄도 내려가지 않았는데 9499라는 숫자가 퍼뜩 눈에 띄었다! 곧장 복권 번호를 보거나, 또 자기가 본 것을 재차 점검하지도 않고 그는 급히 신문을 무릎 위에 내려놓았다. 마치 누가 배에다 찬물이라도 끼얹은 듯 그는 명치 밑에서 기분 좋은 냉기를 느꼈다. 근질근질하고 무시무시하고 달콤하기까지 했다!

"마샤, 9499가 있어!" 그는 나직한 목소리로 말했다.

아내는 놀라고 겁먹은 남편의 얼굴을 보고 나서야 그 말이 농담이 아님을 알았다.

"9499가요?" 아내는 낯빛이 하얘진 채 접은 식탁보를 식탁 위에 놓으며 말했다.

"그래, 그렇다니까…… . 틀림없이 있어!"

"그런데 복권 번호는요?"

"아, 그렇지! 또 복권 번호가 있지. 하지만 좀 기다려…… . 기다리라고. 아니야, 뭐라고? 어쨌든 우리 조 번호는 있어! 아무튼 알겠지…… ."

이반 드미트리치는 아내를 바라보면서, 사람들이 내놓은 번쩍거리는 물건에 넋을 잃은 아이처럼 환하게 얼빠진 미소를 지었다. 아내 역시 미소를 지었다. 아내도 남편과 마찬가지로 희열을 느꼈는데, 남편이 단지 조 번호만을 확인하고 행운의 복권 번호는 아직 서둘러 말하지 않았기 때문이다. 가능한 행운에 대한 희망으로 자신을 지치게 하고 흥분하게 하는 것 — 이것은 이토록 달콤하고 무섭다!

"우리 조가 있다는 건," 오랜 침묵 끝에 이반 드미트리치가 말했다. "우리가 복권에 당첨될 가능성이 있다는 거야. 그저 가능성일 뿐이지만 어쨌든 가능성이 있어!"

"자, 이제 봐요."

"좀 기다려. 벌써 실망할 수 있으니까. 위에서 둘째 줄에 있는 이 조 번호는 7만 5000루블의 상금을 의미하지. 이건 돈이 아니라 힘이고 자본이야! 내가 지금 복권 당첨 일람표를 들여다보다가 갑자기 거기서 26을 발견한다면! 응? 이봐, 정말로 우리가 복권에 당첨되었다면?"

부부는 웃기 시작했고, 말없이 오랫동안 서로를 바라보았다. 행운의 가능성은 그들의 정신을 몽롱하게 했다. 그들은 자기들에게 이 7만 5000루블이 생기면 무엇을 위해 쓰고, 무엇을 사고, 어디로 갈지조차 감히 공상할 수 없었다. 그들은 9499와 7만 5000이라는 숫자에 대해서만 생각했고, 자신의 상상 속에서 그 숫자들을 그려 보았지만 아주 가능한 행운에 대해서는 왠지 생각하지 못했다.

이반 드미트리치는 두 손에 신문을 쥔 채 방 안을 이리저리 수차례 서성였다. 최초의 감동이 겨우 진정되었을 때, 그는 조금씩 공상하기 시작했다.

"그런데 만일 우리가 복권에 당첨되었다면?" 그가 말했다. "이거야말로 새로운 인생이고, 엄청난 변화야! 당신의 복권이지만, 만약 그것이 내 것이라면 당연히 나는 맨 먼저 2만 5000루블로 영지와 같은 부동산을 매입할 테야. 그리고 1만 루블은 임시 경비로 쓰겠어. 새로운 상황이니까…… 여행도 하고, 빚도 갚고, 또 그 밖에…… 나머지 4만 루블은 은행에 넣어 두고 이자를 받아서……"

"그래요, 영지를 사는 건 좋은 일이에요." 아내가 자리에 앉아 두 손을 무릎 위에 놓으면서 말했다.

"툴라나 오룔현 어딘가에 사면……. 그러면 첫째로 별장이 필요 없고, 둘째로 어쨌든 수입이 생길 테니까."

그리하여 그의 상상 속에서 온갖 장면들이 꼬리에 꼬리를 물고 떠올랐다. 하나의 장면은 더 정답고 더 시적인 다른 장면으로 연신 바뀌어 갔다. 그는 이 모든 장면 속에서 배가 부르고 편안하고 건강한 삶을 누리는 스스로를 보았다. 그의 몸은 따스해졌고 뜨겁게 달아오르기까지 했다! 이제 그는 얼음처럼 차가운 수프를 먹고, 햇볕에 달구어진 강가의 모래밭이나 정원의 피나무 밑에 반듯하게 눕는다…… 무덥다…… 아들과 딸이 그의 옆으로 기어다니며 모래를 파헤치거나 풀 속에서 작은 딱정벌레를 잡는다. 그는 기분 좋게 졸면서 아무것도 생각하지 않고, 오늘도 내일도 모레도 일하러 가지 않는 기쁨을 온몸으로 느낀다. 누워 있다가 싫증이 나면 풀을 베러 가거나 버섯을 따러 숲으로 가거나, 또 농부들이 어망으로 물고기를 잡는 모습을 바라본다. 해가 질 무렵, 그는 수건과 비누를 들고 느릿느릿 욕장으로 간다. 거기서 천천히 옷을 벗고, 손바닥으로 맨가슴을 오랫동안 문지르고 나서 물속으로 들어

간다. 그런데 물속에서는, 비눗물로 흐려진 그 주변으로 작은 물고기들이 분주히 헤엄쳐 다니고 푸른 수초가 부드럽게 움직인다. 목욕을 마친 뒤 크림을 넣은 차를 마시고, 우유와 버터를 넣은 롤빵을 먹는다……. 저녁에는 산책을 하거나 이웃 사람들과 카드놀이를 한다.

"그래, 영지를 사면 좋겠어요." 아내 역시 공상에 잠겨 말한다. 그녀의 얼굴을 보니 자기 생각에 빠져 황홀해하는 듯하다.

이반 드미트리치는 비 내리는 가을을, 가을의 서늘한 저녁을, 9월 초중순의 맑은 가을 날씨를 머릿속에 그려 본다. 이때가 되면, 큰 잔으로 흠뻑 얼린 보드카를 마시고, 소금에 절인 버섯이나 회향(茴香)으로 맛을 낸 작은 오이를 먹고, 또 다른 무언가를 마시기 위해 정원과 채소밭과 강변을 더 오래 산책해야 한다. 아이들은 채소밭에서 신선한 흙냄새가 나는 당근과 무를 뽑아 가지고 달려간다……. 이윽고 소파 위에 몸을 쭉 펴고 누워 삽화가 있는 어떤 잡지를 천천히 들여다본다. 그러다가 잡지로 얼굴을 가리고 조끼 단추를 푼 뒤에 졸기 시작한다…….

9월 초중순의 맑은 가을 날씨에 뒤이어, 음산하고 침침한 계절이 시작된다. 밤낮으로 비가 내리고, 벌거벗은 나무들은 윙윙 울어 대고, 바람은 습하고 차다. 개들과 말들과 암탉들은 온통 비에 젖어 침울하고 겁에 질려 있다. 마땅히 산책할 곳도 없고, 집에서 나갈 수조차 없다. 온종일 방 구석구석을 서성이고, 우울하게 우중충한 창문들을 바라봐야만 한다. 따분하다!

이반 드미트리치는 걸음을 멈추고 아내를 바라보았다.

"이봐, 마샤, 외국으로 가는 게 좋겠어." 그가 말했다.

그리고 그는 늦가을, 겨울이 오기 전에 외국으로 떠나면 좋겠다고 생각했다. 프랑스 남부든, 이탈리아든…… 인도든 어딘가로!

"나도 꼭 외국으로 갔으면 좋겠어요." 아내가 말했다. "자, 복권 번호를 봐요!"

"잠시 기다려! 기다리라고……."

그는 방 안을 서성이며 계속 생각했다. 그러다 이런 생각이 떠올랐다. '그런데 정말로 아내가 외국으로 따라나서면 어쩌지? 혼자 여행을 하든, 경박하고 태평스럽고 즉흥적인 여자들과 함께 다니면 좋을 것 같은데. 여행하는 내내 시종 아이들을 걱정하면서 호들갑을 떨고 한숨을 쉬거나, 1코페이카에 놀라서 벌벌 떠는 여자들 말고.' 이반 드미트리치는 수많은 보따리와 바구니와 꾸러미를 가지고 객실에 앉아 있는 아내를 상상했다. 아내는 무언가에 대해 한숨을 쉬고, 여행하느라 머리가 아프고 돈을 많이 써 버렸다며 불평을 한다. 그리고 끓인 물과 샌드위치와 음료를 사러 끊임없이 정거장으로 달려가야 한다……. 아내는 음식이 비싸다고 점심을 먹지 않는다…….

'아내는 내가 푼돈을 쓸 때도 깎으려 할 거야.' 그는 아내를 힐긋 바라본 뒤 생각했다. '복권은 내 것이 아니라 아내 거야! 아무리 그래도 아내가 반드시 외국까지 따라올 이유는 없지 않은가? 거기서 아내가 뭘 보겠어? 아내는 호텔 방에 앉아서 제 곁을 못 떠나게 붙잡아 둘 거야……. 뻔하지!'

그는 난생처음으로 자기 아내가 늙고 추하며 온몸에서 부엌 냄새가 난다는 걸 깨달았다. 반면 자신은 아직 젊고 건강하며 아직 쌩쌩하므로 다시 새장가를 갈 수도 있다는 사실에 주목했다.

'물론 이런 건 하찮고 어리석은 짓이야.' 그는 생각했다. '하지만…… 왜 아내는 외국에 가려고 할까? 거기서 무엇을 이해하겠어? 외국으로 가려는 이유는…… 알 만해……. 사실 아내에겐 나폴리나 클린[13]이나 매한가지야. 그저 날 방해만 할 테고, 난 아내에게 의존하겠지. 아내는 돈을 받자마자 여느 아낙처럼 궤 안에 넣어 두고 꽁꽁 잠가 놓을 거야……. 내가 모르게 감춰 두겠지……. 자기 친척들에겐 은혜를 베풀고, 내가 한 푼이라도 쓰려 할 때마다 깎으려 할 거야.'

이반 드미트리치는 친척들을 떠올렸다. 형제자매들, 숙모들, 삼촌들은 우리가 복권에 당첨되면 당장 집으로 기어 들어와서 거지처럼 귀찮게 부탁하고 느끼한 미소를 지으며 위선적으로 행동하겠지. 불쌍하고 역겨운 사람들! 친척들에게 돈을 주면, 그들은 또다시 돈을 더 달라고 부탁할 거야. 만약 부탁을 거절하면 저주를 퍼붓고, 유언비어를 퍼뜨리고, 우리가 온갖 불행에 빠지길 바랄 거야.

이반 드미트리치는 자기 친척들과 그들의 얼굴을 떠올렸다. 이전에는 평범하게 보였던 그 얼굴들이 지금은 역겹고 밉살스럽게 보였다.

---

13) 러시아 모스크바주에 속한 도시.

'참 비열한 작자들이야!' 그는 생각했다.

아내의 얼굴 역시 역겹고 밉살스럽게 보였다. 그의 마음속에서 아내에 대한 적의가 끓어오르기 시작했다. 그는 심술궂은 마음을 품고 생각했다.

'아내는 돈에 대해 아무것도 몰라. 그러니까 인색하지. 복권에 당첨되면 나한텐 기껏해야 100루블만 줄걸. 나머지는 궤짝 속에 넣고 자물쇠로 잠가 두겠지.'

그는 이미 미소가 아니라 증오심을 띠고 아내를 바라보았다. 아내도 증오심과 적의를 품고 남편을 바라보았다. 아내 또한 자기 나름의 희망찬 공상과 계획과 생각을 가지고 있었다. 그녀는 자기 남편이 지금 무슨 공상을 하는지 아주 잘 알고 있었다. 누가 맨 먼저 자신의 당첨금에 손을 내밀지도.

'남의 돈을 가지고 잘도 공상을 하는군!' 그녀의 시선은 이렇게 말하고 있었다. '안 돼, 감히 누구 돈을 넘봐!'

남편은 아내의 시선을 알아챘다. 그의 가슴속에서 다시 증오심이 치밀어 올랐다. 그는 아내에게 적의를 품고 그녀를 약 올리기 위해 신문의 네 면을 재빠르게 들여다본 뒤에 의기양양하게 말했다.

"조 번호는 9499, 복권 번호는 46! 26이 아니군!"

희망과 증오, 이 둘이 단번에 사라졌다. 그 즉시 이반 드미트리치와 아내는 자기들의 방이 어둡고 비좁고 내려앉은 듯 느꼈다. 그들이 먹은 저녁도 배를 그득하게 채워 주기는커녕 단지 위를 압박할 뿐이었고 저녁이 유난히 길고 따분하게 여겨졌다…….

"정말 알 수가 없어." 이반 드미트리치가 억지를 부리면서 이렇게 말했다. "어디에 발을 디뎌도 사방 발밑엔 종이 쪼가리와 빵 부스러기와 온갖 껍데기만이 나뒹굴고 있어. 한 번도 방을 쓸지 않았단 말이지! 집에서 나가 귀신한테나 잡아먹혀야겠어. 맨 먼저 마주치는 사시나무에 목매달아 죽을 테야."

(1887)

행복

Ya. P. 폴론스키[14]에게 바침

큰 가도(街道)라고 불리는 넓은 초원 길가에서 양 떼가 밤을 지새우고 있었다. 양치기 둘이 양 떼를 지켰다. 한 사람은 이가 없고 얼굴에 경련이 있는 여든 살쯤의 노인인데, 길옆에 엎드려서 먼지로 뒤덮인 질경이 잎 위에 팔꿈치를 괴고 있었다. 다른 사람은 짙은 검은 눈썹에 수염이 없는 젊은 남자로, 거친 무명옷(이 거친 무명으로 값싼 자루를 만든다.)을 입고 있었다. 젊은 이는 두 손을 머리 밑에 베고 누워서 바로 자기 얼굴 위에 길게 늘어선 은하수의 별들이 졸고 있는 하늘을 쳐다본다.

양치기들만이 있었던 건 아니다. 그들에게서 2미터쯤 떨어진, 길을 뒤덮은 어둠 속에 도사린 안장을 얹은 말이 어렴풋

---

14) 러시아의 시인이자 산문 작가, 사회 평론가.

이 보였다. 그리고 그 말 옆에는 큰 장화를 신고 짧은 카프탄을 입은 남자가 안장에 몸을 기대고 서 있었다. 아마 지주의 순찰원 같았다. 곧고 둔중한 풍채와 행동거지 그리고 양치기들과 말을 대하는 태도로 보건대 그는 신중하고 자신의 가치를 아는 사려 깊은 사람이었다. 그에게서 바른 자세, 지주들이나 관리인들을 자주 상대하는 사람만이 지닌 당당하고 겸손한 표정의 흔적이 어둠 속에서도 느껴졌다.

양들은 자고 있었다. 벌써 하늘의 동녘을 물들이기 시작한 잿빛 노을을 배경으로, 아직 잠들지 못한 양들의 윤곽이 여기저기 보였다. 양들은 머리를 떨구고 서서 무언가를 생각하고 있었다. 오직 넓은 초원과 하늘, 낮과 밤에 대한 관념으로 형성된 양들의 길고 따분한 생각은 아마 그들을 무감각할 정도로 놀라게 하거나 짓눌렀을 것이다. 지금 장승처럼 서 있는 양들은 낯선 사람이 있다는 사실도, 개들이 불안해한다는 점도 알아채지 못했다.

초원의 여름밤이면 언제나 들을 수 있는 단조로운 소음이 죽은 듯 꾸덕꾸덕한 대기 속에서 울렸다. 귀뚜라미가 끊임없이 노래하고, 메추라기는 울어 댔다. 그리고 양 떼에서 1킬로미터쯤 떨어진, 개울이 흐르고 갯버들이 무성한 골짜기에서 어린 꾀꼬리들이 느릿느릿 우짖고 있었다.

순찰원은 양치기들한테 담뱃불을 얻으려고 걸음을 멈추었다. 그는 담배 한 대를 다 피운 뒤 한 마디도 하지 않았다. 그러고는 안장에 팔꿈치를 괴고 생각에 잠겼다. 젊은 양치기는 순찰원에게 어떤 주의도 기울이지 않았다. 그는 여전히 누워서 하늘을 바라보고 있었다. 노인은 한동안 순찰원을 쳐다보다가 물었다.

"혹시 마카로프 농장의 판텔레이 아니오?"

"그렇습니다." 순찰원이 대답했다.

"글쎄, 그럴 줄 알았어. 몰라봐서 미안하오. 어디서 오는 길이오?"

"코브일리 지역에서 오는 길입니다."

"먼 데서 오는구려. 땅을 한 뙈기씩 빌려주나요?"

"여러 가지죠. 한 뙈기씩 빌려주기도 하고, 임대하기도 하고, 참외밭으로 쓰라고 내주기도 합니다."

눈과 코 아래에 양털이 묻어 있고, 몸집이 큰 데다 털이 많은, 흰색의 불결한 늙은 양몰이개 한 마리가 낯선 사람이 나타났는데도 무심한 척 말 주위를 조용히 서너 번 돌았다. 그러다가 별안간 노인처럼 목쉰 소리로 사납게 짖어 대더니 돌연 뒤에서부터 순찰원에게 달려들었다. 나머지 개들마저 끝내 참지 못하고 제자리에서 벌떡 일어났다.

"멈춰, 이 망할 놈의 개!" 노인이 팔꿈치를 세우고 일어서면서 소리쳤다. "뒈지고 싶냐, 이 망할 놈의 개!"

개들이 조용해지자 노인은 다시 이전의 자세를 취하고 조용한 목소리로 말했다.

"코브일리에서, 바로 예수 승천절에 예핌 즈메냐가 죽었다죠. 밤에는 그런 사람들의 죄악을 아예 생각하거나 말하지도 말아야지. 더러운 영감이었어. 아마 그 영감에 대한 얘기는 벌써 들었겠지요?"

"아니, 듣지 못했소."

"예핌 즈메냐는 대장장이 스테프카의 아저씨요. 온 지방 사람들이 그를 알지요. 아이고, 정말 망할 놈의 영감이지! 프랑스인을 쫓아낸 알렉산드르 황제를 타간로크에서 모스크바까지 짐수레로 실어 온 1860년대부터 그 영감을 알았는데, 우리는 고인이 된 황제를 맞이하려고 함께 갔다오. 그때는 가도가 바흐무트로 이어지지 않고, 에사울롭카로부터 고로디셰로나 있었지요. 그리고 지금 코브일리, 거기에는 새 둥지가 많았다오. 걸음을 뗄 때마다 새 둥지였어. 그때 이미 나는 즈메냐가 자기 영혼을 망쳤고, 그에게 악마가 들러붙어 있음을 알아챘지요. 단언하건대, 만약 사내놈이 항상 말없이 노파나 하는 일을 하면서 혼자 살려고 한다면 별로 이로울 게 없다오. 그런데 예핌은 젊어서부터 늘 말이 없었고, 사람을 힐끗힐끗 쳐다보곤 했거든. 그는 항상 성이 난 것 같았고, 암탉 앞의 수탉처럼 잘난 체를 했지. 교회에 간다든가 아이들과 거리에서 논다든가 주막에 가는 일마저 전혀 없었고, 늘 혼자 앉아 있거나 노파들과 수군거리곤 했어. 젊은 시절에 그는 양봉꾼이나 참외밭지기로 고용되었는데, 선량한 사람들이 그의 밭을 찾아오면 수박과 참외가 소리를 내며 울었어. 한번은 그가 사람들 앞에서 강꼬치고기를 잡았는데, 이놈이 호-호-호-호 큰 소리로 웃어 대기 시작하는 거야……."

"그런 일이 종종 있지요." 판텔레이가 말했다.

젊은 양치기는 옆으로 돌아눕더니, 검은 눈썹을 치켜들고 노인을 빤히 쳐다보았다.

"그런데 영감은 수박이 소리를 내며 우는 걸 들었어요?" 젊은 양치기가 물었다.

"듣지는 못했지. 하느님이 보우하사." 노인이 한숨을 쉬었다. "하지만 사람들이 말했다네. 이상할 건 아무것도 없어……. 악마가 원하면 돌에서도 소리가 나는 법이니까. 농노 해방 전에 우리 마을에서 사흘 밤낮으로 바위가 울었는데, 나도 그 울음소리를 들었어. 강꼬치고기가 소리 내어 웃은 까닭은, 즈메냐가 강꼬치고기 대신에 악귀를 잡았기 때문이야."

노인은 무언가를 생각해 냈다. 그는 재빨리 무릎을 짚고 일어나서 추운 듯이 몸을 움츠리고, 신경질적으로 두 손을 소매 속으로 찔러 넣었다. 그러고는 콧소리를 내며 아낙들처럼 빠른 어조로 말하기 시작했다.

"하느님, 우리를 구원하시고 용서하소서! 한번은 내가 강변을 따라 노보파블롭카에 간 적이 있었네. 천둥과 번개를 동반한 비가 내릴 것 같았지. 오, 맙소사, 정말 무서운 폭풍이었어……. 나는 있는 힘을 다해서 서둘러 가다가 가시덤불 사이로 — 그때 가시덤불에 꽃이 피어 있었나? — 흰 수소가 걸어가는 모습을 보았어. '이놈은 누구의 수소일까? 무엇 하러 수소가 여기로 왔을까?' 하고 생각했지. 그런데 수소가 꼬리를 흔들며 음매음매 울면서 걸어가는 거야! 그래서 그놈을 뒤쫓아 가까이 다가가서 보니, 세상에! 그건 수소가 아니라 즈메냐였네. 오, 주여, 주여, 살려 주소서! 하고 나는 성호를 그었지. 그가 나를 쳐다보며 눈을 부릅뜨더니 뭐라고 웅얼거리더군. 나는 깜짝 놀랐고 진짜 무서웠어! 나란히 걸어가면서도 그와 얘기하기가 두려웠네. 천둥이 치고 하늘에선 번개가 번쩍거리는 데다 버들은 수면에 늘어져 있고……. 그런데 갑자기 말이야, 이게 거짓말이면 하느님의 천벌을 받아 참회할 겨를조차 없이 급살을 맞더라도 상관없네, 토끼 한 마리가 길을 가로질러 뛰어가는 거야……. 그런데 뛰어가던 토끼가 멈춰 서더니 사람처럼 '안녕하쇼, 농부들!' 하고 인사를 했어. 저리 가, 이 망할 놈의 개! 죽고 싶어!" 노인은 다시 말 주위를 빙빙 도는 털북숭이 개에게 소리쳤다.

"그런 일이 종종 있지요." 순찰원은 안장에 더욱 몸을 기댄 채 꼼짝 않고 말했다. 그는 생각에 잠긴 사람들이 대개 그렇듯이 조용하고 나지막하게 말했다.

"그런 일이 종종 있지요." 그는 확신에 차서 의미심장하게 되뇌었다.

"우, 망할 놈의 영감탱이였지!" 노인은 다소 누그러진 목소리로 말을 이었다. "농노 해방 후 오 년이 지났을 무렵, 마을 사람들은 그를 사무소에 데려가서 채찍으로 때렸어. 그러자 그가, 이를테면 자기 원한을 증명이라도 하고 싶었는지, 돌연 코브일리 일대에 인후병을 퍼뜨렸어. 그때 사람들이, 마치 콜레라에 걸린 듯 헤아릴 수도 없을 만큼 엄청나게 죽었지……."

"그런데 그자가 어떻게 병을 퍼뜨렸을까요?" 잠시 잠자코 있던 젊은 목부가 물었다.

"그거야 뻔하지. 마음만 먹으면 그리 어려운 일도 아니야. 즈메냐는 독사 기름으로 사람들을 죽인 거야. 독사 기름은 먹거나, 심지어 냄새만 맡아도 사람을 죽일 수 있는 강력한 독약

이니까."

"그건 확실하죠." 판텔레이가 동의했다.

"그때 젊은이들이 그를 죽이려고 했는데, 노인들이 막았지. 그를 죽여서는 안 됐거든. 그가 보물이 있는 곳을 알았으니까. 그자 말고는 아무도 몰랐어. 그 보물은 주문 때문에 아무리 찾아도 발견할 수가 없는데, 그는 보았거든. 그가 강가나 숲을 따라 걸어가면 덤불과 바위 밑에서 불길이 여기저기 일어나곤 했어……. 그 불길은 꼭 유황불 같았지. 나도 봤어. 모두들 즈메냐가 보물이 있는 곳을 가르쳐 주든가, 직접 파내길 기다렸다네. 하지만 자기가 먹기는 싫고 개 주기는 아깝다는 말이 있듯이, 그 영감탱이는 보물을 파내지도, 사람들에게 그 장소를 가르쳐 주지도 않고 뒈져 버렸어."

순찰원이 파이프를 피우자, 그 순간 풍성한 수염과 뾰족하고 단정하고 듬직한 코가 빛났다. 그의 손에서 테 없는 모자 쪽으로 날아오른 동그란 작은 불빛이 안장 너머 말의 등을 따라 귓가의 말갈기 속으로 사라졌다.

"이곳에 보물들이 많소." 순찰원이 말했다.

그리고 그는 천천히 담배 연기를 빨아들인 뒤, 자기 주위를 돌아보며 희끄무레해지는 동쪽 하늘에 시선을 멈추고 덧붙여 말했다.

"틀림없이 보물이 있을 거요."

"물론이요." 노인이 한숨을 쉬었다. "모든 걸로 미뤄 보건대 분명 보물이 있는데 아무도 파내지를 못한 거야. 아무도 보물이 있는 곳을 모르고, 또 여태껏 보물엔 전부 주문이 걸려 있었으니까. 보물을 찾아내려면 부적이 있어야 하는데, 부적 없이는 아무것도 할 수 없지. 즈메냐에게 부적이 있었는데, 그 망할 놈의 대머리 영감한테서 그걸 어떻게 얻어 내겠냐고? 그 영감은 아무도 부적을 얻지 못하게 손에 꼭 쥐고 있었거든."

젊은 양치기는 노인 쪽으로 두어 걸음 기어가서 주먹으로 턱을 괸 뒤에 노인을 뚫어져라 바라보았다. 공포와 호기심이 뒤섞인 순진한 표정이 그의 검은 두 눈에서 빛나기 시작했다. 양치기 청년의 젊고 투박스럽게 두드러진 얼굴 윤곽이 어슴푸레 길쭉하고 납작하게 보였다. 그는 긴장한 채 귀를 기울였다.

"그런데 문서에는 여기에 보물이 많다고 쓰여 있어." 노인이 말을 이었다. "이 점엔 의심의 여지가 없고…… 두말할 것도 없지. 이바놉카에 있는, 노보파블롭스크 출신의 한 노병에게 문서를 보여 줬는데, 그 문서엔 보물이 있는 곳과, 심지어 몇 푸드의 금이 어떤 그릇에 들어 있는지도 인쇄되어 있다더군. 그 문서로 벌써 오래전에 보물을 찾을 수 있었을 텐데, 보물에 주문이 걸려 있으니 가까이 갈 수가 없는 거야."

"할아버지, 왜 가까이 가지 못하나요?" 젊은이가 물었다.

"틀림없이 무슨 이유가 있겠지만 노병은 말하지 않았다네. 주문이 걸려 있으니까……. 부적이 필요해."

노인은 지나가는 사람에게, 마치 자기 진심을 토로하듯이 열중해서 말했다. 그는 많은 말을 빨리 하는 데 익숙하지 않아서 콧소리를 내거나 더듬거리며 말했고, 스스로 말주변이 부족하다고 느꼈다. 그리하여 그는 머리와 손과 여윈 어깨를 열심히 움직이면서 그 부족함을 보완하려고 애썼다. 그렇게 움직일 때마다 그의 무명 셔츠가 구겨져서 어깨 쪽으로 흘러내렸고, 햇볕에 그을고 늙어서 거뭇해진 등이 드러났다. 노인은 셔츠를 잡아당겨 바로잡았지만 얄궂게도 셔츠는 다시 미끄러져 내려갔다. 마침내 노인은 말을 듣지 않는 셔츠에 화가 났는지 벌떡 일어서더니 씁쓸하게 얘기하기 시작했다.

"행복은 있네. 하지만 그것이 땅속에 묻혀 있다면 무슨 소용이 있겠나? 재물이 아무 소용도 없이 왕겨나 앙똥처럼 헛되이 썩고 있단 말이지! 젊은이, 행복은 온 세상에 넘칠 만큼 아주 많지만 어느 누구도 그것을 알아보지 못하고 있어! 사람들은 그저 나리들이 그걸 파내든가, 국고에 들어가길 기다리고 있지. 나리들은 벌써 분묘를 파내기 시작했네…… 냄새를 맡은 게야! 나리들은 농부의 행복을 몹시 시샘하고 있어! 국가도 빈틈없이 준비했더군. 법률에는 농부가 보물을 발견하면 그걸 당국에 바치라고 쓰여 있네. 글쎄, 두고 보자고, 누가 바치겠어! 천만의 말씀이지!"

노인은 경멸하듯이 웃으며 땅에 주저앉았다. 순찰원은 주의 깊게 듣고 나서 동의했다. 하지만 그의 태도와 침묵으로 보건대, 노인이 얘기한 모든 것은 그에게 전혀 새로운 게 아니었다. 그는 이미 오래전부터 이것을 곰곰이 생각해 왔고 노인이 아는 것보다 훨씬 많은 것을 아는 듯했다.

"솔직히 말해, 나도 평생 열 번쯤 행복을 찾아봤네." 노인은 쑥스러운 듯이 머리를 긁적이면서 말했다. "보물이 있는 곳을 찾았으나 모두 주문에 걸려 있었지. 내 아버지도, 내 형도 보물을 찾다가 아무것도 발견하지 못하고 불행 속에서 죽었다네.

어떤 수도승이 내 형 일리야에게 타간로크의 요새 속 어느 장소에 있는 세 개의 돌 밑에 보물이 있다고 가르쳐 주었는데, 이보물도 주문에 걸려 있었지. 지금껏 기억하는데 그때, 그러니까 1838년에 마트베예프 쿠르간에 사는, 한 아르메니아 사람이 부적을 팔고 있었어. 일리야는 부적을 샀고, 두 젊은이를 데리고 타간로크로 갔지. 그런데 일리야가 요새의 그 자리에 갔더니, 바로 그곳 옆에 무기를 든 병사가 서 있었다는 거야……."

무슨 소리가 고요한 대기 속에서 초원을 따라 울려 퍼지며 들려왔다. 멀리서 무언가가 갑자기 무시무시한 소리를 내더니, 돌에 부딪혀 '탁! 탁! 탁! 탁!' 하고 울리며 초원을 따라 사라져 버렸다. 묘한 소리가 잦아들자 노인은 무심하게 꼼짝 않고 서 있는 판텔레이를 미심쩍게 쳐다보았다.

"광산에서 광석을 실어 올리는 나무통이 끊어져 떨어진 겁니다." 젊은이가 잠시 생각하고는 말했다.

벌써 동이 트고 있었다. 은하수는 희미해졌고, 눈처럼 조금씩 녹아내리면서 윤곽을 잃어 갔다. 하늘은 음산하고 흐릿해졌다. 날이 갰는지 온통 구름으로 덮였는지 알 수 없는 하늘이었다. 동쪽의 맑고 찬란한 줄무늬와, 여기저기 남아 있는 별들로 보아서 무슨 일이 있었는지 알 수 있었다.

아주 이른 새벽, 미풍이 소리 없이 등대풀과 해묵은 잡초의 갈색 줄기를 조심스레 흔들면서 길을 따라 지나갔다.

상념에서 깨어난 순찰원이 머리를 흔들었다. 그는 두 손으로 말안장을 흔들고 말의 복대를 만지면서 올라탈지 말지를 망설이다가 다시 생각에 잠겼다.

"그래." 그가 말했다. "팔꿈치는 아무리 가까워도 깨물지는 못하지……. 행복은 있지만 행복을 찾을 지혜가 없어요."

그리고 그는 양치기들 쪽으로 얼굴을 돌렸다. 그의 엄격한 얼굴은 환멸을 느낀 사람의 표정처럼 침울하고 비웃는 기색이 역력했다.

"그래, 행복이 무엇인지 보지도 못한 채 그렇게 죽어 가는 거지……." 그는 왼발을 등자에 올리면서 띄엄띄엄 말했다. "아마 더 젊은 사람은 기다릴 수 있고, 또 기다리겠지만 우리는 생각하는 것조차 관둘 때가 되었어요."

그는 이슬에 젖은 긴 콧수염을 쓰다듬으면서 털썩 말 위에 앉았다. 마치 무언가를 잊은 듯, 혹은 말을 다 하지 못한 듯 먼 곳을 바라보며 눈을 가늘게 떴다.

눈에 보이는 마지막 언덕조차 안개 속에 잠긴, 저 푸르스름한 먼 곳에서는 아무것도 움직이지 않았다. 지평선과 끝없는 초원 여기저기에 우뚝 솟아 있는 파수막과 분묘들은 엄숙하고 죽은 듯이 보였다. 움직임 없고 소리 없는 분묘들 속에서 영원한 세월과 사람에 대한 완전한 무관심이 느껴졌다. 다시 천년이 흐르고 수십억 명의 사람들이 죽을 것이다. 하지만 분묘들은 죽은 사람들을 가엾게 여기지 않고, 살아 있는 사람들에게는 무관심한 채로, 지금까지 자리해 있었던 대로 계속 서 있을 것이다. 그리고 어느 누구도 이 분묘들이 왜 여기 서 있으며, 초원의 어떤 비밀을 숨기고 있는지 알지 못할 것이다.

잠에서 깨어난 갈까마귀들이 땅 위에서 조용히 외롭게 날고 있었다. 이 오래도록 사는 새들의 느릿느릿한 비행 속에도, 매일 정확하게 반복되는 아침 속에도, 무한한 초원 속에도 ─ 그 어떤 것 속에도 의미가 있어 보이지는 않았다. 순찰원이 코웃음을 치더니 말했다.

"참으로 드넓군! 어서 가서 행복을 찾으시오!" 그는 목소리를 낮추고 진지한 얼굴로 말을 이었다. "여기엔 확실히 두 개의 보물이 묻혀 있소. 지주들은 이 보물에 대해 모르지만 늙은 농부들, 특히 병사들은 그것을 잘 알지요. 언젠가 여기, 이 구릉지 어딘가에서(순찰원은 가죽 채찍으로 한쪽을 가리켰다.) 도적들이 황금을 싣고 가는 대상(隊商)을 습격했소. 그 황금은 페테르부르크에서 보로네시 함대를 건설하던 표트르 황제에게 가던 중이었어요. 강도들은 대상을 몰살시키고 황금을 땅속에 묻었는데, 그 뒤로 황금을 찾지 못했지요. 다른 보물은 우리 돈 카자크[15]들이 묻었지요. 1812년에 그들은 프랑스인들에게서 온갖 재물과 금과 은을 무수히 강탈했소. 그들은 집으로 돌아오는 길에, 당국이 그 모든 금은보화를 몰수하려 한다는 소문을 들었지요. 당국에 재물을 속수무책 압수당하느니, 차라리 자식들한테라도 물려주려고 그들은 그 모든 것을 땅속에 묻었던 거요. 그런데 어디에 묻었는지는 아무도 모릅니다."

"나도 그 보물에 대해 들었소이다." 노인이 음울하게 중얼거렸다.

---

15) 러시아 돈강 하류에 기원을 둔 슬라브계 민족. 러시아 제국에 편입되며 특수한 군사 집단으로 변화했다.

"그래." 판텔레이는 다시 생각에 잠겼다. "그래서……."

침묵이 시작되었다. 순찰원은 생각에 잠겨 먼 곳을 바라보더니 미소를 지었다. 마치 무언가를 잊은 것 같은, 혹은 할 말을 다 하지 못한 것 같은 표정으로 계속 말고삐를 당겼다. 말은 마지못해 걸음을 뗐다. 말을 타고 100보쯤 나아간 판텔레이는 단호하게 머리를 흔들며 사색에서 깨어났다. 그러고는 말에 채찍을 가하며 질주했다.

양치기들만이 남았다.

"저 사람은 마카로프 농장의 판텔레이야." 노인이 말했다. "일 년에 150루블을 받지. 유식한 사람이야……."

잠에서 깨어난 양들이 — 3000마리 정도 되었다. — 반쯤 짓밟힌 키 작은 풀을 내키지 않지만 어쩔 수 없다는 듯 물어뜯기 시작했다. 해는 아직 뜨지 않았다. 하지만 벌써 모든 분묘들과 저 멀리 구름을 닮은, 뾰족하게 솟은 사우르 묘지가 보였다. 이 묘지에 올라서면 하늘처럼 평탄하고 끝이 없는 평야가 보이고, 지주들의 저택, 독일인들과 몰로칸 교도들의 농가, 마을이 보인다. 아마 멀리까지 내다보는 칼미크인은 아득한 도시와 철도의 기차마저 볼 수 있을 것이다. 이 세상에는 고요한 초원과 영원한 세월을 지나온 분묘 외에 다른 세계, 땅에 묻힌 행복과 양들의 생각과는 무관한 다른 삶이 있음을, 오직 여기에서만 알 수 있다. 노인은 자기 옆에 있는 '위쪽 끝이 구부러진 긴 작대기'를 손으로 더듬어 찾아낸 뒤 일어섰다. 그러고는 말없이 생각에 잠겼다. 젊은 양치기의 얼굴엔 여전히 공포와 호기심이 어린 순박한 표정이 감돌았다. 그는 방금

들은 이야기에 강한 인상을 받았고, 새로운 이야기를 초조하게 기다리고 있었다.

"할아버지," 그는 자기 작대기를 잡고 일어나면서 물었다. "할아버지의 형인 일리야는 병사한테 무얼 했어요?"

노인은 젊은 양치기의 질문을 알아듣지 못했다. 노인은 멍하니 젊은이를 쳐다보며 우물우물 대답했다.

"그런데 산카, 나는 아직도 이바놉카에서 그 노병에게 보여 줬던 문서에 대해 늘 생각하고 있어. 판텔레이에겐 말하지 않았지만 그 문서에는, 심지어 아낙도 찾을 수 있을 만큼 분명히 그 장소가 표시되어 있었거든. 어떤 장소인지 알겠나? 보가타야 발로츠카에 있는 그 골짜기, 길이 거위 발처럼 세 갈래로 갈라지는 곳, 그 중간이라는 말이야."

"그럼, 파넬 거예요?"

"운을 시험해 봐야지……."

"할아버지, 보물을 찾아내면 그걸로 뭘 하려고요?"

"나 말인가?" 할아버지는 가볍게 웃었다. "흠! ……찾기만 한다면 모두에게 본때를 보여 줄 거야…… 흠! ……내가 무엇을 해야 할지 알고 있어……."

노인은 보물을 찾으면 그걸로 무엇을 할지, 도통 대답할 수 없었다. 이 문제는 평생 처음으로, 어쩌면 오늘 아침에야 떠오른 질문 같았다. 노인의 경박하고 무관심한 표정으로 판단하건대, 이것은 그에게 중요하지도, 생각할 가치조차 없는 문제로 보였다. 산카의 머릿속에서 또 하나의 의혹이 맴돌았다. 왜 노인들만이 보물을 찾고 있을까? 언제 죽을지 모르는 사람들에게 지상의 행복이 무슨 소용이라는 말인가? 하지만 산카는 이 의혹을 질문할 수 없었다. 하기야 노인도 그에게 대답하지 못했으리라.

테두리가 흐릿한, 거대한 붉은 태양이 떠올랐다. 아직 차갑고 넓은 빛줄기가 이슬 맺힌 풀 속에 파묻혀 있다가, 전혀 지치지 않았음을 보여 주려는 듯이 기지개를 켜면서 기꺼이 땅 위에 내려앉았다. 은색 쑥, 푸른 돼지파, 노란 십자과(十字科)의 잡초, 이 모든 것들이 햇빛을 받아, 마치 미소를 짓는 듯 환하게 알록달록 일렁였다.

노인과 산카는 이제 각자 양 떼의 양쪽 끝에 섰다. 그들은 장승처럼 꼼짝 않고 서서 땅을 바라보며 생각에 잠겼다. 노인은 행복에 대한 집념을 버리지 않았고, 젊은이는 밤에 들은 이야기를 생각하고 있었다. 그의 관심을 사로잡은 것은, 그에겐 필요하지도 않고 이해할 수도 없는 행복 자체가 아니라, 인간의 행복에 대한 환상과 신비함이었다.

수백 마리의 양들이 미래의 공포에 몸을 떨며, 마치 신호를 따르듯이 양 떼에서 떨어져 나와 옆으로 질주했다. 그 순간 지루하고 따분한 양들의 생각이 그에게 전해진 듯, 산카도 똑같이 좀체 알 수 없는 동물적 공포에 붙들려 옆으로 질주하려다가 즉시 정신을 차리고 소리쳤다.

"허허, 이 미친놈의 양 새끼들! 발광을 하고 지랄이야. 박살을 낼까 보다!"

태양이 견디기 힘든 기나긴 무더위를 약속하면서 땅을 뜨겁게 달구자, 밤중에 움직이고 소리를 내던 모든 생명체는 반수

(半睡) 상태에 빠져들었다. 긴 작대기를 든 노인과 산카는 양
떼의 양쪽 끝에 선 채, 기도를 올리는 회교도 탁발승처럼 가만
생각에 잠겼다. 그들은 벌써 서로를 알아채지 못했고, 각자 자
기 나름의 삶을 살고 있었다. 양들도 생각에 잠겨 있었다…….

(1887)

유형지에서

톨코브이[16]라는 별명을 가진 늙은 세묜과, 아무도 이름을 모르는 젊은 타타르인이 강가의 모닥불 옆에 앉아 있었다. 그리고 나룻배를 부리는 뱃사공 셋은 농가에 있었다. 얼추 예순이 된 늙은 세묜은 비쩍 마르고 이가 없었지만 어깨가 넓고 아직 건강해 보였다. 그런데 술에 취한 그는 벌써 오래전에 잠자리에 들어야 했지만 주머니 속에 든 0.6리터들이 보드카병 때문에 혹시 농가의 젊은이들이 술을 달라고 할까 봐 걱정이었다. 타타르인은 몸이 아파서 괴로워하고 있었다. 누더기를 걸친 그는 심비르스크현이 정말 좋고, 고향 집에는 아름답고 현명한 아내가 남아 있다고 얘기했다. 나이는 스물댓 정도로

---

16) 러시아어로 '똑똑한 사람'이라는 의미다.

보였다. 그러나 지금, 모닥불에 비친 그의 창백하고 우울하고 병적인 얼굴은 마치 소년 같았다.

"물론 여기가 천국은 아냐." 톨코브이가 말했다. "민숭민숭한 강가에다 주변엔 물과 찰흙밖에 없지……. 부활절은 이미 오래전에 지났는데, 강에는 얼음이 얼고 오늘 아침엔 눈까지 내렸잖아."

"기분 나빠! 불쾌해!" 타타르인은 이렇게 말하고 나서 자신도 깜짝 놀라 주위를 둘러보았다.

열 걸음쯤 떨어진 곳에 어둡고 차디찬 강이 흐르고 있었다. 강물은 툴툴대며 마구 파헤쳐진 찰흙 강변에 부딪혀 질척질척 소리를 냈고, 먼바다 어디론가 빠르게 흘러갔다. 뱃사공들이 '대형 범선'이라고 부르는 커다란 짐배가 강가에서 어렴풋이 보였다. 맞은편 강변 멀리서 뱀처럼 기어가는 불빛이 가물대고 번쩍거렸는데, 사람들이 묵은 풀을 태우는 것이었다. 꿈틀꿈틀 기어가는 불빛 뒤로 다시 어둠이 깔렸다. 작은 얼음덩이가 짐배에 부딪히는 소리가 들렸다. 습하고 추웠다…….

타타르인은 하늘을 힐끗 쳐다보았다. 고향 집처럼 별들이 총총했고, 이곳 주변도 똑같이 어두웠지만 무언가가 달랐다. 심비르스크현의 고향 집에서 본 것은, 저런 하늘과 저런 별들이 아니었다.

"기분 나빠! 불쾌해!" 그가 되뇌었다.

"익숙해질 거야!" 톨코브이가 대꾸하고 나서 웃기 시작했다. "너는 아직 젊고 어리석고 젖비린내가 나. 그래서 너보다 더 불행한 사람은 없으리라고 생각하겠지. 때가 되면 너도 모두가 행복하길 바랄 거야. 날 봐라. 이제 한 주가 지나면 물이 흐르고 나룻배가 다닐 거야. 그러면 너희들은 모두 시베리아로 산책하러 갈 테고, 나는 여기 남아서 강변을 거닐겠지. 난 이십이 년 동안 이렇게 걷고 있어. 물 밑에는 꼬치고기와 송어가 있고, 물 위에는 내가 있지. 고마운 일이야. 내겐 아무것도 필요 없어. 모두가 행복하길 바랄 뿐이지."

타타르인은 모닥불에 마른 나뭇가지를 더 넣은 뒤, 불에서 더 가까운 자리에 누우며 말했다.

"내 아버지는 환자요. 아버지가 죽으면 어머니와 아내가 여기로 올 거요. 그렇게 하겠다고 약속했어요."

"왜 네게 어머니와 아내가 필요하지?" 톨코브이가 물었다. "이봐, 자넨 마냥 어리석어. 제기랄, 악마가 널 헷갈리게 하고 있다고. 그 망할 놈의 악마가 하는 말은 듣지 말게. 악마가 제멋대로 못 하게 해. 악마가 자네에게 여자에 대해 속삭이면 '난 원하지 않아!'라고 그 망할 놈한테 악의를 품고 대들어야 해. 또 악마가 자유에 대해 말하거든 '난 원하지 않아!'라고 완강히 버티게. 아무것도 필요 없어. 아버지도 아내도 자유도 농가도 말뚝도 필요 없어! 아무것도 필요 없다고, 제기랄!"

톨코브이는 병나발을 불고 나서 말을 이었다.

"이봐, 나는 평범한 농군도, 천민 출신도 아닌 부제(副祭)의 아들이야. 쿠르스크에서 자유롭게 살던 시절엔 프록코트를 입고 다녔는데, 지금은 맨몸으로 땅 위에서 자고 풀을 뜯어 먹을 정도야. 나는 아무것도 필요 없고, 그 누구도 두렵지 않네. 나보다 부유하고 자유로운 사람은 없다고 생각해. 내가 러시아에서 여기로 떠나왔을 때, 첫날부터 '나는 아무것도 원하지 않아!'라고 생각하며 버텼어. 악마는 내게 아내에 대해, 친척에 대해, 자유에 대해 떠들어 댔지만, 나는 아무것도 필요 없다고 말했어! 나는 내 입장을 고수했고, 보다시피 불평 없이 잘 살고 있어! 악마를 너그럽게 용서하여 한 번이라도 그놈의 말을 따른 자들은 결국 모조리 파멸했지. 그런 사람에겐 구원이 없어. 늪 속에 정수리까지 빠져 버려서 밖으로 기어 나오지 못하는 꼴이지. 자네 형제인 어리석은 농군뿐 아니라, 고결하고 교육받은 사람들조차 파멸하고 있어. 십오 년 전쯤에 어떤 지주 귀족이 러시아에서 여기로 왔지. 그는 형제들과 아무것도 나누지 않았고, 아마 유언장을 조작했던 모양이야. 사람들은 그더러 공작이나 남작 출신이라고 떠들어 댔는데, 어쩌면 그저 관리 출신이었는지도 몰라. 누가 알겠어! 그가 여기 와서 처음 한 일은 무호르틴스키에 집과 땅을 구입한 거야. 그가 말하길, '난 얼굴에 땀을 흘리며 노동하고 살아가겠소. 이제 나는 지주가 아니라 유형자니까.'라고 하더군. '신께서 도우사 좋은 일입니다.'라고 내가 말했지. 당시 그는 젊었고, 뭐든 거들기를 좋아하는 꼼꼼한 사람이었네. 그는 직접 풀을 베거나 물고기를 잡았고, 말을 타고 60여 킬로미터를 달리기도 했어. 이게 바로 불행의 씨앗이었다네. 그는 여기로 온 첫해부터 말을 타고 그리노의 우체국에 다니곤 했어. 그리고 내 나룻배를 타면 그는 한숨을 쉬며 '여봐, 세묜, 왜 집에서 오랫동안 돈이 안 오는 걸까?'라고 말했지. 그러면 나는 이렇게 말했어. '바실리 세르게이치, 돈은 필요 없어요. 왜 돈이 필요합니까? 낡은 것은 버리고, 아예 그런 게 없었던 듯, 마치 꿈을 꾸었다 생각하고 다 잊어버리세요. 그리고 새 삶을 시작하세요. 악마의 말을 듣지 말아요. 악마라는 놈은 나리를 선(善)으로 인도하지 않고 덫에 빠뜨릴 겁니다. 지금 나리는 돈을 원하시지만 조금 더 시간이 지나면 다른 뭔가를, 다시 더 많은 뭔가를 원하게 되실 거예요. 만일 행복을 원한다면, 무엇보다 먼저 아무것도 원하지 마십시오. 그렇습니다…… 만일 운명이 저나 나리를 심하게 괴롭히더라도 그 운명에게 자비를 구하거나 엎드려 빌지 마세요. 외려 운명을 무시하고 조롱해야만 해요. 그러지 않으면 운명이 저와 나리를 조롱할 겁니다.' 이 년쯤 지난 뒤, 나룻배에 오른 나리를 이쪽 강변으로 모시는데, 나리가 두 손을 비비며 웃으면서 말하더군. '아내를 맞이하러 그리노로 가네. 날 불쌍히 여긴 아내가 왔어. 훌륭하고 착한 아내야.' 나리는 기쁨에 북받쳐 숨을 헐떡이기까지 했어. 열흘 뒤에 나리는 아내와 함께 돌아왔는데, 젊고 아름다운 부인이었지. 모자를 쓴 채 두 손으로 딸아이를 안고 있었네. 짐들이 무진장 많더군. 바실리 세르게이치는 아내 주변을 맴돌면서 그녀를 실컷 바라보고, 몹시도 칭찬하며 이렇게 말했네. '맞아, 세묜, 시베리아에도 사람들이 살지!' 나는 '그래, 좋아, 맘껏 기뻐하시게.' 하고 생각했어. 그때부터 그는 러시아에서 돈이 왔는지 확인하려고 매주 우체국에 다니기 시작했어. 돈이 많이 필요했지. '아내는 날 위해 여기서 젊음과 아름다움을 망치고 있네. 나와 함께 이 쓰라린 운명을 감당하고 있어. 그러니 나는 아내에게 온갖 행복을 안겨 줘야만 해.' 그가 이렇게 말하더군. 그는 아

내를 더 기쁘게 해 주려고 관리들은 물론, 심지어 불량배들과
도 교제했고, 이 모든 사람들에게 먹을 것과 마실 것을 대접
해 줘야 했어. 게다가 피아노도 있어야 했고, 털북숭이 강아지
도 있어야 했지. 그놈의 강아지 뒈져 버렸으면…… 한마디로
말하자면, 그녀는 사치와 어리광 부리길 좋아했어. 마님은 그
와 오래 살지 못했네. 마님이 있는 곳이 어디던가? 바로 여기
엔 찰흙과 물과 추위뿐이고 채소나 과일 따위 아예 없어. 주
위엔 무식쟁이들과 술주정뱅이들만이 가득하고, 어떤 정중한
대우도 받을 수 없지. 그런데 그녀는 응석받이 도시 여자였던
게야…… 물론 그녀는 금세 따분해졌지. 또 무슨 말로 포장하
더라도 남편은 이미 지주 귀족이 아니라 명예롭지 못한 유형
자 신세였어. 내 기억에 성모 승천제 전야였는데, 건너편 강변
에서 외치는 소리가 났어. 나룻배를 타고 그쪽으로 건너가 보
니 그녀가 온몸을 감싸고 관리 출신의 젊은 사내와 함께 있는
거야. 노가 여섯 개나 달린 보트도 있고…… 나는 그들을 이
쪽 강변으로 실어 날랐고, 그들은 배에서 내리자마자 돌연 사
라져 버렸어! 그저 바라볼 따름이었지. 아침 무렵에, 바실리
세르게이치가 쌍두마차를 타고 달려와서는 '세묜, 내 아내가
안경을 낀 신사와 함께 여기를 지나가지 않았나?'라고 묻더군.
'지나갔지요. 그런데 헛고생하셨어요!' 내가 답했지. 그는 마
차를 달려 전속력으로 그들을 뒤쫓았고, 그렇게 닷새 밤낮을
쫓아갔어. 그 일이 있은 뒤, 난 맞은편 강변으로 나리를 데려
다 드렸는데, 그때 그는 나룻배에 쓰러져 판때기에 머리를 찧
으며 울부짖었어. 바로 이런 일이 있었다네. 나는 웃으면서 '시

116

베리아에도 사람들이 살지!'라고 외치던 그의 모습을 떠올리
곤 해. 지금 그는 더욱 극심하게 번민하고 있다네……. 그는 자
유를 원했고, 그의 아내는 러시아로 떠나 버렸지. 그래서 그도
그녀를 만나기 위해, 그러니까 정부(情夫)로부터 그녀를 떼어
놓기 위해 러시아로 돌아가고 싶어 했어. 이보게, 그는 거의 매
일 우체국이나 시 당국으로 달려가곤 했다네. 자신을 사면해
달라는 청원서를 끊임없이 보냈고, 전보를 치는 데에만 200루
블 정도를 썼다고 말했어. 땅을 팔았고, 집은 유대인에게 저당
잡혔지. 그는 머리가 하얗게 세고, 등이 굽고, 안색은 폐병쟁이
처럼 누렇게 변했어. 말하면서 '헤-헤-헤……' 웃었지만 두 눈
엔 눈물이 고여 있었지. 그는 얼추 팔 년 동안이나 청원서를
보내며 애를 쓰고 괴로워했다네. 그런데 지금은 다시 원기를
찾고 명랑해졌어. 새로운 즐거움이 생겼거든. 딸이 성장한 거
야. 그는 딸을 바라보며 몹시도 귀여워했어. 솔직히 말해서, 그
의 딸은 괜찮은 아이였지. 검은 눈썹에 예쁘장하고 성격은 활
달했으니까. 그는 일요일마다 딸과 함께 그리노의 교회로 향
했지. 나룻배에 나란히 선 딸은 웃고, 아버지는 그런 딸에게서
눈을 떼지 못하는 거야. 그는 이렇게 말하곤 했어. '맞아, 세
묜, 시베리아에도 사람들이 살지. 시베리아에도 가끔 행복이
찾아온다고. 보게나, 내 딸이 얼마나 예쁜가! 아마 1000킬로
미터 근방을 다 뒤져도 이렇게 예쁜 아이는 찾아내지 못할 거
야.' 그의 딸이 예쁜 건 맞아, 실제로……. 하지만 나는 속으로
생각했지. '두고 보라지……. 그녀는 젊고, 이제 뜨겁게 살고 싶
을 텐데, 여기에 그런 삶이 어디 있겠어?' 이보게, 그녀는 우수

에 잠기기 시작했다네…… 온몸이 마르고 쇠약해지더니 병이 났어. 급기야 피로로 실신했는데, 요컨대 폐병에 걸린 거지. 제기랄, 이게 바로 시베리아의 행복이고, 시베리아에 사는 사람들이라네……. 그는 계속 의사들을 찾아가거나, 의사들을 자기 집으로 데려왔지. 자네도 들었겠지만 그는 200~300킬로미터 내에 의사나 주술사가 있다면, 줄곧 그들을 데리러 다녔다네. 의사에게 엄청난 돈을 썼지. 차라리 그 돈을 술 마시는 데 쓰는 편이 더 나았을 거야……. 어차피 죽을 테니까. 그의 딸은 틀림없이 죽을 테고, 그러면 그 역시 완전히 파멸하겠지. 우수 때문에 목매달아 죽거나 러시아로 도망가겠지. 뻔한 얘기야. 도망가다가 잡혀서 재판을 받고 징역을 살고 태형을 당하고……."

"좋아요, 좋아." 타타르인이 오한으로 몸을 움츠리면서 웅얼거렸다.

"뭐가 좋아?" 톨코브이가 물었다.

"아내, 딸이…… 아무리 징역을 살고 우수 때문에 괴로워하더라도, 그 대신 그는 아내도 보고 딸도 보았잖아요……. 당신은 아무것도 필요 없다고 말하지만, 아무것도 없는 게 나빠요! 아내와 삼 년을 살았으니, 그건 신이 그에게 준 선물이에요. 아무것도 없는 게 나쁘고, 삼 년이라는 시간은 좋아요! 모르겠어요?"

타타르인은 추위에 몸을 떨며 긴장한 채로, 잘 모르는 러시아어를 주워섬기며 더듬거렸다. 그리고 타향에서 병들어 죽지는 말아야겠다고, 차가운 적갈색 땅에 파묻히기 싫다고 말했다. 만일 아내가 하루, 심지어 단 한 시간만이라도 자기한테 와 준다면, 그 행복의 대가로 어떤 고통도 감수하고 신께 감사 드리겠다고 맹세했다. 행복이 아예 없는 것보다 단 하루라도 행복한 편이 더 낫다는 것이었다.

그러고 나서 그는 아름답고 현명한 아내가 고향 집에 남아 있다고, 또다시 얘기했다. 이윽고 그는 두 손으로 머리를 부여잡고 자기는 아무 죄가 없음에도 무고를 당했다고, 세묜에게 단언했다. 두 형과 삼촌이 농군의 말을 훔쳤고 노인 한 사람을 반죽음이 되도록 때렸는데, 공동체는 양심에 따라 재판 없이 부당한 선고를 내렸으며, 그 선고에 의해 형제 셋은 모두 시베리아로 유배당했다고, 부자 삼촌만이 집에 남게 되었다고 말이다.

"익숙해질 거야!" 세묜이 말했다.

타타르인은 입을 다물고, 울어서 퉁퉁 부은 눈으로 불을 응시했다. 그의 표정은 당혹과 놀라움으로 가득 차 있었다. 마치 자기가 왜 이곳 어둠 속에 있는지, 왜 심비르스크현이 아닌 습기 찬 땅의 낯선 사람들 곁에 있는지, 아직 그 이유를 모르겠다는 표정이었다. 톨코브이는 불가에 누워, 어쩐지 웃음을 띠고 나지막한 목소리로 노래를 뽑기 시작했다.

"딸이 아버지와 함께 있는 게 뭐가 기쁘겠어?" 잠시 후 톨코브이가 말했다. "아버지가 딸을 사랑하고 기쁨을 느끼는 건 당연한 일이지. 하지만 이보게, 그를 우습게 보면 안 돼. 엄격하고 완고한 노인네야……. 그런데 젊은 처녀에겐 엄격함이 필요 없어……. 아가씨들에겐 사랑이 필요하고, 하-하-하와 히-호-

호가 필요하고, 향수와 향유(香油)가 필요하지. 그래……. 에이, 문제는 문제야!" 세묜은 한숨을 내쉬고 무겁게 몸을 일으켰다. "보드카를 다 마셨으니 이제 잘 때야. 응? 나는 가네……."

혼자 남은 타타르인은 모닥불에 연신 마른 나뭇가지를 집어넣은 뒤 자리에 누웠다. 그리고 불꽃을 바라보면서 고향과 아내에 대해 생각했다. '비록 한 달만이라도, 단 하루만이라도 아내가 내게 온다면 좋으련만. 아내가 원하면 다시 고향으로 돌려보내겠어! 아예 안 오는 것보다 한 달, 아니 하루라도 오는 편이 좋지! 하지만 아내가 약속대로 여기에 온다면, 아내를 어떻게 먹여 살리지? 그녀는 이곳 어디에서 살아야 하지?'

"먹을 게 아무것도 없다면 어떻게 살지?" 타타르인은 큰 소리로 물었다.

타타르인은 지금 밤낮으로 노를 젓는 대가로 하루에 고작 10코페이카를 받았다. 사실 배를 탄 손님들이 찻값과 보드카 값을 따로 쥐여 주었지만 동료들은 모든 수입을 자기들끼리 나눠 가질 뿐, 타타르인에게는 아무것도 주지 않았다. 그들은 타타르인을 조소할 뿐이었다. 그는 가난 때문에 배고프고 춥고 무서웠다……. 온몸이 아프고 떨리는 지금, 농가로 돌아가서 잠을 자야 했지만 거기에는 덮을 것도, 그야말로 아무것도 없었으므로 강가보다 더 추웠다. 사실 덮을 것은 여기에도 없지만, 모닥불이나마 피울 수 있다……. 한 주가 지나 물이 완전히 빠지면 여기에 나룻배를 세워 놓게 되리라. 그러면 세묜을 제외한 나머지 뱃사공들은 불필요할 테고, 타타르인은 이 마을에서 저 마을로 돌아다니며 구걸을 하고 일자리를 부탁할 것이다. 아내는 겨우 열일곱 살이다. 아름다운 아내는 응석받이로, 버릇이 없고 소심하다. 과연 그녀가 고상한 얼굴을 하고 마을을 돌아다니며 구걸할 수 있을까? 아니야, 그건 생각하기조차 끔찍하다……

벌써 날이 밝았다. 짐배, 물 위의 작은 버드나무와 잔물결이 선명하게 보였다. 뒤돌아보니 점토 절벽이 있었고, 그 아래에는 갈색 짚으로 덮인 오두막이 있었으며, 그 위로는 마을 오두막이 지어지고 있었다. 마을에서는 벌써 수탉이 울어 댔다.

'불그스레한 점토 절벽, 짐배, 강, 불량한 외지 사람들, 배고픔, 추위, 질병 — 아마 이 모든 것은 실제로 존재하지 않고, 꿈속의 풍경일지도 몰라.' 타타르인은 생각했다. 그는 자신이 잠을 자고 있으며, 코 고는 소리를 들었다고 느꼈다……. 물론 그는 심비르스크의 집에 있다. 그가 아내의 이름을 부르면, 아내는 즉시 응답할 것이다. 옆방에는 어머니가 있다……. 하지만 이 얼마나 무서운 꿈인가! 왜 이런 꿈을 꾸지? 타타르인은 미소를 띤 채 두 눈을 떴다. 이게 무슨 강이지? 볼가강인가?

눈이 내리고 있었다.

"버엄-선을 보-오-내!" 강 건너편에서 누군가가 외쳤다.

타타르인은 완전히 잠에서 깨어나, 배를 타고 강을 건너기 위해 동료들을 깨우러 갔다. 나룻배 뱃사공들은 걸으면서 찢어진 털외투를 걸치고, 잠에 취해 목쉰 소리로 욕지거리를 하고, 추위 때문에 몸을 움츠리면서 강변에 나타났다. 잠에서 깨어난 뒤, 찌르는 듯한 냉기가 풍기는 강은 역겹고 끔찍해 보였다. 그들은 천천히 범선으로 뛰어들었다……. 타타르인과 뱃사공 셋은 어둠 속에서, 노깃이 게의 집게발처럼 넓적한 기다란 노를 잡았다. 세묜은 긴 방향타 위에 엎드렸다. 강 건너편에서는 끊임없이 소리를 질러 댔고, 아마도 뱃사공들이 아직 잠을 자거나 마을 주막으로 떠났다고 생각했는지 두 번이나 권총을 쏘았다.

"좋아, 할 수 있어!" 이 세상에서 서두를 일 따윈 없고, 어차피 서둘러 봐야 아무 소용도 없다고 확신하는 사람의 어조로 톨코브이가 말했다.

무겁고 굼뜬 짐배가 강변을 떠나 버드나무 사이로 나아갔다. 버드나무가 천천히 뒤로 물러나면서 짐배가 한곳에 서 있지 않고 움직이는 모습이 보였다. 톨코브이는 방향타 위에 배를 대고 엎드린 채, 공중에 호(弧)를 그리면서, 한쪽에서 다른 쪽으로 움직였다. 마치 어둠 속에서, 긴 다리를 가진 태곳적 짐승에 올라탄 사람들이, 가끔 악몽 속에 나타나는 춥고 황량한 나라로 떠가는 것 같았다.

그들은 버드나무를 지나, 활짝 트인 공간으로 나왔다. 강 건너편에서 삐걱거리는 소리와 규칙적으로 노 젓는 소리가 들려왔다. 사람들이 "더 빨리! 더 빨리!"라고 외쳤다. 십여 분이 더 지나고, 마침내 짐배가 선창에 묵직이 부딪혔다.

"계속 퍼붓네, 계속 퍼부어!" 세묜이 얼굴에서 눈을 닦아 내며 웅얼거렸다. "도대체 어디서 퍼붓는지 모르겠어!"

강 건너편에서 키가 작고 마른 노인이 여우 모피로 안감을 댄 반외투에, 어린 양가죽 모자를 쓰고 기다렸다. 그는 말에서 조금 떨어져 선 채 움직이지 않았다. 그의 표정은 음울하고 긴장되어 있었다. 마치 뭔가를 생각해 내려고 애쓰면서, 좀체 말을 듣지 않는 기억에 화를 내는 것 같았다. 세묜이 노인에게 다가가서 웃음을 띠고 모자를 벗자, 그 노인은 말했다.

"급히 아나스타시옙카로 가야 해. 딸들 건강이 다시 나빠졌는데, 새로운 의사가 임명되었다고 하네."

그들은 유개 여행 마차를 짐배에 끌어 넣고, 다시 맞은편 깅변으로 향했다. 세묜이 바실리 세르게이치라고 부른 사람은 배를 타고 가는 동안 두툼한 입술을 꽉 다문 채, 한 점을 응시하면서 줄곧 꼼짝 않고 서 있었다. 마부가 그의 면전에서 담배를 피워도 되느냐고 묻자, 그는 못 들은 척 아무 대답도 하지 않았다. 세묜은 방향타 위에 엎드려서 조롱하듯이 그를 바라보며 말했다.

"시베리아에도 사람들이 살지. 사-알지!"

톨코브이의 표정은 마치 자기가 무언가를 증명했다는 듯, 기어이 자신의 예상대로 됐음을 기뻐하는 듯 의기양양했다. 톨코브이는 여우 모피로 안감을 댄 반외투를 걸친 남자의 불행하고 절망적인 모습을 보고 크게 만족하는 것 같았다.

"마차를 타고 가기엔 지금 길이 나빠요, 바실리 세르게이치." 톨코브이가 강가에서 말에 마구를 채우고는 말했다. "한 이 주쯤 기다렸다가 땅이 마르면 마차를 타고 가는 게 좋을 텐데요. 아니면 아예 마차를 타지 않는 편이 좋겠어요……. 만일 여행에 어떤 의미가 있다면, 아시다시피 사람들은 항상 밤이든 낮이든 여행을 하겠지만, 실은 아무 의미도 없어요. 정말입니다!"

바실리 세르게이치는 말없이 보드카값을 건넨 뒤 여행 마차를 타고 멀리 떠나 버렸다.

"에이, 의사를 데리러 갔군!" 세몬이 추위에 몸을 움츠리며 말했다. "그래, 이번에는 헛고생하지 말고 꼭 진짜 의사를 찾아내시게! 제기랄! 이런 괴짜들 같으니, 아아, 이 죄인을 용서하소서!"

타타르인은 톨코브이에게 다가가, 혐오스러운 눈으로 그를 노려보며 몸을 떨었다. 그러고는 자신의 엉터리 러시아어에 타타르 말을 섞어서 말하기 시작했다.

"그는 좋아…… 좋아. 당신은 나빠! 당신은 나빠! 나리는 좋은 사람, 훌륭한 사람이야. 당신은 짐승이야, 당신은 나빠! 나리는 산 사람이고 당신은 죽은 사람……. 신은 사람이 살면서 기뻐하고, 애수에 잠기고, 슬퍼하도록 사람을 창조했어. 그런데 당신은 아무것도 원하지 않아. 즉, 당신은 산 사람이 아니고 돌멩이고 진흙이야! 돌멩이는 아무것도 필요 없고, 당신도 아무것도 필요 없어……. 당신은 돌멩이야. 신은 당신을 사랑하지 않고 나리를 사랑해!"

모두가 웃어 댔다. 타타르인은 혐오감으로 얼굴을 찌푸린 채 한 손을 내저었다. 그리고 누더기를 걸치고는 모닥불 쪽으로 걸어갔다. 뱃사공들과 세몬은 농가로 느릿느릿 움직였다.

"추워!" 뱃사공 하나가 축축한 바닥에 깔린 짚 위에 몸을 쭉 펴고 누우면서 목쉰 소리로 말했다.

"그래, 따스하지 않아!" 다른 뱃사공이 동의했다. "삶은 고역이야!"

모두들 자리에 누웠다. 바람에 문이 열렸다. 농가 안으로 눈이 휘몰아쳤다. 어느 누구도 일어나서 문을 닫으려 하지 않았다. 춥고 귀찮았던 것이다.

"기분 좋다!" 세묜이 잠을 청하면서 말했다. "모두들 행복하게나."

"당신은 일곱 번이나 유형을 온 사람이야, 악마도 당신을 데려가시 않을 서야."

마당에서 개가 울부짖는 것 같은 소리가 들렸다.

"이게 뭔 소리야? 저기 누가 있나?"

"타타르인이 우는 소리야."

"바보 같군……. 괴짜 같으니!"

"그도 익숙해질 거야!" 세묜은 이렇게 말하고 나서 금세 잠이 들었다.

나머지 사람들도 곧 잠이 들었다. 문은 여전히 열려 있었다.

(1892)

이웃들

표트르 미하일리치 이바신은 기분이 몹시 나빴다. 미혼인 여동생이 아내가 있는 블라시치에게 가 버렸기 때문이다. 집에도 들판에도 머물 수 없게 하는 고통스럽고 우울한 기분에서 어떻게든 벗어나려고 그는 자신의 정의감과 정직하고 선한 신념에 도움을 요청했다. 그는 항상 자유연애에 찬성하지 않았던가! 하지만 아무 소용이 없었고, 어리석은 유모처럼 매번 의지와는 달리 똑같은 결론에 도달하곤 했다. 즉 여동생이 나쁜 행동을 했고, 블라시치는 여동생을 몰래 빼앗아 갔다. 이건 고통스러운 일이었다.

어머니는 온종일 방에서 나오지 않았고, 유모는 속삭이듯 말하면서 내내 한숨을 쉬었다. 매일 떠날 채비를 하는 이모는 여행 가방을 현관에 내놨다가 다시 방으로 옮기곤 했다. 집에도 마당에도 정원에도 정적이 흘렀고, 마치 집 안에 죽은 사람이 있는 것 같았다. 표트르 미하일리치에겐 이모도, 하녀도, 심지어 농부들조차 미심쩍게 보였다. 그들은 의혹의 눈초리로 그를 바라보았고, 마치 '네 여동생이 유혹에 넘어갔는데 왜 가만있는 거야?'라고 말하고 싶어 하는 것 같았다. 실제로 그는 행동이 어떤 결과를 가져올지 몰랐지만, 행동하지 않는 스스로를 비난하고 있었다.

그렇게 엿새가 지나갔다. 이레째 되는 날에 ─ 일요일에 점심을 먹은 뒤 일어난 일이다. ─ 심부름꾼이 편지를 가져왔다. "안나 니콜라예브나 이바시나 귀하"라는 주소가 낯익은 여성 필체로 쓰여 있었다. 표트르 미하일리치는 왠지 편지 봉투와 필체, 약자(略字)로 쓴 '귀하'라는 단어가 뭔가 도전적이고 당돌하고 자유주의적이라고 느꼈다. 여성의 자유주의는 강경하고 완고하고 단호하다…….

'여동생은 불행한 어머니에게 복종하고 용서를 비느니 차라리 죽기를 바랄 거야.' 표트르 미하일리치는 편지를 가지고 어머니에게 가면서 생각했다.

어머니는 옷을 입은 채 침대에 누워 있었다. 아들을 보자 그녀는 발작적으로 일어나서 수건 밑으로 삐져나온 흰머리를 매만지며 재빨리 물었다.

"뭐니? 뭐야?"

"편지를 보냈어요……." 어머니에게 편지를 건네면서 아들이 말했다.

집 안에선 지나의 이름은 물론이고, '그녀'라는 말조차 입

밖에 내지 않았다. '보냈다', '가 버렸다'…… 지나에 대해선 이렇게 무인칭으로 얘기할 뿐이었다. 어머니는 딸의 필체를 알아보았다. 어머니의 얼굴은 흉하고 불쾌하게 변했고, 흰머리가 다시 수건 밑으로 삐져나왔다.

"아니야!" 마치 편지에 손가락을 덴 것처럼 손짓을 하면서 그녀가 말했다. "아니야, 아니야, 결코! 절대로!"

어머니는 병적으로 흥분하면서 슬픔과 수치심으로 흐느끼기 시작했다. 분명 그녀는 편지를 읽고 싶었을 테지만 자존심 때문에 차마 그러지 못했다. 표트르 미하일리치는 자신이 편지를 뜯고 큰 소리로 읽어야만 한다는 것을 알았다. 하지만 그는 돌연 지금껏 한 번도 경험하지 못한 증오에 휩싸였다. 그는 마당으로 뛰어나와 심부름꾼에게 외쳤다.

"답장은 없을 거라고 해! 답장은 없을 거야! 그렇게 말해, 빌어먹을!"

그리고 편지를 잡아 찢었다. 이윽고 그의 두 눈에 눈물이 고였다. 그는 자신이 잔인하고 죄가 많고 불행하다고 느끼면서 들판으로 나갔다.

그는 겨우 스물여덟 살이지만 이미 살이 쪄서 노인처럼 헐렁하고 넉넉하게 옷을 입는 데다 천식을 앓고 있었다. 이미 늙은 독신 지주의 모든 소질을 가지고 있었다. 그는 사랑에 빠지지 않았고 결혼에 대해 생각하지도 않았다. 그리고 오직 어머니, 여동생, 유모, 정원사 바실리치만을 사랑했다. 잘 먹는 것을 좋아했고, 점심 식사를 한 뒤에 낮잠을 자고, 정치와 고상한 화제에 대해 이야기 나누기를 좋아했다. 예전에 그는 대학교 과정을 마쳤다. 그러나 지금은 대학교 과정을 열여덟에서 스물다섯 사이의 젊은이들이 으레 마쳐야 하는 하나의 의무인 양 바라보았다. 적어도 매일 그의 머릿속에 떠도는 생각은 대학교나 그가 배웠던 학문과 아무 관련이 없었다.

비가 내리기 전처럼 들녘은 무덥고 조용했다. 숲속은 푹푹 쪘고 소나무와 썩은 잎사귀에서 향긋하고 짙은 냄새가 풍겼다. 표트르 미하일리치는 자주 걸음을 멈추고 땀에 젖은 이마를 닦아 냈다. 그는 가을 파종 작물과 봄갈이 곡물을 둘러본 뒤에 토끼풀 들판을 빙 돌고는, 숲 가장자리에서 두어 번 자고새와 병아리 들을 쫓아냈다. 그리고 이 견딜 수 없는 상태는 영원히 지속될 수 없으니 어떻게든 끝내야만 한다고 줄곧 생각했다. 어리석고 거친 수를 쓰더라도 어떻게든 반드시 끝내야만 했다.

'그런데 어떻게? 뭘 해야 하지?' 그는 자문했고, 마치 하늘과 나무에게 도움을 청하듯이 그것들을 간절히 바라보았다.

그러나 하늘과 나무는 고요했다. 정직한 신념은 아무 소용이 없었다. 고통스러운 문제는 어리석게 해결할 수밖에 없고, 오늘 있었던 심부름꾼과의 언쟁은 이제 시작일 뿐이라고 상식이 암시해 주었다. 앞으로 무슨 일이 일어날지 생각하기조차 무서웠다!

그가 집으로 돌아올 때 해는 이미 저물고 있었다. 이제 그는 도저히 문제를 해결할 수 없다고 느꼈다. 이미 일어난 사실과 화해할 수 없고, 또 화해하지 않을 수도 없었지만 타협의 여지는 없었다. 그가 모자를 벗고 손수건으로 부채질을 하면서 거리를 걷고 있을 때, 그리고 집까지 2킬로미터쯤 남았을 때 뒤에서 무슨 소리가 들렸다. 워낭과 쨍그랑거리는 작은 방울의 소리가 정교하고 멋지게 화음을 이루었다. 표트르 미하일리치의 먼 친척인 군 경찰서장 메돕스키가 종소리를 울리면서 혼자 말을 타고 가고 있었다. 예전에 근위병 장교였던 그는 재산을 탕진하고 방탕한 생활로 녹초가 되어 버린 환자였다. 이바신네 집에서 그는 가족이나 다름없었다. 지나에게 따스한 부정(父情) 같은 감정을 느끼던 그는 그녀를 몹시 귀여워했다.

"자네 집에 가고 있네." 표트르 미하일리치를 앞지르며 그가 말했다. "자, 앉게, 내가 데려다주지."

그는 미소를 짓고 즐겁게 바라보았다. 분명 그는 지나가 블라시치에게 가 버렸음을 아직 모르고 있으리라. 아니면 이 일에 대해 벌써 들었지만 믿지 못하고 있을지도 모른다. 표트르 미하일리치는 자신의 처지가 곤란하다고 느꼈다.

"그러시죠." 그는 눈물이 날 만큼 얼굴을 붉히고 어떻게 뭐라고 거짓말을 해야 할지 모른 채 중얼거렸다. "정말 반갑습니다." 그는 애써 미소를 지으면서 말을 이었다. "그런데…… 지나는 떠났고 어머니는 아프세요."

"얼마나 화가 나실까!" 경찰서장은 생각에 잠겨 표트르 미하일리치를 바라보면서 말했다. "나는 자네 집에서 저녁을 보낼 계획이었네. 지나이다 미하일로브나는 도대체 어디로 떠났나?"

"시니츠키에게요. 아마 그곳에서 수도원으로 가려는 것 같아요. 잘 모르겠어요."

경찰서장은 몇 마디 말을 더 건네고 돌아갔다. 표트르 미하일리치는 집으로 가면서 경찰서장이 진실을 알면 어떤 감정을 품을지 공포를 느끼며 생각했다. 표트르 미하일리치는 그 감정을 상상해 보았고, 그 감정을 느끼면서 집 안으로 들어갔다.

'오, 주여 도와주소서, 도와주소서……' 그는 생각했다.

식당에는 이모가 혼자 이브닝 티를 마시면서 앉아 있었다. 평소처럼 이모의 얼굴에는, 비록 연약하고 의지할 데 없지만, 누구도 자신을 모욕하도록 내버려 두지 않겠다는 결연한 표정이 어려 있었다. 표트르 미하일리치는 식탁의 맞은편 끝에 앉아 (그는 이모를 좋아하지 않았다.) 말없이 차를 마시기 시작했다.

"네 엄마는 오늘도 식사를 하지 않았어." 이모가 말했다. "페트루샤, 엄마한테 관심 좀 가져. 굶어서 자신을 괴롭힌다고 슬픔이 가시지는 않아."

표트르 미하일리치는 이모가 남의 일에 간섭하고, 자신의 거취를 지나의 가출과 연결 짓는 모습이 어리석어 보였다. 그는 이모에게 거칠게 대꾸하고 싶었지만 자제했다. 그는 감정을 억누르면서 바야흐로 행동하기에 적당한 때가 되었고, 더 이상 참을 수 없다고 느꼈다. 지금 행동하든가, 추락하며 비명을 지르거나 바닥에 머리를 찧어야 한다. 그는 자유주의적이고 자기만족적인 블라시치와 지나가 지금 단풍나무 아래 어딘가에서 키스하는 장면을 상상했고, 이레 동안 그의 내부에 쌓인, 고통스럽고 적의에 찬 모든 것들을 블라시치에게 쏟아 냈다.

'한 사람은 여동생을 유혹해서 훔쳐 갔어.' 표트르 미하일리치는 생각했다. '다른 사람은 우리 집에 와서 어머니를 곤경에 빠뜨릴 테고, 또 다른 사람은 집에 불을 지르거나 재산을

강탈할 거야……. 이 모든 것들이 개인적인 우정과 고상한 사상과 고통의 이름으로 일어나고 있어!'

"아니야, 이래서는 안 돼!" 표트르 미하일리치는 별안간 소리치며 주먹으로 식탁을 쳤다.

그는 벌떡 일어나 식당에서 뛰쳐나갔다. 안장을 얹은 영지 관리인의 말이 마구간에 있었다. 그는 말을 타고 블라시치의 집으로 내달렸다.

그의 마음속에 폭풍이 몰아쳤다. 그는 나중에 평생 후회할지라도 무언가 비상하고 단호한 행동을 할 필요가 있다고 느꼈다. 블라시치를 비열한 놈이라 부르고 귀싸대기를 갈기고 결투를 신청해야 하나? 하지만 블라시치는 결투할 사람이 아니다. 비열한 놈이라는 말을 듣고 귀싸대기를 맞으면 그는 그저 더 불행해지고 더 깊이 자기 생각에 빠져들 것이다. 이 불행하고 무책임한 자들은 아주 지긋지긋하고 지독히 난해한 인간들이다. 그들은 항상 벌을 받지 않고 지나간다. 이 불행한 사람이 정당한 비난에 대해 죄의식 가득한 그윽한 눈빛으로 응답하거나, 고통스럽게 미소를 지으며 순순히 머리를 내놓으면 아마 가장 공정한 사람조차 감히 그를 향해 손을 들어 올릴 수 없을 것이다.

'어쨌든 상관없어. 나는 여동생 앞에서 채찍으로 그자를 때리고 폭언을 퍼붓겠어.' 표트르 미하일리치는 결심했다.

그는 말을 타고 숲과 텅 빈 벌판을 따라가면서, 지나가 자기 행동을 정당화하기 위해 어떻게 말할지 생각했다. 지나는 여성의 권리와 개인의 자유에 대해 일갈하고, 교회 결혼과 자유 결혼이 다르지 않다고 설명할 터다. 또 지나는 자신이 이해하지 못하는 부분에 대해 여자답게 항변하리라. 그리고 마침내 이렇게 물을 것이다. '왜 여기 왔어요? 무슨 권리로 간섭하는 거예요?'

"그래, 나는 간섭할 권리가 없어." 표트르 미하일리치가 중얼거렸다. "하지만 거칠게 행동하면 할수록, 간섭할 권리가 적으면 적을수록 더 좋아……"

무더웠다. 모기떼가 땅 위에서 낮게 날아다녔고, 공터에서는 댕기물떼새들이 애처롭게 울고 있었다. 모든 것이 비를 예고하고 있었지만 하늘엔 구름 한 점 없었다. 표트르 미하일리치는 밭 사이의 좁은 길을 건너서 매끈하고 평평한 들판을 따라 달렸다. 그는 자주 말을 타고 이 길을 지나다녔으므로 풀숲과 작은 구덩이들을 죄다 알고 있었다. 지금 저 멀리 앞, 어스름 속에서 검은 절벽처럼 보이는 것이 아름다운 교회였다. 그는 교회의 모든 것들을 세세하게 떠올릴 수 있었다. 심지어 교회 대문의 회반죽과, 교회 부지 안에서 늘 풀을 뜯던 송아지의 모습까지도 머릿속에 그려 낼 수 있었다. 교회에서 오른쪽으로 1킬로미터쯤 떨어진 곳에 우거진 숲이 어렴풋이 보인다. 저것은 콜토비치 백작의 숲이다. 저 숲 너머로 블라시치의 땅이 시작된다.

교회와 백작의 숲 저편에서 거대한 먹구름이 다가오더니 곧 흐릿한 번개가 번쩍였다.

'이제 다 왔군!' 표트르 미하일리치는 생각했다. '주여, 도와주소서.'

빠르게 달린 말은 금세 지쳐 버렸고, 표트르 미하일리치도 피곤해졌다. 뇌우를 동반한 먹구름은 성난 표정으로 그를 바라보며, 마치 집으로 돌아가라고 충고하는 듯했다.

'나는 그들의 부당함을 증명할 거야!' 그는 스스로를 격려했다. '그들은 이걸 자유연애라고, 개인의 자유라고 말하겠지만 자유는 욕망을 따르는 것이 아니라 절제가 아니던가. 그들은 타락했고, 이건 자유가 아니야!'

저기, 백작의 커다란 연못이 보인다. 연못은 먹구름 탓에 푸른빛을 띤 채 잔뜩 찌푸리고 있었다. 연못에서 습한 기운과 수초 냄새가 풍겼다. 나뭇단 주위에 버드나무 두 그루가 있는데, 늙은 버드나무와 어린 버드나무가 서로 부드럽게 기대고 있다. 이 주 전에 바로 이곳에서, 표트르 미하일리치와 블라시치는 함께 걸으며 대학교 시절에 흥얼댔던 노래를 나직하게 불렀다. '사랑하지 않는다면 청춘을 망치는 거야……' 슬픈 노래야!

표트르 미하일리치가 숲을 지나갈 때 천둥이 치고 바람이 불었다. 나무들은 웅웅 흐느끼며 강풍에 휘어졌다. 서둘러야만 했다. 숲에서 블라시치의 저택까지는 1킬로미터 남짓 되는데, 초원을 따라가야만 했다. 길 양옆으로 오래된 자작나무들이 서 있었다. 자작나무들은 그 땅의 주인인 블라시치처럼 처량하고 불행해 보이는 데다 비쩍 마르고 키가 컸다. 굵은 빗방울이 자작나무와 풀숲 속으로 떨어지며 사각사각 소리를 내기 시작했다. 곧 바람이 잦아들었고, 습한 흙냄새와 미루나무 냄새가 풍겼다. 역시 주인처럼 앙상하고 축 늘어진 블라시치의 노란 아카시아 울타리가 보였다. 격자 울타리는 무너져 있었고, 황폐한 과수원이 보였다.

표트르 미하일리치는 이미 귀싸대기와 채찍에 대해 더는 생각하지 않았다. 그는 블라시치의 집에서 무슨 행동을 해야 할지 몰랐다. 그는 겁이 났고, 자기 스스로와 여동생이 무서워졌다. 지금 여동생을 마주하는 일 자체가 두려웠다. 그녀는 오빠인 나에게 어떻게 행동할까? 그들은 뭐라고 말할까? 늦기 전에 집으로 돌아갈 수 있을까? 이런저런 생각을 하면서 그는 피나무 가로수 길을 따라 블라시치의 집을 향해 달렸다. 그런데 드넓은 라일락 숲을 돌자, 갑자기 블라시치가 눈에 띄었다.

모자를 쓰지 않고, 사라사 셔츠에 목이 긴 장화를 신은 블라시치가 허리를 굽힌 채 비를 맞으며 집 모퉁이에서 현관 계단 쪽으로 걸어가고 있었다. 그 뒤로 일꾼이 망치와 못이 든 통을 가지고 따랐다. 아마 바람 때문에 덜컹거리는 덧문을 수리한 모양이었다. 표트르 미하일리치를 발견한 블라시치가 멈춰 섰다.

"자네가 웬일인가?" 그가 미소를 띠며 말했다. "이렇게 보니 반갑네."

"그래, 보다시피 이곳에 왔네⋯⋯." 표트르 미하일리치는 두 손으로 빗방울을 털어 내면서 조용히 말했다.

"그래, 잘 왔네. 정말 기쁘군." 블라시치는 손을 내밀지 않았다. 그는 차마 손을 내밀지 못한 채 상대방이 먼저 악수를 청하기를 기다렸다. "귀리에게 좋은 날씨야!" 이렇게 말하더니 그는 하늘을 바라보았다.

"그래."

그들은 말없이 집 안으로 들어갔다. 현관 오른쪽에는 다른 현관과 응접실로 통하는 문이, 왼쪽에는 겨울에 집사가 살았던 작은 방으로 통하는 문이 있었다. 표트르 미하일리치와 블라시치는 이 방으로 들어갔다.

"어디서 비를 만났나?" 블라시치가 물었다.

"이 근방에서. 이곳 집에 다 와서 말일세."

표트르 미하일리치는 침대에 앉았다. 그는 비가 시끄럽게 내리고 방 안이 어둑해져서 기뻤다. 그렇게 무섭지도 않고, 무엇보다 상대방의 얼굴을 마주 볼 필요가 없어서 더욱 좋았다. 증오심은 사라졌지만 두렵고 자신에게 화가 났다. 그는 점차 불쾌해졌고 이번 방문이 무의미하다고 느꼈다.

두 사람은 잠시 말없이 빗소리에 귀를 기울이는 체했다.

"고맙네, 페트루샤." 블라시치가 기침을 하고 나서 말문을 열었다. "자네가 와 줘서 정말 고마워. 자네 편에서 보면 너그럽고 고결한 행동이네. 나는 이해해, 내 말을 믿어 주게. 나는 자네 행동을 높이 평가하네. 믿어 주게나."

그는 창문을 바라보았고 방 가운데 서서 말을 이었다.

"모든 일이 어쩐지 은밀하게 일어났지만, 틀림없이 우리는 자네한테 숨겼네. 아마 자네가 우리 때문에 모욕감을 느끼고 분노하고 있으리라는 의식이, 그동안 줄곧 우리 행복의 오점으로 남아 있었지. 하지만 변명할 수 있도록 허락해 주게나. 우리가 은밀히 행동했던 까닭은 자네에 대한 믿음이 부족해서가 아니야. 첫째, 이 모든 일은 어떤 영감에 이끌려 돌연 일어났기에 따로 논의할 겨를이 없었네. 둘째, 이 일은 내밀하고 미묘해서…… 비록 자네처럼 가까운 사이라도 제삼자를 개입시키기가 거북했다네. 무엇보다 우리는 이 모든 일을 겪으며 자네의 관대한 처분을 몹시도 기대했었지. 자네는 가장 관대하고 고결한 사람이네. 나는 자네에게 무한히 감사하고 있어. 언젠가 내 목숨이 필요하다면 와서 가져가게나."

블라시치는 조용하고 공허한 저음으로, 마치 둔탁한 소리를 내듯이 계속 동일한 억양으로 말했다. 그는 눈에 띄게 흥분해 있었다. 표트르 미하일리치는 이제 자신이 말할 차례라고 느꼈고, 상대방의 말을 듣고 침묵하는 건 실상 가장 관대하고 고결한 얼뜨기나 하는 짓이라고 느꼈다. 하지만 이러려고 여기에 온 게 아니었다. 그는 재빨리 일어나서 숨을 헐떡이며 나직하게 말했다.

"그런데 그리고리, 알다시피, 나는 자네를 좋아했고, 여동생의 남편으로 최고의 남자를 바라지도 않았네. 하지만 지금 일어난 일은 끔찍해! 생각하기도 무서워!"

"왜 무서운가?" 블라시치는 떨리는 목소리로 말했다. "우리가 나쁜 행동을 했다면 무서울 수 있겠지만 그런 일은 없네!"

"자, 그리고리, 자네도 알다시피, 나는 편견이 없는 사람이네. 솔직하게 말하는 것을 용서해 주게, 내 의견을 말하자면, 자네와 여동생의 행동은 이기적이네. 물론 이런 말을 하면 지나가 괴로워할 테니까 지나에게는 말하지 않겠네. 어머니가 형언할 수 없을 만큼 괴로워하고 계시다는 걸 자네는 알아야만 해."

"그래, 그건 슬픈 일이야." 블라시치가 한숨을 쉬었다. "페트루샤, 우리는 예상했었네. 하지만 우리가 뭘 해야만 했겠나? 설령 자네 행동이 누군가를 괴롭히더라도, 그것이 곧 자네가 나쁘다는 걸 의미하지는 않네. 무엇을 할 것인가! 자네의 온갖 진지한 행동은 불가피하게 누군가를 고통스럽게 할 거야. 만일 자네가 자유를 위해 싸우러 간다면, 그 행동 역시 자네 어머니를 고통스럽게 할 테지. 무엇을 할 것인가! 요컨대 가까운 이들의 평온을 무엇보다 소중하게 여기는 사람은 사상에 투철한 삶을 완전히 포기해야만 하네."

창문 너머로 번개가 선명하게 번쩍였다. 마치 이 섬광이 블라시치의 생각을 변화시킨 것 같았다. 그는 표트르 미하일리치와 나란히 앉아서 전혀 불필요한 말을 늘어놓기 시작했다.

"페트루샤, 나는 자네 여동생을 존경하네." 그가 말했다. "내가 자네 집을 방문할 때마다, 마치 순례를 하듯 내 마음속에서 그런 감정이 일어났었네. 나는 정말 지나를 위해 기도했어. 지금 그녀를 향한 나의 존경은 날마다 커지고 있다네. 내게 그녀는 아내 그 이상이야. 더 높지! (블라시치는 두 손을 흔들었다.) 그녀는 나의 성소라네. 그녀가 내 집에서 생활하게 된 뒤로 나는 사원에 참배하러 가듯이 집에 들어간다네. 정말 희귀하고 비범하고 고결한 여자야!"

'자기 멋대로 지껄이고 있군!' 표트르 미하일리치는 생각했다. 게다가 '여자'라는 단어가 마음에 들지 않았다.

"왜 정식으로 결혼하지 않나?" 그가 물었다. "자네 아내는 이혼 위자료로 얼마를 원하는가?"

"7만 5000루블."

"좀 많군. 협상을 한다면?"

"그녀는 1코페이카도 양보하지 않아. 이보게, 무서운 여자야!" 블라시치는 한숨을 쉬었다. "난 자네에게 그녀에 대해 한 번도 말한 적이 없네. 떠올리기조차 역겨웠어. 그런데 이런 기회가 왔으니 얘기하는 거네. 난 훌륭하고 명예로운 순간의 영향을 받아서 그녀와 결혼했다네. 만약 상세한 내용을 알고 싶다면 말해 주지. 우리 부대의 대대장 하나가 열여덟 살의 처녀와 함께 살았다네. 솔직히 그 대대장이 그녀를 유혹했고, 두 달쯤 같이 살다가 그녀를 버렸어. 이보게, 그녀는 아주 끔찍한 상황에 처해 있었어. 부모에게 돌아가기는 수치스럽고, 돌아가더라도 받아 줄 리 만무했지. 정부에게 버림받은 그녀는 병사(兵舍)서 몸을 팔아야 할 지경이었네. 부대의 동료들은 분개했지. 그들도 고결하거나 거룩하지는 않았지만 대대장의 비열한 행위가 몹시 거슬렸던 거야. 게다가 부대의 모든 사람들 역시 대대장의 그런 짓을 더는 참을 수가 없었지. 그래서 대대장을 나름대로 벌주고자 성난 소위보들과 소위들이 그 불행한 처녀를 위해 약정서를 쓰고 모금을 시작했다네. 그런데 하급 위관들인 우리가 협의회 자리에 모였을 때, 누구는 5루블 또 누구는 10루블을 꺼내기 시작했을 때, 내 머리가 갑자기 뜨거워지기 시작했어. 헌신적인 행동을 하기에 아주 적당한 상황으로 보였네. 나는 그 처녀에게 급히 다가가서 열렬하게 연민을 표했지. 그녀에게 다가서면서, 모욕당하고 능욕당한 그대를 열렬히 사랑한다고 말해 버렸다네. 그래……. 이런 일이 있고 나서 일주일 뒤에 나는 그녀에게 청혼하게 되었네. 상관과 동료들은 나의 결혼이 장교의 품위와 양립할 수 없다고 생각했지. 그 때문에 내 마음은 더욱더 활활 타올랐네. 나는 내 행동이, 우리 부대의 역사에 반드시 미담으로 기록되어야 한다는 내용의 긴 편지를 썼네. 그 편지를 부대장에게 보냈고, 동료들에게는 복사본을 보냈지. 물론 나는 흥분해 있었고, 그 탓에 험한 말도 들었네. 급기야 나는 전역하라는 압력을 받았다네. 우리 집 어딘가에 편지 초고를 감춰 두었을 텐데, 어떻게든 찾아서 자네에게 읽어 주겠네. 원대한 감정을 가지고 쓴 편지야. 자네가 보다시피, 나는 정직하고 밝게 살았어. 나는 퇴역한 뒤에 아내와 함께 여기로 왔지. 아버지가 돌아가시면서 약간의 빚을 남겼고, 나에겐 돈이 없었어. 그런데 아내는 여기에 온 첫날부터 지인들을 데려왔고, 옷 치장을 하고, 카드놀이를 벌였어. 나는 영지를 저당잡힐 수밖에 없었네. 알겠나, 그녀는 불량한 삶을 살았어. 내 이웃들 가운데 자네만 그녀의 정부가 아니었네. 이 년 뒤 나는 그녀에게 결혼 해약금을 주었는데, 당시 내게 있던 모든 것이었지. 그녀는 도시로 떠났네. 그래……. 지금도 나는 매년 1200루블을 그녀에게 지불하고 있어. 무서운 여자야! 이보게, 거미가 절대로 떼어 낼 수 없게끔 거미 등짝에 유충을 낳는 파리가 있다는 걸 아나? 유충은 거미 몸에 찰싹 붙어서 거미의 심장으로부터 피를 빨아먹지. 마찬가지로 이 여자도 내게 붙어서 내 심장의 피를 빨아먹고 있어. 내가 바보짓을 했기 때문에, 즉 내가 자신 같은 여자와 결혼했기 때문에 그녀는 나를 미워하고 경멸한다네. 나의 관대함이 그녀 눈에는 불쌍하게 보일 테지. '현명한 사람은 나를 버렸고 바보가 나를 거두었다.'라는 말이 있지. 오직 가엾은 바보만이 나처럼 행동할 수 있을 거라고 생각하네. 이보게, 이건 정말 견딜 수 없이 괴로운 일이라네. 이보게, 말이 나온 김에 하는 소리인데, 운명이 날 괴롭히고 고통스럽게 해."

　표트르 미하일리치는 블라시치의 말을 듣고 주저하며 자문했다. 이 사람의 무엇이 지나의 마음에 들었을까? 마흔한 살의 중년에 비쩍 마른 데다 뼈가 앙상하고, 가슴은 좁고, 긴 코에 희끗희끗한 수염이 난 이 남자의 어디가 좋단 말인가? 그는 끙끙대며 말하고, 병적인 미소를 짓고, 대화하면서 어색하게 두 손을 내젓는다. 건강하지도 않고 멋지거나 남자답지도 않다. 사교적이지도, 유쾌하지도 않다. 외모를 보면 뭔가 생기가 없고 애매모호하다. 무미건조하게 옷을 입고 가구는 칙칙하다. '현안에 부응하지 않기 때문에' 그는 시와 그림을 인정하지 않는다. 다시 말해, 시와 그림을 이해하지 못한다. 음악을 듣고도 감동하지 않는다. 그는 나쁜 주인이다. 그의 영지는 엉망진창이고 담보로 잡혀 있다. 게다가 두 번째 담보 증서에 따라 그는 12퍼센트의 이자를 지불하고 있다. 이 밖에도 어음으로 1만 루블의 빚을 더 지고 있다. 이자를 지불하거나 아내에게 돈을 보내야 하는 시기가 되면, 그는 마치 자기 집에 불이 난 것 같은 표정을 짓고 모든 사람들에게 돈을 빌려 달라고 부탁한다. 이때 그는 겨울을 나기 위해 비축해 둔 마른 나뭇가지를 모조리 5루블에, 짚 더미를 3루블에 무작정 처분한다. 그리고 정원의 울타리나 낡은 온실의 틀을 뜯어서 난로를 때라고 지시한다. 돼지들은 그의 목초지를 짓밟고, 농부의 가축들은 숲의 어린 나무를 짓이긴다. 겨울마다 오래된 나무들은 점점 더 줄어든다. 채소밭과 정원에는 벌꿀 통과 녹슨 양동이가 널 브러져 있다. 타고난 재주나 재능이 없는 그는 보통 사람들처 럼 살아가는 평범한 능력조차 없다. 실제 삶에서 그는 쉽게 속 고, 모욕당하기 일쑤고, 순진하고 연약한 사람이다. 농부들이 그를 '어리석은 사람'이라고 부르는 데는 다 이유가 있다.

자유주의자인 그는 군(郡)에서 이른바 빨갱이로 간주되지 만, 이것마저 그에게는 권태롭다. 그의 자유사상에는 독창성 과 열정이 없다. 그는 언제나 왠지 똑같은 어조로 격분하고 분 노하고 즐거워하는데, 활기가 없고 인상적이지도 않다. 심지어 강렬한 감흥의 순간에도 그는 머리를 치켜들기는커녕 등을 앞 으로 구부린다. 그런데 가장 따분해 보이는 순간은, 그가 자신 의 사상을 진부하고 후지게 보일 만큼 훌륭하고 진실하다고 열심히 표현하려 할 때다. 가령 그가 순수하고 명랑한 순간들, 가장 좋은 시절에 대해 깊이 생각하며 천천히 설명할 때, 혹은 항상 사회를 앞서갔고, 앞서는 젊은이들을 보며 황홀해할 때, 혹은 서른 살에 벌써 실내복을 입고 대학교의 교시(校是)를 잊 어버린 러시아인들을 비난할 때, 뭔가 낡고 오래전에 읽었던 것을 떠올릴 때 말이다. 집에서 얼마간 묵을 때면 그는 침대 옆 탁자에 피사레프[17]나 다윈의 책을 놓아둔다. 내가 이 책은

---

17) 드미트리 이바노비치 피사레프(Dmitri Ivanovich Pisarev, 1840~1868). 제정 러시아의 평론가, 혁명적 민주주의자로 자연 과학을 중시하며 공리주 의 예술론을 주장했다.

이미 읽었다고 말하면, 그는 다시 나가서 도브롤류보프[18]의 책을 가져다준다.

이런 것을 군에서는 자유사상이라고 불렀다. 많은 사람들이 자유사상을 순진하고 악의 없는 기이한 행위라고 여겼다. 하지만 자유사상은 그를 몹시 불행하게 만들었다. 그에게 자유사상이란, 방금 전에 스스로 말했던 유충이었다. 그 유충은 그에게 착 달라붙어서 심장의 피를 빨아먹었다. 지난날의 도스토옙스키풍의 이상한 결혼, 서툴고 판독하기 어려운 필적이지만 원대한 감정을 가지고 쓴 기나긴 편지와 그 사본, 끝없는 오해, 변명, 환멸 그리고 부채, 두 번째 담보 증서, 아내에게 준 위자료, 매월 빌린 돈 ─ 이 모든 것은 자신에게도 다른 사람들에게도, 그 누구에게도 전혀 이롭지 않다. 그리고 전처럼 지금도 그는 항상 완고하게 말하고, 헌신적인 행위를 찾고, 남의 일에 주제넘게 나선다. 예전처럼 좋은 기회가 있을 때마다 그는 장황한 편지와 사본을 작성하고, 공동체나 가내 수공업의 향상, 또는 치즈 공장의 설립 등에 대해 지루하고 진부한 대화를 나눈다. 마치 살아 있는 뇌가 아니라 기계가 준비한 듯한 엇비슷한 이야기들뿐이다. 결국 지나와의 스캔들도 어떻게 끝날지 아직 아무도 모르는 것이다!

그러나 여동생, 지나는 젊다. 지나는 겨우 스물두 살이고, 아름답고 우아하며 명랑하다. 그녀는 웃음이 많고 수다쟁이

---

18) 니콜라이 알렉산드로비치 도브롤류보프(Nikolai Alexandrovich Dobrolyubov, 1836~1861). 제정 러시아의 평론가, 혁명적 민주주의자로 리얼리즘 비평을 강조했다.

고 언쟁을 좋아하고 열정적인 음악가다. 그녀는 의상과 책 그리고 좋은 가구에 대해 잘 안다. 자기 집에서라면 장화와 싸구려 보드카 냄새가 진동하는 이런 방을 견디지 못했을 것이다. 그녀도 자유주의자지만 지나의 자유사상에는 힘이 넘친다. 젊고 강하며, 용감한 처녀의 허세 그리고 다른 사람들보다 훌륭하고 독창적인 사람이 되고자 하는 열렬한 갈망이 느껴진다……. 그런 지나가 블라시치를 사랑하다니, 어떻게 이런 일이 일어났을까?

'그는 돈키호테고 완고한 광신자고 망상가다.' 표트르 미하일리치는 생각했다. '그런데 지나는 나처럼 부서지기 쉽고 성격이 여리고 온순하다……. 나와 지나는 곧 저항도 못 하고 굴복할 것이다. 그녀는 그를 사랑했다. 그렇다면 나는 과연 그를 사랑하지 않을 수 있을까, 무슨 일이 있든…….'

표트르 미하일리치는 블라시치를 훌륭하고 정직하지만 답답하고 외골수인 사람이라고 생각했다. 블라시치는 자신의 흥분과 고통 속에서, 아니 자신의 모든 삶 속에서 근시안적인 최선의 목표는 물론이고 장기적인 최고의 목표마저 보지 못했다. 단지 권태와 삶의 무능만을 볼 뿐이었다. 블라시치의 자기희생과 그가 헌신적 행위 혹은 정직한 충동이라 일컬었던 모든 것은, 무익한 힘의 낭비이고 지나치게 많은 화약이 들어간 불필요한 공포탄에 지나지 않았다. 블라시치가 자신의 사고를 놀랍도록 정직하며 완전무결하다고 열광적으로 믿는 모습조차 표트르의 눈엔 순진하다 못해 병적으로 보였다. 블라시치는 평생 하찮은 것과 고상한 것을, 어쩐지 기묘하게 혼동하곤 했다. 그는 어리석은 결혼을 하고는 그것을 헌신적 행위라고 생각했다. 그 뒤로 여러 여자들을 만났고, 블라시치는 그것을 어떤 사상의 승리라고 생각했는데, 정말 이해할 수 없는 일이었다.

그러나 표트르 미하일리치는 블라시치가 좋았고, 그에게서 어떤 힘의 실체를 느꼈다. 왠지 표트르에겐 블라시치에게 맞설 용기가 없었다.

블라시치는 빗소리에 맞추어, 어둠 속에서 이야기하기 위해 바싹 다가앉았다. 그리고 헛기침을 하고 나서, 자신의 결혼 사연과 비슷한 뭔가 긴 이야기를 시작하려고 했다. 그러나 표트르 미하일리치는 블라시치의 이야기를 더 이상 들을 수 없었다. 이제 여동생을 봐야 한다는 생각이 그를 괴롭혔다.

"그래요, 당신의 삶엔 운이 없었어요." 표트르 미하일리치가 부드럽게 말했다. "하지만 미안한데, 당신과 나는 요점에서 벗어난 얘기를 하고 있어요. 핵심을 피하고 있다고요."

"그래, 그래, 정말이야. 이제 요점으로 돌아가세." 블라시치가 동의하면서 일어섰다. "페트루샤, 자네에게 맹세하는데, 우리의 양심은 깨끗하네. 우리는 교회 전례대로 결혼식을 올리지 않았지만 우리의 결혼만큼은 완전히 합법적이네. 이 점은 내가 증명할 필요도 없고, 자네가 들을 필요도 없어. 자네도 나처럼 자유롭게 사고하고 있잖나. 다행히도 우리 사이에 이에 대한 이견은 없을 테지. 우리의 미래를 들려주더라도 자네는 놀라지 않을 거야. 나는 피땀 흘려 일할 거고, 밤에도 자지 않겠네. 한마디로 나는 지나가 행복할 수 있도록 전력을 다할 거야. 그래,

그녀의 삶은 멋질 거야. 내가 그렇게 할 수 있겠느냐고 자네는 묻겠지? 이보게, 나는 할 수 있네! 사람은 매 순간, 언제나 오로지 한 가지만을 염원하면 바라는 것을 어렵지 않게 얻을 수 있어. 지나에게 가 보세. 그녀를 기쁘게 해 줘야만 해."

표트르 미하일리치는 심장이 뛰기 시작했다. 그는 자리에서 일어나 블라시치의 뒤를 따라 현관으로 갔고, 다시 그곳에서 홀로 향했다. 이 거대하고 우울한 방에는 달랑 피아노 한 대와, 청동을 입힌 낡은 의자들이 길게 줄지어 있었다. 피아노 위에선 양초 하나가 타오르고 있었다. 두 사람은 말없이 홀에서 식당으로 갔다. 이곳 역시 넓었지만 아늑하지는 않았다. 식당 가운데에 여섯 개의 두꺼운 다리가 달린 두 쪽으로 된 둥그런 식탁과, 그 위에 양초 하나가 덩그러니 있었다. 성상갑과 유사한, 크고 고급스러운 상자 속의 시계가 2시 30분을 가리키고 있었다.

블라시치는 옆방으로 통하는 문을 활짝 열어젖히고 나서 말했다.

"지노치카, 페트루샤가 왔어!"

곧 바쁜 걸음 소리가 들렸고, 큰 키에 통통하고 몹시 창백한 지나가 식당 안으로 들어왔다. 표트르 미하일리치가 집에서 마지막으로 본 모습대로, 그녀는 검은 스커트에 커다란 허리띠가 달린 붉은 재킷을 입고 있었다. 그녀는 한 손으로 오빠를 안은 뒤, 그의 관자놀이에 키스했다.

"뇌우가 쏟아지네!" 그녀가 말했다. "그리고리가 어딘가로 나가는 바람에 집에 혼자 남아 있었어요."

그녀는 당황하지 않았고, 자기 집에서처럼 오빠를 진실하고 침착하게 바라보았다. 그녀를 마주하자, 표트르 미하일리치도 더는 당황하지 않았다.

"그런데 뇌우가 무섭지 않니." 탁자에 앉으면서 그가 말했다.

"네, 천둥이 치면 여기 커다란 방들과 낡은 집 전체가 마치 찬장처럼 덜커덩거려요. 대체로 아름다운 집이죠." 오빠와 마주 앉으면서 그녀가 말을 이었다. "여기엔 즐거운 추억이 깃든 방 따위 없어요. 내가 머무는 방에서 그리고리의 할아버지가 자살했다는데, 상상할 수 있겠어요?"

"8월에 돈이 생기면 정원의 곁채를 수리할 거야." 블라시치가 말했다.

"웬일인지 뇌우가 내리는 동안엔 할아버지가 떠올라요." 지나가 말을 이어 갔다. "이 식당에서는 어떤 사람을 죽도록 때렸대요."

"그건 분명한 사실이야." 블라시치가 맞장구친 뒤에, 눈을 크게 뜨며 표트르 미하일리치를 바라보았다. "1840년대에 올리비에르라는 프랑스인이 이 영지를 임차했었네. 그의 딸 초상화가 지금 우리 집 다락방에서 뒹굴고 있지. 정말 귀여운 여자야. 아버지가 얘기한 대로 이 올리비에르는 러시아인들을 무식하다고 경멸하며 조롱했다네. 그는 사제에게마저 모자를 벗고 대저택 앞을 500미터쯤 멀찍이서 지나가라고 요구했지. 그리고 올리비에르 가족이 말을 타고 마을을 지나갈 때마다 교회의 종을 울리도록 했다네. 물론 그는 농노들과 마을 공동체의 약자들에게는 더욱 격식을 차리지 않았어. 고골의 단편에 등장하는 신학생 호마 브루트[19]와 비슷한, 러시아 방랑자들의 온순한 아들들 중 하나가 웬일인지 이곳 길을 따라 지나가고 있었네. 이 마을의 집사들은, 며칠 숙박을 청한 그 아이가 마음에 들어서 사무소에 머물도록 했어. 여러 이설이 있는데, 어떤 사람들은 이 신학생이 농부들을 선동했다고 말하고, 다른 사람들은 올리비에르의 딸이 그를 좋아했던 것 같다고 얘기한다네. 진실이 무엇인지는 알 수 없지만, 올리비에르는 어느 멋진 저녁에 신학생을 저택으로 불러서 심문했어. 급기야 그 학생을 때리라고 지시했지. 올리비에르는 이 탁자에 앉아 보르도 포도주를 마셨고, 마부들이 그 신학생을 때렸다네. 틀림없이 고문했을 거야. 동틀 무렵에 학생은 결국 고문으로 죽었고, 그의 시체는 아무도 모르게 치워졌지. 콜토비치 연못에 던졌다는 소문도 있어. 소송이 제기됐지만 프랑스인은 원고에게 수천 루블을 지불한 뒤에 알자스로 떠나 버렸어. 때마침 임차 기한이 다가왔고, 사건은 그렇게 끝났다네.”

“이런 무뢰한 같으니!” 지나가 말하고 나서 몸을 떨었다.

“내 아버지는 올리비에르도, 그의 딸도 잘 기억했어. 아름다운 딸은 비범했고, 게다가 기이했다고 하셨어. 나는 신학생이 두 가지 일을 다 벌였으리라고 생각해. 농부들도 선동하고, 딸의 마음도 사로잡았다고 말이야. 아마 그는 신학생이 아니라, 익명의 인물이었을 거야.”

---

19) 고골의 작품집 『미르고로드』에 수록된 「비이」의 등장인물로, 무자비한 지배층을 암시하는 악령들과 맞서 싸우다 최후를 맞이한다.

지나는 생각에 잠겼다. 이름 모를 신학생과 아름다운 프랑스 처녀의 이야기가 그녀의 상상력을 멀리 치닫게 한 것 같았다.

표트르 미하일리치가 느낀 대로, 그녀의 외모는 최근 일주일 사이에 변한 데가 전혀 없었다. 다만 전보다 살짝 창백했다. 그녀는 마치 오빠와 함께 블라시치 저택에 손님으로 방문한 듯 편안하고 평온해 보였다. 하지만 표트르 미하일리치는 그녀 자신에게 어떤 변화가 생겼다고 느꼈다. 실제로 예전에, 즉 그녀가 집을 나가기 전만 해도, 그는 모든 것에 대해 여동생과 단호히 대화할 수 있었다. 그런데 지금은 '여기서 어떻게 지내니?' 같은 간단한 질문조차 건넬 수 없었다. 그런 질문이 거북하고 불필요하게 여겨졌다. 그녀에게 변화가 생겼음은 틀림없었다. 지나는 어머니, 집 그리고 블라시치와의 로맨스에 대해 천천히 이야기했다. 그녀는 자신의 정당함을 증명하지도 않았고, 자유 결혼이 교회 결혼보다 더 우월하다고 설득하지도 않았다. 아무런 흥분도 없이, 그저 올리비에르의 이야기를 듣고는 조용히 생각에 잠겼다……. 그런데 왜 갑자기 올리비에르에 대해 말하기 시작했던가?

"두 분, 비에 어깨가 젖었네요." 지나가 이렇게 말하면서 환하게 미소 지었다. 그녀는 오빠와 블라시치의 이 사소한 공통점에 감동했다.

표트르 미하일리치는 자신의 처지가 괴롭고 끔찍하다고 느꼈다. 그는 텅 빈 집과 뚜껑 닫힌 피아노와 지금은 아무도 들어가지 않는 지나의 밝은 방을 떠올렸다. 그리고 정원의 오솔길에선 이미 작은 발자국이 사라졌음을, 저녁때 차를 마시기 전에 이제 누구도 큰 소리로 웃지 않음을, 미역을 감으러 가는 이가 없음을 상기했다. 그는 어린 시절부터 애착을 가진 것에 대해 생각하길 좋아했다. 답답한 교실이나 강당에 앉아 있을 때, 그는 명료함, 순수함, 기쁨에 대해 생각하길 즐겼다. 하지만 집을 생명과 빛으로 가득 채우던 이 모든 것들이 이젠 돌이킬 수 없이 사라져 버렸고, 무슨 대대장, 관대한 소위보, 방탕한 아낙, 자살한 할아버지에 대한 거칠고 꼴사나운 이야기와 뒤섞여 버렸다……. 그리고 어머니에 대해 이야기하거나 과거를 되돌릴 수 있다고 생각하는 것은 완벽한 오해였다.

표트르 미하일리치의 눈에 눈물이 가득 고였고, 탁자 위에 놓인 그의 손은 떨리기 시작했다. 지나는 그가 무슨 생각을 하는지 짐작했고, 그녀의 눈 역시 충혈된 채로 빛났다.

"그리고리, 이리 와요!" 그녀가 블라시치에게 말했다.

두 사람은 창가로 가서 뭔가에 대해 속삭이듯 말하기 시작했다. 블라시치가 그녀에게 몸을 굽히고, 그녀가 그를 바라보는 모습 때문에 표트르 미하일리치는 이미 모든 것이 완전히 끝났으며, 아무 말도 할 필요가 없음을 다시 한 번 깨달았다. 지나는 밖으로 나갔다.

"이보게, 그게 이렇다네." 블라시치는 잠시 침묵한 뒤에 두 손을 비비고 미소를 지으면서 말했다. "나는 얼마 전에 우리의 삶이 행복하다고 말했지만, 그건 문서상의 요구에 따른 것이었네. 실제로 아직 행복하진 않았다네. 지나는 늘 자네와 어머니에 대해 생각하며 괴로워했어. 그런 그녀를 바라보며 나 역시 괴로웠네. 그녀는 천성이 자유롭고 용감하지만, 알다시피

익숙하지 않은 일을 겪으면 괴로운 법이라네, 게다가 젊기도
하고. 하녀는 지나를 아가씨라고 부르는데, 사소한 것 같지만
이런 호칭이 그녀를 난처하게 하지. 그게 그렇다네."

지나는 접시에 딸기를 가득 담아서 가져왔다. 그녀 뒤를 따
라 작은 하녀가 들어왔다. 온순하고 지쳐 보이는 하녀는 탁자
위에 우유 주전자를 놓은 뒤 허리 굽혀 인사했다……. 하녀에
게는 옛날 가구와 비슷한 뭔가가, 즉 망연자실하고 따분한 뭔
가가 있었다.

빗소리는 이미 그쳤다. 표트르 미하일리치는 딸기를 먹었
고, 블라시치와 지나는 잠자코 그를 바라보았다. 불필요하지
만 불가피한 대화의 시간이 다가왔다. 세 사람 다 벌써 그 무
게를 느끼고 있었다. 표트르 미하일리치의 눈에 다시 눈물이
가득 고였다. 그는 접시를 밀치며 이제 집으로 가야 할 시간이
라고 말했다. 지금 떠나지 않으면 늦을 테고, 다시 비가 내릴
거라고 말이다. 지나가 예의상 집안사람들과 자신의 새 삶에
대해 얘기해야 하는 순간이었다.

"우리 집은 어때요?" 그녀가 재빠르게 물었고, 창백한 얼굴
도 떨리기 시작했다. "엄마는 어때요?"

"엄마를 알잖아……." 표트르 미하일리치가 그녀를 바라보
지 않고 대답했다.

"페트루샤, 오빠는 이미 일어난 일에 대해 오랫동안 생각했
겠죠." 그녀가 오빠의 소매를 잡고 말했다. 그는 그녀가 말하
면서 괴로워하고 있음을 알았다. "오빠는 오랫동안 생각했을
거예요. 엄마가 언제 그리고리와 화해할지……. 대략 언제쯤

이런 상황과 화해하리라고 예상하는지 말해 줘요."

지나는 오빠와 얼굴을 맞대고 가까이 서 있었다. 그는 동생의 아름다움을 새삼 깨닫고 깜짝 놀랐는데, 전에는 정확히 알아채지 못했었다. 어머니의 얼굴을 닮은, 여성스럽고 우아한 여동생이 블라시치의 집에서 블라시치와 함께, 망연자실한 하녀와 다리가 여섯 개 달린 식탁 주변에서, 생사람이 채찍질을 당했다는 집에서 산다는 사실이 놀라웠다. 그리고 그녀가 이제 자신과 함께 집으로 돌아가지 않고 이곳에 남아 밤을 보내리라는 현실 역시 놀라웠다. 이것은 그에게 결코 있을 수 없는, 황당무계한 일처럼 여겨졌다.

"너도 어머니를 알잖아……." 그는 여동생의 질문에 대답하지 않으면서 말했다. "내 생각으론 지켜야만 했어……. 무언가를 해야만 해. 어머니에게 용서를 빌든가, 뭐든……."

"그러나 용서를 빈다는 건 우리가 잘못 행동한 척하는 거예요. 엄마의 평온을 위해 거짓말을 할 준비가 되어 있지만, 그건 아무 소용이 없어요. 나는 엄마를 알아요. 글쎄, 될 대로 돼라죠!" 자신의 불쾌한 속을 시원스레 내보인 덕에 이제 명랑해진 지나가 말했다. "오 년이든 십 년이든 기다리고 견디면 좋은 일이 있겠죠."

그녀는 오빠의 손을 잡았고, 어두운 현관을 지날 때 그의 어깨에 바짝 기댔다.

그들은 현관 계단으로 나갔다. 표트르 미하일리치는 작별인사를 하고 말 위에 앉아 한 걸음 내디뎠다. 지나와 블라시치는 걸으면서 잠시 그와 동행했다. 은은하고 따스하고 향긋한 건초 냄새가 났다. 하늘에 떠다니는 구름 사이로 별들이 선명하게 빛났다. 오랜 세월 슬픈 사건을 목격해 온 블라시치의 오래된 정원은 어둠에 휩싸인 채 잠들어 있었다. 그 정원을 지나기가 왠지 슬펐다.

"오늘 나와 지나는 점심을 먹고 나서 정말로 좋은 시간을 보냈네!" 블라시치가 말했다. "이주 문제에 관한 아주 훌륭한 기사를 지나에게 큰 소리로 읽어 주었지. 자네도 읽어 보게! 꼭 읽어 보게! 무척 공정하고 진실한 기사야. 나는 끝내 참지 못하고 필자에게 전하는 편지를 편집국에 보냈다네. '감사드리고 굳은 악수를 보냅니다.' 이렇게 단 한 줄을 썼지."

표트르 미하일리치는 그에게 '자기 앞가림이나 잘하지!'라고 말하고 싶었지만 입을 다물었다.

블라시치는 등자 오른쪽 옆에서, 지나는 그 왼쪽 옆에서 걸었다. 두 사람은 집으로 돌아가야 한다는 사실을 잊은 듯했다. 대기는 습했고, 콜토비치 숲까지는 벌써 얼마 남지 않았다. 표트르 미하일리치는, 비록 그들 자신도 뭔지 모르지만 자기에게서 무언가 기대하고 있음을 느꼈다. 표트르는 도저히 견딜 수 없을 만큼 그들이 가여웠다. 그들이 순종적인 모습으로 생각에 잠긴 채 말 옆에서 걷고 있는 바로 그 순간, 표트르 미하일리치는 장차 그들이 불행해질 뿐 행복해질 수 없으리라고 확신했다. 그들의 사랑은 슬프고 돌이킬 수 없는 실수였다. 연민과 그 무엇으로든 그들을 도울 수 없다는 의식 때문에 그는 정신적으로 몹시 허약해진 상태였다. 그때 그는 고통스러운 연민에서 벗어나기 위해 어떤 희생도 감수할 준비가 되어 있었다.

"다음에 당신 집에 가서 하룻밤을 묵을게요." 표트르 미하일리치가 말했다.

그러나 마치 자신이 양보한 것 같은 뉘앙스를 풍기는 이 말은 그를 만족시킬 수 없었다. 콜토비치 숲 주변에서 작별 인사를 하려고 멈추었을 때, 그는 지나에게 몸을 숙여 그녀의 어깨에 가볍게 대고 말했다.

"지나, 네가 옳아, 잘했어!"

그리고 더 이상 말하지도, 울지도 않기 위해 표트르 미하일리치는 말을 채찍질하며 숲으로 내달렸다. 어둠 속으로 들어가면서 뒤돌아보니 블라시치와 지나가 길을 따라 집으로 걸어가고 있었다. 블라시치는 큰 걸음으로, 지나는 그 옆에서 바삐 뛰는 듯한 걸음걸이로 걷고 있었다. 두 사람은 걸어가면서 무언가에 대해 활기차게 대화하고 있었다.

'난 늙은 아낙네 같은 놈이야.' 표트르 미하일리치는 생각했다. '문제를 해결하러 갔다가 더 복잡하게 만들었어. 음, 모든 게 잘되길!'

그의 마음은 무거웠다. 숲의 끝자락에 이르렀을 때, 그는 천천히 나아가다가 연못 근처에서 말을 세웠다. 가만히 앉아 생각하고 싶었다. 하늘에 떠오른 달이 붉은 말뚝처럼 연못 건너편에 비쳤다. 어디선가 굉음이 공허하게 울려 퍼졌다. 표트르 미하일리치는 눈을 부릅뜬 채 물을 바라보았고 여동생의 절망, 그 고통스럽고 창백한 안색과 윤기 없는 눈동자를 떠올렸다. 지나는 그런 모습으로 자신의 굴욕을 사람들한테 숨길 것이다. 그는 여동생의 임신, 어머니의 죽음과 장례식, 지나의 공포를 상상했다…… 미신을 믿는 오만한 노부인은 결국 죽음을 맞이할 것이다. 미래의 무서운 장면이 그의 눈앞, 어둡고 매끈한 수면 위에 그려졌다……. 그리고 그는 창백한 여자들의 모습 사이에서 죄지은 얼굴을 한, 연약하고 소심한 스스로를 보았다.

백 걸음 남짓 떨어진 오른쪽 연못가에 거무스름한 무언가가 서 있었다. 저건 사람일까, 키 큰 그루터기일까? 표트르 미하일리치는 살해당한 뒤 이 연못에 내던져진 신학생을 떠올렸다.

'올리비에르는 무자비하게 행동했지만 어쨌든 문제를 해결했어. 하지만 나는 아무것도 해결하지 못했고, 심지어 복잡하게만 만들었지.' 그는 환영과 비슷한 어두운 형체를 바라보면서 생각했다. '그는 생각한 바를 말하고 실행했어. 하지만 나는 생각한 바를 말하지도, 실행하지도 못했지. 게다가 나는 실제로 내가 무엇을 생각하는지조차 모르는 것 같아……'

그는 어두운 형체를 향해 다가갔다. 그것은 어떤 건축물에서 겨우 살아남은, 낡고 썩은 기둥이었다.

숲과 콜토비치의 대저택에서 은방울꽃과 고추나물의 향기가 강하게 풍겨 왔다. 표트르 미하일리치는 연못가로 다가가서 자신의 삶을 회상하며 슬프게 수면을 바라보았다. 그는 여태껏 잘못된 말과 행동을 했고, 사람들 역시 똑같은 방법으로 자기에게 앙갚음했다고 확신했다. 이 때문에 그는 지금 자신의 삶 전체가, 밤하늘이 비치고 물풀들이 뒤엉킨 이 연못의 물처럼 어둡게 보였다. 그는 이것을 바로잡을 수 없다고 느꼈다.

(1892)

다락방이 있는 집
—— 어느 화가의 이야기

1

이것은 내가 육칠 년 전 T현에 있는 한 군(郡)의 젊은 지주 벨로쿠로프의 영지에서 살았을 때의 이야기다. 이 젊은 지주는 매우 일찍감치 일어나 반외투를 걸친 채 돌아다녔고, 저녁마다 맥주를 마셨으며, 자신은 어디서나 누구와도 공감할 수 없다고 늘 내게 불평하곤 했다. 그는 정원에 있는 곁채에서 살았고, 나는 큰 홀에 둥근 기둥이 서 있는 지주의 낡은 저택에서 살았다. 큰 홀에 있는 가구라곤 널찍한 소파와 내가 카드점을 보는 테이블이 전부였다. 여기서는 항상, 심지어 온화한 날씨에도 낡은 아모소프식 벽난로의 낮고 둔탁한 소리가 났고, 뇌우가 쏟아질 때면 집채가 흔들리고 여러 조각으로 산산이 쪼개질 것만 같았다. 특히 밤중에 커다란 창문 열 개가 번갯불로 환하게 번쩍거릴 때면 약간 무섭기도 했다.

운명에 의해 늘 게으름을 피울 수밖에 없었던 나는 아무것도 하지 않았다. 나는 몇 시간 동안 줄곧 창문을 통해 하늘과 새들과 오솔길을 바라볼 수 있었고, 우체국에서 가져다주는 모든 것을 읽고 잠을 잤다. 그리고 이따금 집을 나와서 저녁 늦게까지 어디든 어슬렁거렸다.

어느 날 나는 집으로 돌아오다가 우연히 어느 낯선 저택에 들렀다. 태양은 이미 모습을 감추었고, 꽃이 핀 호밀 위로 저녁 그림자가 길게 늘어졌다. 두 줄로 촘촘히 심긴 오래된 키 큰 전나무들은 두 개의 벽처럼 꽉 들어차서 어둡고 아름다운 오솔길을 연출했다. 나는 가볍게 울타리를 타고 넘어, 땅바닥에 4~5센티미터쯤 쌓인 전나무 잎새에 미끄러지면서 이 오솔길을 따라 걸었다. 주위는 조용하고 어두웠다. 황금빛은 오직 여기저기 꼭대기에서만 선명하게 떨리며 거미줄 속에서 무지갯빛으로 반짝거렸다. 숨이 막힐 만큼 진한 침엽(針葉) 냄새가 풍겼다. 이윽고 나는 피나무가 늘어선 긴 오솔길로 접어들었다. 여기도 황량하고 아주 유구한 곳이었다. 해묵은 잎사귀들이 발밑에서 애처롭게 바스락거렸고, 나무들 사이 어스름 속에 그림자가 숨어 있었다. 오른편의 오래된 과수원에서는 늙은 듯한 꾀꼬리 한 마리가 가냘픈 목소리로 마지못해 울고 있었다. 그런데 피나무 오솔길은 여기서 끝났다. 나는 테라스와 다락방이 있는 하얀 건물 옆을 지나쳤고, 돌연 내 눈앞에 지주의 집 마당과 욕장과 푸른 버드나무가 군락을 이룬 넓은 연못 풍경이 펼쳐졌다. 맞은편 강변에는 촌락과, 석양빛에 반짝이는 십자가가 달린 높고 좁다란 종루가 있었다. 이 순간 나는, 어린 시절 언젠가 이 풍경을 보았던 것처럼 무언가 친근하고 아주 낯익은 매력을 느꼈다.

마당에서 들녘으로 통하는 하얀 석조 대문 옆에, 즉 사자상이 있는 단단하고 오래된 대문 옆에 아가씨 둘이 서 있었다. 그들 중 나이가 많아 보이는 아가씨는 날씬한 몸매에 얼굴이 창백하고 아름다웠지만 밤색 머리칼이 더부룩하고 입이 작아 고집스러워 보였다. 그녀는 엄격한 표정을 짓고 있었는데, 내게 주의를 기울이지 않았다. 그보다 훨씬 젊은 다른 아가씨는 열일고여덟 정도 돼 보였는데, 역시 날씬한 몸매에 얼굴이 창백하고 입과 눈이 큼직했다. 내가 옆을 스쳐 지나갈 때 이 아가씨는 놀라서 나를 바라보았고, 영어로 뭐라고 말하더니 당황스러워했다. 나는 이 사랑스러운 두 아가씨와 오래전부터 알고 지낸 듯 느껴졌다. 나는 마치 좋은 꿈을 꾼 것 같은 기분으로 집에 돌아왔다.

그 뒤로 얼마 지나지 않은 어느 정오 무렵의 일이었다. 나와 벨로쿠로프가 집 주변을 산책하고 있을 때, 갑자기 용수철 달린 사륜마차 한 대가 풀밭을 따라 사각사각 소리를 내며 마당으로 들어왔다. 마차에는 얼마 전 마주쳤던 아가씨들 중 언니가 타고 있었다. 그녀는 화재민 구호 기부 명부를 가지고 왔다. 그녀는 우리를 바라보지 않은 채로 매우 진지하고 상세하게 시야노프 마을에서 얼마나 많은 집들이 불탔는지, 또 얼마나 많은 남자와 여자, 아이 들이 거처를 잃었는지 이야기했다. 그러고는 지금 자신이 회원으로 있는 화재민 구호 위원회가 우선적으로 무슨 일에 착수하려 하는지 설명했다. 우리가 기부 명부에 서명하자 그녀는 명부를 거두고 곧 작별 인사를 했다.

"당신은 우리를 완전히 잊으셨군요, 표트르 페트로비치." 그녀는 벨로쿠로프에게 한 손을 내밀며 말했다. "우리에게 와 주세요. 그리고 무슈 N도(그녀는 내 성을 불렀다.) 당신의 재능을 존경하는 사람들이 어떻게 사는지 보고 싶으시다면 우리에게 들르세요. 엄마와 저에겐 더없이 기쁜 일이 될 거예요."

나는 머리 숙여 인사했다.

그녀가 떠나자 표트르 페트로비치가 이야기하기 시작했다. 그의 말에 의하면 그녀는 훌륭한 집안 출신으로 이름은 리디야 볼차니노바고, 어머니 그리고 여동생과 함께 연못 건너편의 마을과 마찬가지로 셸콥카라고 불리는 영지에서 살고 있었다. 그녀의 아버지는 한때 모스크바에서 요직에 있었고, 사망 당시 3등 문관이었다. 많은 재산이 있었음에도 볼차니노프 가족들은 시골을 떠나지 않고 여기에서 여름과 겨울을 보냈다. 그리고 리디야는 셸콥카의 지방 학교 교사로 일하며 한 달에 25루블의 봉급을 받았다. 그녀는 이 돈만으로 자기 삶을 영위했고, 직접 번 돈으로 살아가는 것을 자랑스러워했다.

"흥미로운 가족이죠." 벨로쿠로프가 말했다. "어떻게든 그들에게 갑시다. 당신이 방문하면 아주 기뻐할 겁니다."

언젠가 어느 축일, 점심 식사를 마친 우리는 볼차니코프 가족을 떠올리고 셸콥카로 향했다. 어머니와 두 딸은 집에 있었다. 한때 미인이었을 어머니 예카테리나 파블로브나는 이젠 나이 때문만은 아닌 병약한 상태로 호흡기 질환을 앓고 있었는데, 어딘가 우울하고 산만해 보였다. 그녀는 나와 그림에 대해 이야기하려고 애썼다. 내가 셀콤카로 올지도 모른다는 것을 딸을 통해 알게 된 그녀는 모스크바 전시회에서 보았던 내 풍경화 두세 점을 급히 기억해 내고는, 그 풍경화에서 무엇을 표현하려 했느냐고 물었다. 리디야, 혹은 집에서 부르는 이름인 리다는 나보다 벨로쿠로프와 더 많이 이야기했다. 진지한 그녀는 미소도 띠지 않은 채 벨로쿠로프에게 왜 지방 자치회에서 일하지 않느냐고, 왜 지금까지 한 번도 지방 자치 회의에 참석하지 않았느냐고 물었다.

"그건 좋지 않아요, 표트르 페트로비치." 그녀는 비난하듯 말했다. "좋지 않아요. 창피한 일이에요."

"맞아, 리다, 맞아." 어머니가 동의했다. "좋지 않은 일이야."

"우리 군 전체는 발라긴의 손안에 있어요." 나를 돌아보며 리다가 말을 이었다. "그는 자치 기관의 의장인데, 군의 모든 관직을 조카들과 사위들에게 나누어 주었고 자기 멋대로 일을 하고 있지요. 싸워야 해요. 젊은이들이 강력한 당을 만들어야만 해요. 그런데 우리 젊은이들이 어떤지 보세요. 부끄러운 일이에요, 표트르 페트로비치!"

그녀의 여동생인 제냐는 우리가 지방 자치회에 대해 이야기하는 동안 가만히 있었다. 그녀는 심각한 대화에 끼어들지 않았고, 가족들도 그녀를 아직 어른으로 여기지 않았다. 그리고 어린아이를 부르듯이 그녀를 미슈시라고 불렀다. 그건 어린 시절에 그녀가 자신의 가정 교사를 '미스'라고 불렀기 때문에 붙은 애칭이었다. 그녀는 줄곧 호기심 어린 눈으로 나를 바라보았다. 내가 앨범 사진을 구경하자 "이분은 삼촌이고…… 이

분은 대부님이에요."라고 설명했다. 그녀는 작은 손가락으로 사진들을 가리킬 때마다 어린애처럼 어깨로 나를 톡톡 건드렸다. 그 때문에 나는 가까이에서 아직 미성숙한 그녀의 가슴, 가냘픈 어깨, 땋은 머리 그리고 허리띠로 졸라맨 여윈 몸을 볼 수 있었다.

우리는 크로케와 테니스를 치고, 정원을 따라 산책하고, 차를 마시고, 이윽고 오랫동안 저녁 식사를 했다. 늘근 기둥들이 서 있는 거대하고 텅 빈 홀에 살고 있던 나는 벽에 값싼 채색화 하나 걸려 있지 않고, 하인들에게도 존댓말을 쓰는 이 작고 안락한 집이 왠지 정답고 편했다. 게다가 리다와 미슈시의 존재 덕분에 모든 것이 싱그럽고 깨끗하고 질서 정연하게 느껴졌다. 저녁 식사 도중에 리다는 다시 벨로쿠로프와 지방 자치회, 발라긴, 학교 도서관에 대해 얘기했다. 리다는 활기차고 성실하며 확신에 가득 찬 아가씨였다. 학교에서 수업하는 습관대로 큰 소리로 많은 말을 했는데, 그녀의 이야기를 듣는 것은 재미있는 일이었다. 그에 반해 표트르 페트로비치는 아직 대학교 시절의 습관이 남아 있어서 모든 대화를 논쟁으로 이끌려 했고, 똑똑하고 진보적인 사람으로 보이고 싶은 열망 때문에 지루하고 산만하고 장황하게 이야기했다. 그가 손짓을 하다가 소매로 소스를 엎질러서 식탁보에 커다란 얼룩이 생겼는데, 나 말고는 아무도 이 점을 알아채지 못한 것 같았다.

우리가 집으로 돌아올 즈음 주위는 어둡고 조용했다.

"훌륭한 교육이란 식탁보에 소스를 흘리지 않는 데 있는 게 아니라, 누군가 다른 사람이 소스를 흘려도 모른 체하는 데 있지요." 벨로쿠로프는 이렇게 말하고 한숨을 쉬었다. "그래, 훌륭한 인텔리 가족이야. 그런데 나는 훌륭한 사람들에게서 뒤처지고 말았어, 아, 이렇게 뒤처져 버리다니! 온통 일, 일! 일뿐이야!"

그는 모범적인 농장주가 되려면 얼마나 많은 일을 해야 하는지 말했다. 나는 그가 참으로 따분하고 게으른 젊은이라고 생각했다. 뭔가 진지하게 얘기할 때면 그는 긴장해서 '에-에-에-에' 하고 말을 끌었고, 일하는 것도 꼭 그런 식으로 기한을 놓쳐 항상 제시간에 못 끝내고 질질 끌었다. 그의 사무적 역량을 의심하게 된 이유는, 내가 우체국에 부쳐 달라고 부탁한 편지를 그가 몇 주씩이나 호주머니에 넣고 다녔기 때문이다.

"무엇보다 괴로운 점은," 나와 나란히 걸으면서 그가 중얼거렸다. "무엇보다 괴로운 점은 이 일을 하면서 그 누구의 공감도 얻지 못한다는 겁니다. 그 어떤 공감도요!"

2

나는 볼차니노프 집에 드나들기 시작했다. 보통 나는 테라스 아래의 계단에 앉아 있곤 했다. 나는 스스로에 대한 불만으로 괴로워했고, 너무 빠르고 밋밋하게 흘러가는 내 삶을 아쉬워했으며, 너무나 무겁고 답답한 심장을 가슴에서 떼어 낼 수 있다면 얼마나 좋을지 늘 생각했다. 이때 테라스에서 사람들의 말소리와 옷이 사각사각 스치는 소리와 책장 넘기는 소리가 들려왔다. 리다는 낮이면 환자들을 받고 작은 책자를 나 눠 주기도 했다 그리고 모자를 쓰지 않은 채 양산만 받쳐 들 고 자주 마을에 다녀왔다. 저녁에는 지방 자치회와 학교에 대 해 큰 소리로 말하곤 했다. 나는 곧 이런 것들에 익숙해졌다. 이 날씬하고 아름다운, 언제나 변함없이 엄격한 아가씨는 사 무적인 대화를 시작할 때마다 선이 우아한 작은 입으로 나에 게 매몰차게 말했다.

"당신에겐 이런 얘기가 재미없겠죠."

그녀에게 나는 언짢은 존재였다. 내가 풍경화가이고, 그림 속에서 민중의 가난을 묘사하지 않고, 자기가 그토록 믿는 것 에 대해 무관심해 보인다는 이유로 그녀는 나를 좋아하지 않 았다. 문득 바이칼 호숫가를 여행했을 때가 생각난다. 그때 나 는 루바시카와 푸른색 무명 바지를 입고 말을 탄 부랴트 처녀 를 만난 적이 있었다. 나는 그녀에게 나팔을 팔지 않겠느냐고 물었다. 우리가 얘기하는 동안 그녀는 나의 유럽형 얼굴과 모 자를 경멸 어린 눈으로 쳐다보았고, 갑자기 나와 대화하기가 역겹다는 듯 소리를 지르더니 말을 내달려 다른 쪽으로 가 버 렸다. 마찬가지로 리다도 내 안의 낯선 면을 경멸했다. 겉으로 는 나에 대한 혐오감을 절대 표현하지 않았지만 나는 그녀의 그런 감정을 느낄 수 있었다. 나는 테라스 아래의 계단에 앉 아 화를 내며, 의사도 아닌데 농군들을 치료하는 건 그들을 기만하는 짓이라고, 1000헥타르 정도의 땅을 가지고 있으면 누구나 자선가가 되기는 어렵지 않다고 중얼거렸다.

그녀의 여동생 미슈시는 아무 일도 하지 않고, 나처럼 아주 한가하게 자기 인생을 보내고 있었다. 그녀는 아침에 일어나자마자 책을 집어 들고, 작은 발이 살짝 땅에 닿을 정도로 깊숙한 테라스 안락의자에 앉아 책을 읽었다. 아니면 책을 들고 피나무 가로수 길 어딘가로 자취를 감추거나, 대문 너머 들판으로 향하곤 했다. 그녀는 탐욕스럽게 책을 들여다보며 온종일 읽었다. 그 때문인지 그녀의 눈은 이따금 피곤하고 무엇에 놀란 듯 보였으며, 안색은 무척 창백했다. 독서가 그녀의 뇌를 얼마나 지치게 했는지 가늠할 수 있었다. 내가 다가가면 그녀는 나를 보고 살짝 얼굴을 붉혔고, 책을 내려놓으며 생기를 띤 커다란 눈동자로 바라보았다. 그러고는 그간 있었던 일들, 예컨대 하인방에 그을음이 생겼다든가, 일꾼이 연못에서 큰 물고기를 잡은 것에 대해 얘기했다. 평일에 그녀는 보통 밝은색의 루바시카에 검푸른 치마를 입고 다녔다. 우리는 함께 산책하면서 잼을 만들기 위해 버찌를 따거나 보트를 타기도 했다. 미슈시가 버찌를 따려고 펄쩍 뛰어오르거나 보트의 노를 저을 때면 널따란 소매 사이로 그녀의 가늘고 여린 팔이 훤히 보였다. 나는 종종 스케치도 했는데, 그녀는 내 옆에 서서 그 모습을 감탄하며 바라보았다.

7월 말의 어느 일요일 아침 9시 무렵, 나는 볼차니노프의 집을 향해 걸어갔다. 집에서 멀리 떨어진 공원을 거닐며, 그해 여름에 유난히 많았던 흰 버섯을 찾았다. 그러고는 다음에 제냐와 함께 버섯을 딸 수 있도록 그 근처에 표시를 해 두었다. 따스한 바람이 불었다. 제냐와 어머니가 밝은색 나들이옷을 입고 교회에서 집으로 가는 모습이 보였다. 제냐는 바람 때문에 손으로 모자를 붙잡고 있었다. 이윽고 테라스에서 차를 마시는 소리가 들려왔다.

언제나 무위도식하는 데 대한 변명거리를 찾는 나 같은 사람에게, 대저택의 여름날 휴일 아침은 특히나 매력적이었다. 아직 이슬에 촉촉이 젖은 초록색 정원이 온통 햇빛을 받아 반짝일 때, 집 주변에 자라난 목서초와 서양협죽도의 향기가 풍길 때, 그리고 교회에서 방금 돌아온 젊은이들이 정원에서 차를 마실 때, 모두가 아름답게 옷을 차려입고 흥겨워할 때, 이 건강하고 아름답고 배부른 사람들이 긴긴 여름 내내 빈둥대리라는 사실을 실감할 때, 모든 인생이 그랬으면 하고 바라게 된다. 지금도 나는 똑같은 것을 생각하면서 정원을 거닐고 있다. 일도, 목적도 없이 온종일, 여름 내내 그러고 싶었다.

제냐가 바구니를 들고 왔다. 그녀의 표정으로 보건대, 아마도 정원에서 나를 만나게 되리라고 짐작하거나 예감한 듯했다. 우리는 버섯을 따며 이야기했다. 내게 뭔가를 물을 때, 그녀는 내 얼굴을 보려고 굳이 앞으로 나서곤 했다.

"어제 우리 마을에 기적이 일어났어요." 그녀가 말했다. "절름발이 펠라게야는 꼬박 일 년을 앓았는데, 어떤 의사의 진료나 약도 아무 소용이 없었어요. 그런데 어제 어떤 노파가 뭐라고 속삭이자 병이 싹 나았어요."

"그건 대단한 일이 아닙니다." 나는 말했다. "병든 사람들과 노파들에게서만 기적을 찾으려고 해서는 안 돼요. 건강이야말로 진짜 기적이 아닐까요? 그리고 삶 자체가 기적이에요. 이해할 수 없는 것, 바로 그게 기적이죠."

"당신은 이해할 수 없는 것이 두렵지 않으세요?"

"아뇨. 나는 이해할 수 없는 현상에 용감하게 다가가고, 그것에 굴복하지 않습니다. 인간이 사자, 호랑이, 하늘의 별보다 더 높은 위치에 있고, 자연 속에 존재하는 그 무엇보다, 심지어 이해할 수 없고 기적처럼 보이는 것보다 더 높은 위치에 있음을 인식해야만 해요. 그러지 않으면 인간은, 인간이 아니라 모든 것을 두려워하는 생쥐와 다를 바 없죠."

제냐는 화가인 내가 아주 많은 것을 알고, 모르는 것조차 정확하게 추측할 수 있다고 생각했다. 그녀는 내가 자기를 이 영원하고 아름다운 영역으로 이끌어 주기를 바랐고, 나를 이 최고의 세계에서 사는 인간이라고 여겼다. 그녀는 신과 영원한 삶, 기적에 대해 나와 얘기했다. 나 역시 나와 내 생각들이 죽음 이후에 영원히 사라진다고 믿지 않았으므로, 이렇게 대답하곤 했다. "그럼요, 인간은 불멸의 존재죠.", "그래요, 영원한 삶이 우리를 기다리고 있어요." 그러면 그녀는 내 말을 경청하며 신뢰했고, 증거를 요구하지 않았다.

함께 집으로 걸어가던 중, 그녀는 멈춰 서서 이렇게 말했다.

"우리 언니 리다는 훌륭한 사람이에요. 그렇지 않나요? 난 언니를 몹시 사랑하고 언니를 위해서라면 매 순간 죽을 수도 있어요. 하지만 말씀해 주세요." 그녀는 손가락으로 내 소매를 건드렸다. "말씀해 주세요, 왜 당신은 항상 언니와 논쟁을 하죠? 왜 화를 내시는 거예요?"

"그건 그녀가 옳지 않기 때문입니다."

제냐는 부정하듯 고개를 내저었고, 두 눈에 눈물이 고였다.

"정말 이해할 수 없어요!" 그녀가 말했다.

그때 어디선가 방금 돌아온 리다가 현관 계단 주변에 서서 손에 채찍을 들고 일꾼에게 뭔가를 지시하고 있었다. 날씬하고 아름다운 그녀는 햇빛을 받아 찬란하게 빛났다. 그녀는 급하게 서두르고 큰 소리로 말하면서 두세 명의 환자를 받았다. 그러고는 걱정스러운 표정을 하고, 사방의 찬장을 열어젖히며 방방이 돌아다니다, 다락방으로 올라가 버렸다. 점심을 먹으라고 오랫동안 그녀를 찾고 불렀지만, 그녀는 우리가 수프를 다 먹고 난 뒤에야 나타났다. 나는 왠지 이 세세한 일들을 모두 기억하고 또 사랑한다. 특별한 사건은 없었지만 나는 이날을 생생하게 기억한다. 점심을 먹고 난 뒤 제냐는 깊은 안락의자에 앉아 책을 읽었고, 나는 테라스 아래의 계단에 앉아 있었다. 우리는 아무 말도 하지 않았다. 하늘이 온통 구름으로 뒤덮였고 드문드문 가는 빗방울이 떨어지기 시작했다. 무더웠다. 바람은 이미 오래전에 잦아들었고, 이 하루가 결코 끝날 것 같지 않았다. 아직 잠에 취한 예카테리나 파블로브나가 부채를 들고 우리가 있는 테라스로 나왔다.

"아, 엄마." 제냐가 그녀의 손에 입을 맞추며 말했다. "낮잠은 몸에 해로워요."

그들은 서로를 열렬히 사랑했다. 한 사람이 정원으로 나가면 다른 사람은 이미 테라스에 서서 나무들을 바라보며 "얘, 제냐야!" 혹은 "엄마, 어디 있어요?"라고 소리치곤 했다. 그들은 늘 함께 기도하고 똑같이 믿었으며, 심지어 아무 말을 하지 않을 때도 서로를 잘 이해했다. 그리고 사람들을 대하는 태도

역시 똑같았다. 예카테리나 파블로브나도 곧 내게 익숙해졌고 애착을 느꼈다. 그래서 이틀이나 사흘쯤 내가 나타나지 않으면 건강한지 알아보려고 사람을 보내기도 했다. 그녀는 나의 스케치들을 감탄하며 바라보았고, 미슈시처럼 수다스럽고 솔직하게 무슨 일이 일어났는지를 얘기했다. 그리고 자주 집안의 비밀을 내게 털어놓았다.

그녀는 자신의 큰딸을 존경했다. 곰살궂은 데라곤 하나도 없는 리다는 진지한 이야기만을 했다. 그녀는 자기만의 독자적인 인생을 살고 있었다. 가령 수병들에게 선실의 제독이 신성한 존재인 것처럼, 그녀는 어머니나 여동생에게 신성한 존재였다.

"우리 리다는 훌륭한 사람이에요." 어머니는 곧잘 이렇게 말했다. "그렇지 않나요?"

지금도 우리는 빗방울이 떨어지는 내내 리다에 대해 얘기했다.

"그 애는 훌륭한 사람이에요." 어머니는 이렇게 말하고 나서 음모라도 꾸미는 사람처럼 주위를 두리번거리며 나직한 목소리로 덧붙였다. "그런 아이는 좀처럼 찾기 힘들어요. 그런데 아세요? 나는 좀 걱정이 돼요. 학교, 약품, 팸플릿…… 다 좋아요. 하지만 왜 극단적으로 굴죠? 벌써 스물넷이나 됐으니 이제는 자신에 대해 신중하게 생각해야 하잖아요. 이렇게 팸플릿이나 약품을 쫓아다니다 보면 인생이 어디로 흘러가는지도 모를 거예요……. 이젠 결혼도 해야 하고요."

독서로 창백해진 얼굴 위로 머리칼이 헝클어진 제냐는 머리를 쳐들고, 마치 혼잣말을 하듯이 어머니를 바라보며 말했다.

"엄마, 모든 건 신의 뜻에 달렸어요!"

그러고는 다시 독서에 열중했다.

자수 셔츠에 반외투를 걸친 벨로쿠로프가 왔다. 우리는 크로케를 하고 테니스를 쳤다. 이윽고 어둑해진 뒤에는 오랫동안 저녁 식사를 했다. 리다는 다시 군 전체를 장악한 발라긴에 대해 얘기했다. 이날 저녁, 나는 볼차니노프네를 떠나면서 기나긴 축제일 같은 인상과, 이 세상의 모든 것은 아무리 길어도 끝이 있다는 서글픈 깨달음을 품고 나왔다. 제냐가 대문까지 우리를 배웅했다. 아침부터 저녁까지 온종일 그녀와 함께 시간을 보냈기 때문인지 나는 그녀가 없으면 지루할 것 같았다. 그리고 이 사랑스러운 가족이 무척 가깝게 느껴졌다. 나는 이 여름을 보내며 처음으로 그림을 그리고 싶었다.

"당신은 왜 그렇게 따분하고 무미건조하게 살죠?" 벨로쿠로프와 함께 집으로 돌아오면서 나는 그에게 물었다. "내 생활은 따분하고 힘겹고 단조롭지만 그 이유는 내가 화가이기 때문이죠. 난 이상한 사람이에요. 나는 어릴 적부터 질투와 자신에 대한 불만과 내 일에 대한 불신으로 화가 나 있었어요. 나는 늘 가난한 떠돌이 신세지만 당신은 건강하고 정상적인 사람인 데다 지주이고 귀족이잖아요. 그런데 당신은 왜 이토록 따분하게 살고, 인생을 마음껏 즐기지 못하나요? 예컨대 당신은 왜 지금까지 리다나 제냐와 사랑에 빠지지 않았죠?"

"당신은 내가 다른 여자를 사랑하고 있다는 걸 잊고 있군요." 벨로쿠로프가 대답했다.

다른 여자란, 곁채에서 함께 사는 류보피 이바노브나를 두고 하는 말이었다. 나는 매일, 살찐 암거위처럼 포동포동하고 거드름을 피우는, 구슬 달린 러시아 스타일의 옷을 입고 언제나 양산을 받쳐 든 채 정원을 산책하는 여자를 보았다. 하인은 식사를 하거나 차를 마시라고 연신 그녀를 부르곤 했다. 삼년 전에 그녀는 별장 부근 곁채들 중 하나를 빌렸다. 그런데 어쩐 일인지 벨로쿠로프의 집에 영원히 눌러앉게 되었다. 열 살 연상인 그녀는 벨로쿠로프를 엄하게 다루었다. 이를테면 그는 집을 나설 때도 그녀의 허락을 받아야 했다. 그녀는 자주 남자 같은 목소리로 흐느껴 울었는데, 그때마다 나는 사람을 보내서 당장 울음을 그치지 않으면 내가 집을 나가겠다고 전했다. 그제야 그녀는 울음을 그쳤다.

　우리가 집에 도착했을 때, 벨로쿠로프는 소파에 앉아 얼굴을 잔뜩 찌푸린 채 생각에 잠겼다. 그리고 나는 사랑에 빠진 사람처럼 가벼운 흥분을 느끼며 홀을 거닐었다. 나는 볼차니노프 가족에 대해 말하고 싶었다.

　"리다는 자기처럼 병원과 학교 일에 열중하는 지방 자치회 의원하고만 사랑에 빠질 수 있을 겁니다." 내가 말했다. "그런 아가씨를 위해서라면 지방 자치회 의원이라도 될 거예요. 아니, 그뿐만 아니라 옛날이야기에 나오는 누군가처럼 쇠 구두가 다 해질 때까지 쫓아다닐 수도 있겠죠. 그런데 미슈시는 어때요? 미슈시는 정말 매력적인데요!"

　벨로쿠로프는 '에-에-에-에……'를 느릿느릿 길게 발음하면서 세기의 병인 페시미즘에 대해 늘어놓기 시작했다. 그는 나와 논쟁이라도 하듯이 확신에 찬 목소리로 말했다. 황량하고 단조롭고 불타 버린 수백 킬로미터의 초원을 걷는 편이, 그의 지루한 이야기를 듣는 것보다 우울하지 않을 터였다.

"문제는 페시미즘이나 옵티미즘이 아닙니다." 나는 짜증이 나서 말했다. "100명 중 아흔아홉은 지혜가 없는 게 문제죠."

벨로쿠로프는 자기에게 한 말이라 간주하고 화를 내며 가 버렸다.

3

"말로조모프 마을에 공작이 손님으로 와 계신데, 어머니께 안부를 전해 달래요." 어딘가에서 돌아온 리다가 장갑을 벗으면서 어머니에게 말했다. "공작이 재미있는 얘기를 많이 들려주었어요……. 그리고 현청 회의에서 말로조로프에 의료소를 짓는 문제에 관해 다시 발의하겠다고 약속했어요. 하지만 너무 기대하지는 말래요." 그리고 내게 시선을 돌리면서 말했다. "죄송해요, 당신에겐 재미없는 이야기라는 걸 항상 잊어버리는군요."

나는 화가 치미는 것을 느꼈다.

"왜 재미없다는 거죠?" 나는 어깨를 추스르며 물었다. "당신은 내 의견을 궁금해하지 않겠지만 나는 이 문제에 제법 관심이 많습니다."

"그래요?"

"그렇습니다. 내 견해를 밝히자면, 말로조로프에는 의료소가 전혀 필요 없습니다."

나의 분노가 그녀에게도 전달되었다. 그녀는 눈을 가늘게 뜨고 나를 쏘아보더니 이렇게 물었다.

"그럼 뭐가 필요하죠? 풍경화가 필요한가요?"

"풍경화도 필요 없습니다. 그곳엔 아무것도 필요 없어요."

그녀는 장갑을 벗은 뒤, 방금 우체국에서 가져온 신문을 펼쳤다. 그리고 곧 자신의 감정을 억제하면서 조용히 말했다.

"지난주에 안나가 출산하다가 죽었어요. 만약 주변에 의료소가 있었다면 살았을 거예요. 풍경화가들도 이 문제에 대해 어떤 신념을 가지고 있어야 한다고 생각해요."

"나는 이 문제에 대해서도 대단히 확실한 신념을 가지고 있습니다."

그녀는 내 말을 듣기 싫다는 듯 신문으로 얼굴을 가렸다. "현재 상황에서 의료소, 학교, 도서관, 약국은 민중을 노예화할 뿐이라고 생각해요. 민중은 거대한 사슬에 묶여 있는데 당신은 그 사슬을 끊지 않고 새로운 고리를 더 추가하려고만 하는군요. 이게 바로 나의 신념입니다."

그녀는 눈을 들어 나를 바라보더니 조소하듯 미소를 지었다. 나는 내 주장의 핵심을 놓치지 않으려고 애쓰면서 말을 이었다.

"안나가 출산하다 죽은 것은 중요한 일이 아니에요. 진짜 중요한 것은 이 모든 안나들, 마브라들, 펠라게야들[20]이 이른 아

---

20) 모두 러시아 여자의 이름이다.

침부터 어두워질 때까지 힘겨운 노동으로 등골이 휘고, 병들고, 굶주리고, 아픈 아이들 때문에 평생 벌벌 떨고, 일생 동안 죽음과 질병을 걱정하고, 끊임없이 치료받고, 일찍 노쇠하고, 진창과 악취 속에서 죽어 간다는 점입니다. 그들의 아이들 역시 성장하면서 똑같이 전철을 밟게 되겠죠. 이렇게 수백 년이 흐르고, 수십억 명의 사람들이 짐승보다 못한 삶을 영위하고, 그저 빵 한 조각을 얻기 위해 항상 공포 속에서 살아갈 거예요. 그들이 처한 상황이 만들어 내는 모든 공포가 그들에겐 영혼에 대해 생각할 시간도, 자신의 형상과 모습에 대해 고민할 겨를도 주지 않는다는 겁니다. 기아, 추위, 동물적인 공포, 엄청난 양의 노동이 마치 눈사태처럼 쏟아져 내리며 정신적 활동으로의 길을 막아 버립니다. 인간을 동물과 구분해 주고, 유일하게 삶의 가치를 느끼게 해 주는 정신적 활동으로의 길을 차단한다는 말입니다. 당신은 병원과 학교를 가지고 그들을 돕겠다며 다가가지만, 이것으로 그들을 질곡에서 벗어나게 할 수는 없습니다. 오히려 더욱 노예로 만들죠. 그건 그들의 삶에 새로운 편견을 심어 주면서 당신이 그들의 욕구를 증대시키기 때문입니다. 그들이 고약이나 팸플릿의 값을 지방 자치회에 지불하기 위해 등골이 휘도록 일해야 하는 점은 더 말할 필요도 없고요."

"저는 당신과 논쟁하지 않겠어요." 신문을 내리면서 리다가 말했다. "그런 얘기는 이미 들었어요. 하지만 한 가지만 말씀드리죠. 아무것도 하지 않고 앉아만 있어서는 안 돼요. 그래요, 솔직히 우리가 인간을 구원할 수는 없어요. 아마 많은 점에서 우리가 실수하고 있는지도 몰라요. 그럼에도 우리는 우리가 할 수 있는 일을 하고 있어요. 그래서 우리가 옳아요. 교양인이 실천해야 하는 가장 고결하고 성스러운 과제는 바로 가까운 사람들에게 봉사하는 거예요. 우리는 우리가 할 수 있는 만큼 봉사하려고 노력하고 있어요. 당신은 이러는 게 마음에 안 들겠죠. 하지만 모든 사람들의 마음에 들 수는 없잖아요?"

"맞아, 리다, 옳은 말이야." 어머니가 말했다.

리다가 있을 때 어머니는 항상 겁을 냈고, 얘기를 하면서도 늘 불안해하며 리다를 쳐다보았다. 무언가 불필요하고 부적절한 말을 할까 봐 두려워했던 것이다. 어머니는 한 번도 딸의 말에 반대하지 않았고, "맞아, 리다, 옳은 말이야." 하고 언제나 동의할 뿐이었다.

"농민 교육, 보잘것없는 교훈과 경구가 적힌 팸플릿, 의료소 따위로는 문맹률도, 사망률도 낮출 수 없습니다. 당신의 창문에서 새어 나오는 빛이 저 드넓은 정원을 밝힐 수 없는 것과 마찬가지죠." 나는 이어서 말했다. "당신은 그들에게 아무것도 주지 못해요. 그저 그들의 삶에 개입해서 새로운 욕구와 노동에 대한 새로운 이유만을 만들어 낼 뿐이죠."

"아, 맙소사, 그래도 무언가는 해야 하잖아요!" 리다는 화를 내며 말했다. 그녀의 말투로 보건대, 내 의견을 하찮게 여기고 경멸하고 있음을 알 수 있었다.

"사람들을 고통스러운 육체노동에서 해방시켜야 해요." 나는 말했다. "그들이 한평생을 난로와 구유 그리고 들판에서 보내지 않도록 그들의 멍에를 벗겨 주고, 숨을 쉴 수 있도록 해

쥐야 합니다. 또한 영혼과 신에 대해 생각할 시간을 줘야 하고, 자신의 정신적 능력을 더 넓게 발휘할 수 있도록 해야 합니다. 모든 인간이 지닌 정신적 활동의 사명이란, 삶의 진실과 의미를 영원히 탐구하는 겁니다. 그들을 위해 거칠고 동물적인 노동을 불필요하게 하고, 그들 스스로 자유를 느낄 수 있도록 하세요. 그러면 당신은 실제로 이런 팸플릿과 약국이 얼마나 우스운지 알게 될 겁니다. 인간이 자신의 진실한 사명을 자각한다면, 저런 사소한 것들이 아니라 종교, 학문, 예술만이 인간을 만족시킬 수 있다는 사실을 깨닫게 될 거예요."

"노동으로부터 해방시킨다고요!" 리다가 비웃었다. "그게 가능할까요?"

"그럼요. 자기 노동의 몫을 그들 각자가 떠안게 해 보세요. 만약 도시와 농촌에 사는 우리 모두가 예외 없이 육체적 욕구를 충족시키기 위해 인간에게 요구되는 노동을 서로 나누어 가지는 것에 동의한다면, 우리들 각자는 하루에 두세 시간 이하로 일해도 충분할 겁니다. 부자건 가난하건 우리 모두가 하루에 세 시간만 일하고, 나머지 시간엔 자유로울 수 있다고 생각해 보세요. 자신의 육체에 덜 의존하고 덜 일하기 위해 우리 대신에 노동할 수 있는 기계를 만들어 내고, 우리의 욕구를 최소한으로 줄인다고 생각해 보세요. 우리 아이들이 굶주림과 추위에 겁먹지 않고, 안나와 마브라와 펠라게야가 아이들의 건강을 걱정하며 벌벌 떨지 않도록 스스로와 우리 아이들을 단련해야 합니다. 우리가 치료받을 필요 없고, 약국과 담배 공장과 양조장이 없다고 생각해 보세요. 그러면 마침내 우리는 완연한 자유를 누릴 수 있을 겁니다! 우리 모두 함께, 학문과 예술에 자유를 바쳐야 해요. 이따금 남자들이 평화롭게 길을 다듬듯이, 우리들 역시 다 함께 삶의 진리와 의미를 찾을 수 있겠죠. 그러면 진리가 곧 드러날 테고, 인간은 고통스럽고 위협적인 영원한 죽음의 공포로부터 벗어날 수 있으리라고 나는 확신합니다."

"그러나 당신은 자기모순에 빠져 있어요." 리다가 말했다. "당신은 학문, 학문을 말하면서 교양을 부정하고 있어요."

"인간이 술집의 간판이나 읽고, 이해할 수 없는 책자를 가끔 들여다보는 그런 종류의 교양은 류리크 시대부터 존재해 왔습니다. 고골의 페트루시카[21]는 오래전부터 글을 읽었지만, 오늘날 농촌은 여전히 류리크 시대에 머물러 있어요. 읽고 쓰는 교양이 아니라, 정신적 능력을 폭넓게 발휘할 수 있는 자유가 필요해요. 학교가 아니라 대학이 필요한 겁니다."

"당신은 의학도 부정하고 있어요."

"그래요. 의학은 자연 현상으로서 질병을 연구하기 위해 필요한 것이지, 질병을 치료하기 위한 방편이 아닙니다. 치료해야 한다면 질병이 아니라 질병의 원인을 치료해야 해요. 질병의 주된 원인, 즉 육체노동을 없애야 해요. 그러면 질병도 사라질 겁니다. 나는 치료가 목적인 학문을 인정하지 않아요." 나는 흥분해서 말을 이어 갔다. "학문과 예술은, 만일 그것이 진

---

21) 고골의 장편 소설 『죽은 혼』(1842)의 등장인물. 주인공 치치코프의 하인으로, 멸시받으면서도 늘 빈둥거린다.

짜라면, 일시적이고 개인적인 목적이 아니라 영원하고 보편적인 목적을 지향합니다. 그것들은 삶의 진실과 의미 그리고 신과 영혼을 찾죠. 학문과 예술을 궁핍과 당면 과제와, 약국과 도서관에 결부시킨다면, 그것들은 삶을 복잡하게 하고 거치적거릴 따름이겠죠. 우리 나라에는 많은 의사와 약사, 법률가가 있고 수많은 교양인들이 나타나고 있지만 생물학자, 수학자, 철학자, 시인은 전무합니다. 모든 마음과 정신적 힘이 순간적 만족과 일시적 욕구를 충족시키기 위해 사라져 버렸습니다……. 학자와 작가와 화가에게 많은 일거리가 생긴 덕분에 생활은 나날이 편리해지고 육체적 요구 역시 늘어났지만 진리까지는 아직 멀었어요. 인간은 예전과 같이 가장 탐욕스럽고 추악한 동물로 남게 될 테고, 대부분의 인간은 퇴화하여 모든 생활 능력을 상실하게 될 겁니다. 이런 상태에서 화가의 삶은 무의미하고, 재능이 있을수록 그 역할은 더 이상하게 여겨지고 더 이해받지 못하겠죠. 그건 사실상 화가가 기성 질서를 지지하면서 탐욕스럽고 추잡한 동물의 오락을 위해 복무하기 때문입니다. 그래서 나는 일하고 싶지 않고, 일하지 않을 겁니다……. 아무것도 필요 없으니, 지구가 지옥 속으로 떨어지도록 내버려 둬요!"

"미슈시, 밖으로 나가 있어." 이런 내 주장이 어린 아가씨에게 분명 해롭다고 판단한 리다는 여동생에게 말했다.

제냐는 언니와 어머니를 우울하게 쳐다본 뒤에 밖으로 나갔다.

"사람들은 자신의 무관심을 변명하고 싶을 때, 보통 그 같은 번지르르한 말을 하죠. 병원과 학교를 부정하기가 민중을 치료하고 가르치는 것보다 쉬워요."

"맞아, 리다, 네 말이 옳아." 어머니가 동의했다.

"당신은 일하지 않겠다고 위협하셨는데," 리다가 말을 이었다. "당신은 자신의 일을 높이 평가하는 게 분명해요. 논쟁은 그만하기로 하죠. 우리는 절대 의견을 같이할 수 없어요. 그 이유는, 방금 당신이 아주 경멸적으로 언급한 도서관과 약국, 심지어 그중 아직 완성되지 않은 것조차 저는 세상의 모든 풍경화보다 높게 평가하기 때문이죠." 그리고 즉시 그녀는 어머니 쪽으로 얼굴을 돌렸다. 그러고는 전혀 다른 어조로 말하기 시작했다. "공작님은 몹시 여위셨고, 우리 집에 계셨던 뒤로 매우 변하셨어요. 프랑스의 비시로 가실 거래요."

그녀는 나와의 언쟁을 중단하려고 어머니에게 공작에 대해 이야기하기 시작했다. 그녀의 얼굴은 달아올랐고, 흥분을 감추기 위해 마치 근시인 양 테이블 쪽으로 머리를 깊이 숙인 채 신문을 읽는 척했다. 이 자리에 있기가 불쾌했다. 나는 작별 인사를 하고 집으로 향했다.

4

마당은 조용했다. 연못 저편의 마을은 이미 잠들었고, 등불 하나 보이지 않았다. 연못의 수면 위에서 창백한 별빛만이 어른거렸다. 미슈시는 나를 배웅하기 위해 사자상이 있는 대문 옆에서 꼼짝 않고 기다렸다.

"마을 사람들 모두가 잠들었군요." 나는 어둠 속에서 그녀의 얼굴을 분별하려고 애쓰면서 말했다. 그리고 나를 향한 어둡고 슬픈 눈동자를 보았다. "선술집 주인도 말 도둑마저 편히 잠들었는데, 오히려 점잖은 우리가 서로를 자극하면서 논쟁이나 하고 있었군요."

슬픈 8월의 밤이었다. 이미 가을 냄새가 물씬 풍긴 까닭이었다. 적자색 구름으로 뒤덮인 달이 떠올라 길과 그 양쪽에 늘어선 어두운 가을 밀밭을 근근이 비추었다. 별들이 연신 떨어졌다. 미슈시는 나와 나란히 길을 따라 걸으면서 어쩐지 깜짝깜짝 놀라게 하는 별똥별을 보지 않으려고 애써 하늘을 쳐다보지 않았다.

"제 생각에는 당신이 옳은 것 같아요." 그녀는 습기 자욱한 밤공기 속에서 몸을 떨며 말했다. "만약 사람들이 모두 다 함께 정신적 활동에 몰두할 수 있다면, 그들은 곧 모든 것을 알아낼 수 있을 거예요."

"물론이죠. 우리는 최상의 존재들입니다. 실제로 우리가 인간의 모든 잠재력을 인식하고 고귀한 목적을 위해서만 살아간다면, 마침내 신이 될지도 모릅니다. 하지만 결코 그렇게 되지는 않겠죠. 인간은 퇴화하고 재능 역시 흔적 없이 사라질 테니까요."

대문이 더는 보이지 않자 미슈시는 걸음을 멈추고 급히 내 손을 잡았다.

"편히 주무세요." 그녀는 떨면서 말했다. 어깨에 루바시카만

다락방이 있는 집

을 걸친 그녀의 몸은 추위로 오그라들었다. "내일 오세요." 스스로에 대해, 또 사람들 탓에 화가 나고 불쾌해진 나는, 혼자 남겨진다는 생각에 기분이 거북했다. 그래서 나도 별똥별을 바라보지 않으려고 애썼다.

"일 분만 더 나와 함께 있어 줘요." 내가 말했다. "부탁해요."

나는 미슈시를 사랑하고 있었다. 아마 그녀가 나를 맞이해 주고 배웅해 주고, 또 나를 상냥하고 감탄 어린 눈빛으로 바라보았기 때문일 것이다. 그녀의 창백한 얼굴, 가느다란 목, 가녀린 손, 연약한 몸과 게으름, 그녀의 책들마저 얼마나 감동적이고 아름다웠던가! 그런데 지성은? 나는 그녀가 비범한 지성을 지녔다고 여기며, 그녀의 폭넓은 시야에 경탄하곤 했다. 아마 나를 좋아하지 않았을 엄격하고 아름다운 리다와는 생각이 달랐기 때문이리라. 미슈시는 나를 화가로서 좋아했고, 나는 재능으로 그녀의 마음을 샀다. 나는 그녀만을 위해 열정적으로 그림을 그리고 싶었다. 그리고 나의 작은 여왕을 꿈꾸듯이 그녀를 꿈꾸었다. 이 작은 여왕은 나와 함께 나무, 들판, 안개, 노을 그리고 이 기적적이고 매혹적인 자연을 지배할 것이다. 하지만 여태까지 나는 이 자연 속에서 스스로를 어림없고 외롭고 불필요한 인간이라 느껴 왔다.

"일 분만 더 같이 있어 줘요. 간절히 부탁합니다."

나는 외투를 벗어서 그녀의 얼어붙은 어깨를 덮어 주었다. 그녀는 미소 띤 얼굴로, 내 옷을 걸친 자기 모습이 우스꽝스럽고 추하게 보일까 봐 걱정하면서 외투를 벗었다. 그 순간 나는 그녀를 포옹하고, 얼굴과 어깨와 손에 키스를 퍼부었다.

"내일 만나요!" 그녀는 이렇게 속삭이며, 밤의 정적을 깨뜨리지 않도록 조심스레 나를 안았다. "우리 가족은 서로에게 비밀이 없어요. 저는 이제 언니와 엄마에게 이야기해야만 해요……. 몹시 두려워요! 엄마는 괜찮아요, 당신을 좋아하니까요. 하지만 리다는!"

그녀는 대문 쪽으로 뛰어갔다.

"안녕!" 그녀가 소리쳤다.

그러고 나서 나는 이 분가량 그녀가 뛰어가는 소리를 들었다. 나는 집으로 돌아가고 싶지 않았고, 집에 갈 이유도 없었다. 나는 생각에 잠겨 잠시 서 있다가 그녀가 사는 집, 그 사랑스럽고 소박하고 오래된 집을 다시 바라보기 위해 느릿느릿 걸어갔다. 그 집은 눈으로 바라보듯이 다락방 창문을 통해 날 바라보는 것 같았고, 모든 것을 이해하는 듯싶었다. 나는 테라스 옆을 지나 테니스장 근처의 벤치에 앉아, 어둠에 싸인 늙은 느릅나무 아래에서 그 집을 바라보았다. 미슈시가 사는 다락방 창문에서 밝은 불빛이 빛나다가 곧 고요한 녹색 불빛으로 바뀌었다. 갓을 씌운 전등이었다. 그림자가 움직였다……. 나는 부드러움과 고요함 그리고 자신에 대한 만족감으로 충만했다. 이를테면 나도 열중할 수 있고, 누군가를 사랑할 수 있다는 만족감이었다. 그러나 바로 이 순간, 나로부터 몇 걸음밖에 떨어지지 않은 이 집의 어딘가에 나를 좋아하지 않는, 어쩌면 나를 증오할지도 모르는 리다가 산다고 생각하니 마음이 불편했다. 나는 벤치에 앉아 혹시 미슈시가 나오지 않을까 계속 기다리면서 귀를 기울였다. 다락방에서 사람들이 이야기하고 있는 것 같았다.

얼추 한 시간이 지났다. 녹색 불빛은 사라졌고, 그림자도 보이지 않았다. 이미 집 위로 높이 떠오른 달은 잠든 정원과 오솔길을 비추었다. 집 앞 꽃밭의 달리아와 장미가 선명하게 보였다. 그러나 모두 다 같은 색깔 같았다. 몹시 추웠다. 나는 정원을 나와 길에서 외투를 주워 들고 천천히 집으로 걸어갔다.

다음 날 나는 점심 식사를 마치고 볼차니노프의 집으로 향했다. 정원으로 난 유리문이 활짝 열려 있었다. 나는 꽃밭 뒤편의 평지나 오솔길에서 미슈시가 나타나기를, 방에서 그녀의 목소리가 들려오기를 기다리면서 테라스에 앉아 있었다. 잠시후 나는 객실과 식당 쪽으로 갔다. 아무도 없었다. 나는 식당에서 긴 복도를 따라 현관으로 갔다가 곧 되돌아왔다. 복도에는 몇 개의 문이 나 있었는데, 그중 하나에서 리다의 목소리가 울렸다.

"까마귀에게 어디선가…… 신이……," 그녀는 누군가에게 말을 받아쓰게 하는 듯, 큰 소리로 천천히 길게 끌며 발음했다. "신이 치즈 조각을…… 까마귀에게 보냈습니다……. 어디선가……. 거기 누구예요?" 내 발자국 소리를 들은 그녀가 갑자기 소리쳤다.

"접니다."

"아! 죄송해요. 저는 지금 다샤와 공부하고 있어서 당신을 맞을 수가 없어요."

"예카테리나 파블로브나는 정원에 계신지요?"

"아뇨, 어머니는 오늘 아침에 여동생과 함께 펜자현에 있는 이모님 댁으로 떠났어요. 그리고 겨울에는 아마 외국으로 갈 거예요……." 잠시 침묵한 뒤에 그녀는 다시 말을 시작했다. "까마귀에게 어디선가…… 신이 치즈 조-오 각을 보냈습니다……. 다 썼니?"

나는 현관으로 나왔다. 그리고 아무 생각 없이 멍하니 서 있다가 무심코 연못과 마을을 바라보았다. 리다의 목소리가 내가 서 있는 곳까지 들려왔다.

"치즈 조각을…… 까마귀에게 어디선가 신이 치즈 조각을 보냈습니다……."

나는 저택에서 돌아나와, 내가 처음 왔던 길로 향했다. 단지 역순으로, 처음에는 마당에서 정원으로, 집 옆으로 그리고 가로수 길을 따라서…… 거기서 한 소년이 나를 쫓아와서는 메모를 건넸다. '저는 모든 것을 언니에게 말했고, 언니는 당신과 헤어지라고 요구했습니다.' 나는 메모를 읽었다. '저는 그 요구를 거절하여 언니를 슬프게 할 수 없었어요. 신께서 당신에게 행복을 내려 주시길 빌어요. 저를 용서하세요. 만약 당신이, 저와 엄마가 얼마나 슬피 울고 있는지 아신다면!'

이윽고 어두운 전나무 가로수 길, 무너진 울타리……. 처음 만났던 그때엔 호밀꽃이 피고 메추라기가 울던 들판에서, 지금은 소들과 뒤얽힌 말들이 어슬렁거리고 있었다. 언덕 위, 여기저기로 푸른 가을 작물들이 선명하게 보였다. 술에 취하지 않은, 냉정하고 일상적인 기분에 사로잡혀 곰곰 생각해 보니 내가 볼차니노프의 집에서 했던 모든 말들이 부끄러웠다. 예전처럼 삶이 따분해졌다. 집으로 돌아온 나는 짐을 챙겨서 저

넉에 페테르부르크로 떠났다.

*　*　*

나는 그 뒤로 더 이상 볼차니노프 가족들을 만나지 못했다. 웬일인지 나는 최근에 기차를 타고 크림으로 향하다가 객실에서 벨로쿠로프를 만났다. 그는 여전히 반외투와 자수 셔츠를 입고 있었다. 내가 건강에 대해 묻자 그는 "당신 기도 덕분에."라고 대답했다. 우리는 열심히 이야기를 나눴다. 그는 자신의 영지를 팔고 그보다 작은 영지를 류보피 이바노브나의 이름으로 구입했다고 한다. 볼차니노프 가족에 대해서도 약간의 소식을 전해 주었다. 그의 말에 의하면, 리다는 예전처럼 셸콥카에 살면서 아이들을 가르치고 있었다. 그녀는 조금씩 자기 주변의 추종자들을 모아서 결사를 만드는 데 성공했고, 이것을 바탕으로 강력한 당을 규합해 최근 지방 자치회 선거에서 지금껏 군 전체를 장악하고 있던 발라긴을 드디어 '몰아냈다'고 한다. 미슈시에 대해서는, 이제 그녀는 그 집에 살지 않으며 어디에 있는지도 모른다고 말했다.

나는 이미 다락방이 있던 집에 대해 잊기 시작했고, 단지 가끔씩 글을 쓰거나 책을 읽을 때, 마땅한 이유도 없이 불현듯이 창문에 비친 녹색 불빛, 사랑에 빠진 내가 추위에 얼어붙은 손을 비비며 집으로 돌아가던 밤에 들판에서 들렸던 내 발자국 소리가 떠오르곤 한다. 그리고 더 드물게는 고독에 젖어 괴롭고 비통한 순간에도 어렴풋이 지난날을 회상하곤 한다. 그러면 왠지 그녀 역시 나를 회상하며 기다리고 있고, 우리가 다시 만나리라는 생각이 조금씩 들기 시작한다.

미슈시, 그대는 어디에?

(1896)

상자 속 인간

귀가가 늦어진 사냥꾼들은 미로노시츠코예 마을 변두리에 있는 촌장네 헛간에서 밤을 새우려고 자리를 잡았다. 사냥꾼은 수의사인 이반 이바니치와 김나지움 교사인 부르킨, 두 사람뿐이었다. 이반 이바니치는 침샤-기말라이스키라는 이상한 이중 성(姓)을 가지고 있었지만, 이 성이 전혀 어울리지 않아서 현에 사는 사람들은 그를 이름과 부칭으로만 불렀다. 그는 시내 부근의 양마장(養馬場)에서 살았는데, 지금은 맑은 공기를 마시려고 사냥을 나온 참이었다. 김나지움 교사인 부르킨은 여름마다 P백작 집에 손님으로 와 있었기 때문에 이 마을에서는 이미 오래전부터 한동네 사람이나 다름없었다.

사냥꾼들은 잠을 자지 않았다. 긴 콧수염에 키가 크고 깡마른 노인인 이반 이바니치는 헛간 밖 입구 앞에 앉아서 파이프를 피우고 있었다. 달빛이 그를 비추었다. 부르킨은 헛간 안 건초 위에 누워 있었지만 어두워서 보이지 않았다.

그들은 이런저런 이야기를 나누었다. 그러다가 촌장의 아내인 마브라 얘기가 나왔다. 건강하고 멍청하지도 않은 그녀는 평생 고향 마을 밖으로 나가 본 적이 없었고, 시내나 철도를 한번도 본 적이 없었으며, 최근 십 년 동안 난로 곁에 앉아 지냈을 뿐, 외출이라곤 밤마다 거리로 걸어 나가는 게 고작이었다.

"뭐, 그렇게 놀랄 일도 아니네요!" 부르킨이 말했다. "천성이 고독한 사람들은 소라게나 달팽이처럼 자기 껍질 속으로 들어가려고 애쓰는 법이죠. 이 세상에는 그런 사람들이 적지 않아요. 아마도 그건 아직 사회적 동물이 되지 못하고 자기 굴속에서 고독하게 살던 인간 조상의 시대로 되돌아가려 하는 격세 유전(隔世遺傳) 현상일 겁니다. 아니면 인간의 다양한 성격 중 하나일 뿐인지도 모르죠. 그걸 누가 알겠어요? 저는 자연 과학자가 아니고, 그런 문제를 언급하는 것 역시 제 일이 아닙니다. 다만 제가 말하고 싶은 건, 마브라 같은 사람들이 결코 드물지 않다는 사실입니다. 바로 가까이에서도 그런 예를 찾을 수 있습니다. 두어 달 전에 우리 읍내에서 그리스어 교사이자 제 동료인 벨리코프라는 사람이 죽었어요. 물론 당신도 그 사람에 대해 들었을 겁니다. 그는 항상, 심지어 아주 좋은 날씨에도 덧신을 신고 우산을 든 채 반드시 솜을 넣은 따뜻한 외투를 입고 외출하기로 유명했지요. 그는 우산도 우산 집에 넣어 두었고, 시계도 회색 영양 가죽으로 만든 시계 주머니 속에 넣어 놓았어요. 그리고 연필을 깎으려고 주머니칼을 꺼냈을 때 그 칼 또한 작은 주머니 속에 들어 있었답니다. 그는 항상 외투 깃을 세우고 그 속에 얼굴을 숨겼으므로 얼굴마저 주머니 속에 들어 있는 것처럼 보였지요. 또 어두운 색안경에 스웨터를 입었고 귀를 솜으로 틀어막았어요. 마차를 탈 때는 마부에게 덮개를 씌우라고 지시했지요. 한마디로 이 사람은 자신을 덮개로 감싸고자 하는 열망, 말하자면 외부 현상으로부터 스스로를 고립시키고 보호해 줄 상자를 만들려 하는 억누를 수 없는 열망을 항상 드러내곤 했습니다. 현실은 그를 초조하고 놀라게 했으며 늘 불안 속에 가둬 놓았지요. 그가 과거와 결코 존재하지 않았던 것을 항상 찬양한 이유도 아마 자신의 소심함과 현실에 대한 혐오감을 정당화하기 위해서였을 겁니다. 그가 가르쳤던 고대어도 실상 그에겐 현실의 삶에서 몸을 숨길 수 있는 덧신이나 우산과 같은 것이었죠.

'아, 그리스어는 얼마나 울림이 있고 또 아름다운지!'

벨리코프는 더없이 행복한 표정으로 이렇게 말하곤 했습니다. 그리고 자기가 한 말을 증명이라도 하려는 듯 눈을 가늘게 뜨고는 손가락 하나를 곧추세우고서 '안트로포스!'[22] 하고 발음했지요.

벨리코프는 자신의 생각까지도 상자 속에 감추려고 애썼습니다. 그에게 분명한 것이란, 뭔가를 금지하는 지시문과 신문 기사뿐이었죠. 밤 9시 이후에 학생들의 외출을 금하는 지시문이나 육체적 사랑을 금하는 기사 따위가 그에겐 분명하고

---

22) 그리스어로 '인간'을 의미한다.

확실한 것이었어요. 일단 금지하면 그걸로 충분한 겁니다. 그가 느끼기에 허가나 허락이라는 말에는 항상 미심쩍은 요소, 이를테면 할 말을 다 하지 못한, 모호한 뭔가가 숨어 있었던 거죠. 가령 시내에 연극 단체나 독서실 혹은 찻집이 허용되면, 그는 머리를 흔들며 조용히 말하곤 했어요.

'물론 그건 아주 좋은 일이죠. 하지만 아무 일도 일어나지 말아야 할 텐데.'

온갖 종류의 규칙 위반, 위배, 이탈은 자신과 무관할지라도 그를 낙담시켰습니다. 동료 중 누가 기도회에 늦거나, 김나지움 학생들이 못된 장난을 쳤다는 소문이 귀에 들리거나, 또는 학급 담임인 여자 교사가 밤늦게 장교와 함께 있는 모습이 눈에 띄면, 그는 몹시 흥분해서 '아무 일도 없어야 할 텐데.'라는 말을 계속 되뇌곤 했지요. 교원 회의에서도 남학교와 여학교의 젊은 학생들이 나쁜 행동을 하거나 교실에서 너무 떠드는 문제에 대해 '아, 당국의 귀에 들어가지 말아야 할 텐데, 아, 아무 일도 없어야 할 텐데.' 그리고 '2학년에서 페트로프를, 4학년에서 예고로프를 퇴학시키면 좋을 텐데.'라는 말을 늘어놓으며, 신중함과 의심, 상자 속 인간 특유의 생각으로 우리를 몹시 압박하곤 했습니다. 그러니 어땠겠어요? 창백하고 작은 얼굴에 — 족제비같이 작은 얼굴 아시죠? — 짙은 색안경을 쓰고 한숨과 불평을 뱉어 대며 우리 모두를 내리눌렀습니다. 우리는 그의 압박에 굴복해서 페트로프와 예고로프의 품행 점수를 깎았고, 두 학생을 감금했다가 결국 퇴학시켰죠. 그에게는 동료들의 집을 돌아다니는 이상한 습관이 있었어요. 동료 교사의 집에 가서는 아무 말 없이 가만히 앉아서, 마치 뭔가 살펴보는 듯한 행동을 하는 겁니다. 이렇게 한 시간 정도 잠자코 앉아 있다가 그냥 가 버립니다. 그는 '동료와 좋은 관계를 유지하기 위해서' 이런 행동을 하는 거라고 했죠. 틀림없이 그에게도 동료들의 집을 찾아가서 앉아 있는 일은 힘들었을 겁니다. 그렇게 우리들 집을 찾아다닌 까닭은, 아마 그것이 동료로서의 의무라고 생각했기 때문이겠죠. 우리 교사들은 그를 두려워했어요. 심지어 교장도 그를 두려워했습니다. 생각 좀 해 보세요, 우리 교사들은 투르게네프와 셰드린의 작품으로 교육받은, 생각이 깊고 아주 점잖은 사람들입니다. 그런데 항상 덧신을 신고 우산을 들고 다니는 이 사람이 꼬박 십오 년 동안 김나지움 전체를 좌지우지했어요! 어디 김나지움뿐인가요? 도시 전체를 쥐락펴락했답니다! 우리 마을의 부인들은 토요일마다 집에서 하던 연극도 열지 못했고, 그가 알까 봐 두려워했어요. 성직자들도 그 사람 앞에서는 육식을 피하고, 카드놀이를 하지 않았지요. 벨리코프 같은 사람들의 영향으로 우리 마을 사람들은 최근 십 년, 십오 년 동안 모든 것을 두려워하게 되었습니다. 큰 소리로 말하는 것도, 편지를 보내는 것도, 친구와 사귀는 것도, 책을 읽는 것도, 가난한 사람들을 돕는 것도, 글을 가르치는 것도 두려워했지요······."

이반 이바니치는 뭔가 말하려는 듯 기침을 했지만 먼저 파이프를 피우기 시작했다. 그러고는 달을 바라보면서 띄엄띄엄 말했다.

"그렇군요. 셰드린, 투르게네프, 헨리 토머스 버클 같은 다양한 작가들의 작품을 읽은, 생각이 깊고 점잖은 사람들마저 그에게 복종하고 참아 내야 했군요⋯⋯. 그런 일도 있군요."

"벨리코프는 저와 같은 집에서 살았습니다." 부르킨이 말을 이었다. "같은 층, 서로 마주 보는 방에 살아서 우리는 자주 마주쳤고, 그런 까닭에 나는 그가 집에서 어떤 생활을 하는지 잘 알았습니다. 그는 집 안에서도 똑같았어요. 실내복에 실내모를 쓰고, 덧문에 빗장까지 걸고, 온갖 금지와 제한을 두었어요. 그리고 '아, 아무 일도 없어야 할 텐데!'라고 말하곤 했지요. 채식을 고집하면 건강에 안 좋지만 육식을 할 수도 없었어요. 그러면 사람들이 벨리코프더러 재계(齋戒) 기간을 지키지 않는다고 흉볼지도 모르니까요. 그래서 그는 채식도 아니고, 그렇다고 육식이라 할 수도 없는, 버터에 튀긴 농어를 먹었습니다. 그는 사람들이 자기를 나쁘게 생각할까 봐 걱정돼서 하녀를 두지 않았고, 머리가 약간 이상하고 술주정뱅이인 예순 살가량의 노인 아파나시를 요리사로 두었습니다. 옛날에 당번병으로 일했던 이 노인은 요리를 겨우 하는 지경이었지요. 아파나시는 팔짱을 끼고 보통 문 옆에 서서 깊은 한숨을 쉬면서 항상 같은 말을 중얼거렸습니다.

'요즘은 저런 사람들이 많아졌어!'

벨리코프의 침실은 상자처럼 작았고, 침대에는 휘장이 드리워져 있었어요. 잠자리에 들면서 그는 머리끝까지 이불을 뒤집어쓰곤 했습니다. 방 안은 무덥고 숨이 막혔으며, 닫힌 문은 바람에 덜컹거렸고 페치카 속에서는 윙윙 소리가 났으며 부엌에서는 한숨 소리, 기분 나쁜 한숨 소리가 들렸습니다……

그는 이불을 뒤집어쓴 채 두려워했어요. 무슨 일이 생기지 않을까, 아파나시가 자기를 베어 죽이지 않을까, 도둑이 숨어 들지 않을까 걱정했고, 밤새 불안한 꿈을 꾸었으며 아침에 함께 김나지움에 출근할 때면 맥이 없고 창백했어요. 사람들로 북적이는 김나지움이 그에게는 무섭고 자신이라는 존재에게 적대적인 곳처럼 보였던 거죠. 그리고 나와 나란히 걷는 것도 천성이 고독한 그에게는 힘들었던 모양입니다.

'교실은 아주 시끄럽겠죠.' 마치 자기 기분이 무거운 이유를 찾으려는 듯이 그는 이렇게 말하곤 했지요. '이건 정말 수치스러운 일입니다.'

그런데 이 그리스어 선생이, 이 상자 속 인간이 거의 결혼할 뻔한 적이 있었답니다. 상상이 되십니까?"

이반 이바니치는 재빨리 헛간 쪽으로 고개를 돌리고서 말했다.

"농담이시죠!"

"아닙니다, 이상하게 들리겠지만 그가 거의 결혼할 뻔한 적이 있었어요. 우리 학교에 역사와 지리를 가르치는 선생이 새로 부임해 왔는데, 소러시아 출신의 미하일 사비치 코발렌코라는 사람이었습니다. 그는 혼자가 아니라 바렌카라는 누이와 함께 왔어요. 그는 젊고 키가 컸으며 거무스름한 피부에 손이 엄청 컸습니다. 얼굴만 봐도 낮고 굵은 목소리로 말할 것 같았는데, 실제로 통 속에서 부-부-부 하고 소리가 울리는 것처럼 목소리가 굵었어요……. 그의 누이는 그리 젊은 편이 아니

192

었는데, 대충 서른쯤 됐습니다. 키가 크고 늘씬한 몸매에 눈썹이 까맣고 볼이 붉은 아가씨였죠. 한마디로 얌전한 처녀라기보다는 마멀레이드같이 톡톡 튀고 매우 활발한 여성이었습니다. 항상 소러시아 연가를 부르거나 큰 소리로 웃곤 했지요. 그리고 무슨 일이라도 생기면 큰 소리로 '하-하-하!' 하고 배꼽 빠지게 웃어 댔습니다. 지금도 기억하는데, 우리는 교장 선생님의 명명일 축하 파티에서 코발렌코 남매와 처음으로 확실히 안면을 텄지요. 명명일 축하 파티에 의무감으로 참석한 엄격하고 몹시 따분한 교사들 사이에서 그녀는 돌연 거품 속에서 새로이 부활한 아프로디테 같았어요. 그녀는 몸을 뒤로 젖히고 양손을 허리에 올린 채 걸어 다니면서 크게 웃고 노래를 부르고 춤을 추었습니다……. 그리고 감정을 실어 「바람이 불어오네」를 불렀고, 이어서 연가도 불렀지요. 우리 모두는, 심지어 벨리코프마저 매혹되었습니다. 그는 그녀 가까이에 앉아서 달콤한 미소를 띠며 말했어요.

'부드럽고 감미롭게 울리는 소러시아어는 고대 그리스어를 상기시키는군요.'

이 말을 듣고 유쾌해진 그녀는 가댜치군에 자기 농가가 있는데, 거기서 어머니가 살고 있으며, 배와 참외와 카바크를 키운다고, 열렬하고 똑똑하게 얘기하기 시작했습니다. 소러시아에서는 호박을 카바크,[23] 주막은 쉬노크라 부르며, 푸르스름한 가지와 불그스름한 토마토로 '정말 기가 막히게 맛있는' 보

---

23) 러시아어로 '주막'이라는 뜻.

르시[24]를 만든다는 말도 했지요.

그녀의 이야기를 듣던 우리 모두는 갑자기 똑같은 생각을 하게 되었습니다.

'이 두 사람을 결혼시키면 좋지 않을까요?' 교장 사모님이 나지막하게 내게 말했습니다.

그 순간 우리는 웬일인지 벨리코프가 결혼하지 않았다는 사실을 기억해 냈어요. 우리가 어떻게 지금까지 그의 인생에서 이토록 중요한 일을 알아채지 못하고 완전히 간과했는지 이상할 정도였지요. 대개 벨리코프가 여자를 어떻게 대하는지, 이 중요한 문제를 어떻게 해결하는지, 이전에는 어느 누구도 관심이 없었던 거죠. 아마 우리는, 날씨가 어떻든 덧신을 신고 걸어 다니고, 휘장을 친 침대에서 잠을 자는 사람이 누군가를 사랑할 수 있으리라고는 전혀 생각하지 못했던 것 같아요.

'그는 이미 오래전에 마흔을 넘겼고, 그녀는 서른 살…….' 교장 사모님은 자기 생각을 말했습니다. '내 생각에 그녀가 그에게 시집갈 것 같은데요.'

우리 지방에서는 사람들이 따분한 나머지 쓸데없고 터무니없는 일들을 많이 벌인답니다! 정작 필요한 일은 도무지 안 하기 때문이죠. 그렇지 않고서야 벨리코프의 결혼에 대해 상상조차 않았던 우리가 왜 갑자기 그를 결혼시켜야 한다고 생각했겠습니까? 교장 사모님과 장학관 사모님, 우리 김나지움과

---

24) 홍당무 등 각종 채소와 고기를 넣어 끓여 낸 러시아식 수프.

관련 있는 모든 부인들은 돌연 인생의 목적이라도 발견한 듯이 생기를 찾았고, 심지어 예뻐지기까지 했습니다. 교장 사모님이 극장의 칸막이 특별석을 잡아 놓으면, 그 자리에서 커다란 부채를 들고 환하게 행복한 표정을 짓고 앉아 있는 바렌카뿐 아니라, 그녀 옆에 잔뜩 웅크리고 있는, 마치 집에서 집게로 끄집어낸 듯 보이는 자그마한 벨리코프도 볼 수 있었죠. 내가 야회를 주최하려 하면 부인들은 벨리코프와 바렌카도 꼭 초대하라고 요구했습니다. 한마디로 기계가 돌아가기 시작한 거죠. 바렌카도 결혼하기 싫은 눈치는 아닌 것 같았습니다. 그녀는 동생 집에서 살았는데, 그다지 행복해 보이지 않았거든요. 그들은 온종일 말다툼을 하고 욕설을 해 댔어요. 자, 이런 장면을 상상해 보세요. 키가 크고 건장한 껑다리 코발렌코가 자수 셔츠를 입고 앞머리를 모자의 챙 아래 이마까지 늘어뜨린 채 거리를 걸어갑니다. 한 손에는 책 꾸러미를 들고, 다른 손으론 옹이가 많은 굵은 지팡이를 잡고 있습니다. 그의 누이 역시 책을 들고 그의 뒤를 따라갑니다.

'미하일릭,[25] 너 이 책 읽지 않았지?' 그녀가 큰 소리로 시비를 걸듯이 말합니다. '맹세하건대, 넌 이 책을 하나도 읽지 않았어!'

'읽었어!' 코발렌코는 지팡이로 보도를 쿵쿵 치면서 소리칩니다.

'아, 맙소사, 민치크! 왜 그렇게 화를 내지? 우린 원칙적인

---

25) 미하일릭과 민치크는 미하일의 애칭.

대화를 하는 거야.'

'난 읽었다고!' 코발렌코가 또다시 크게 소리칩니다.

집에서도 그들은 남남처럼 끊임없이 말싸움을 했어요. 아마 그녀는 이런 생활에 진절머리가 났을 테고, 자신의 방 한칸을 원했을 겁니다. 솔직히 나이를 고려하면 상대를 고르고 말고 할 시간이 없었고, 아무나 적당한 사람, 심지어 그리스어 선생이라도 결혼했을 거예요. 마찬가지로 우리 마을에는 결혼할 수만 있다면 상대가 누구든 시집을 가겠다는 아가씨들이 많았습니다. 어쨌든 바렌카는 우리의 벨리코프에게 분명히 호감을 보이기 시작했습니다.

그럼 벨리코프는 어땠을까요? 그는 우리에게 그러하듯 코발렌코의 집에도 들락거렸습니다. 코발렌코의 집에 가서 아무 말도 않고 그저 앉아 있곤 했지요. 그가 그렇게 가만히 앉아 있으면 바렌카는 「바람이 불어오네」를 부르며 검은 눈동자로 그를 우울하게 바라보거나 갑자기 '하-하-하' 웃음을 터뜨렸습니다.

연애, 특히 결혼에 있어서 다른 사람들의 부추김은 큰 역할을 합니다. 그의 동료들, 부인들 모두가 그더러 결혼해야만 하고, 그의 인생에서 결혼하는 일만이 남았다고 벨리코프에게 단언하기 시작했습니다. 우리 모두는 그를 축복했고, 진지한 얼굴로 결혼은 중대한 한 걸음이라는 둥 진부한 말을 늘어놓았어요. 게다가 바렌카는 그다지 못생기지 않았고, 재미있으며, 5등 문관의 딸인 데다 농가도 가지고 있었죠. 무엇보다 중요한 것은, 그를 처음으로 상냥하고 진실하게 대해 준 여자라는 점이었습니다. 그는 눈앞이 어찔어찔해졌고, 정말로 결혼해야겠다고 마음먹었습니다."

"그에게서 우산과 덧신을 치워 버릴 순간이었군요!" 이반 이바니치가 말했다.

"상상해 보세요. 그건 불가능한 일이었어요. 그는 바렌카의 초상을 자기 책상 위에 놓아두었고, 항상 나에게 들러 바렌카에 대해, 가정생활에 대해, 결혼은 중대한 한 걸음이라는 사실에 대해 말했고, 자주 코발렌코의 집에 드나들었어요. 그러나 생활 방식은 조금도 바뀌지 않았어요. 오히려 결혼 결심이 뭔가 병적인 영향을 끼쳤는지, 그는 점점 야위고 창백해졌지요. 마치 자신의 상자 속으로 더욱더 깊이 빠져 들어가는 것 같았습니다.

'나는 바르바라 사비쉬나가 맘에 들어요.' 그는 희미하고 뒤틀린 미소를 띤 채 내게 말했어요. '그리고 누구나 결혼해야 한다는 것도 압니다. 하지만…… 아시다시피 모든 일이 갑자기 일어나서…… 생각 좀 해야겠어요.'

'무슨 생각을 한다는 거죠? 결혼하세요, 그러면 되는 겁니다.'

'아뇨, 결혼은 중대한 한 걸음이니 앞으로 닥칠 의무와 책임을 먼저 생각해야만 해요……. 다음에 무슨 일이 생길지 모릅니다. 이 때문에 몹시 걱정이 되고, 밤새 잠도 못 잡니다. 솔직히 말하자면 두려워요. 그 남매는 사고방식이 왠지 이상하잖아요. 알다시피 생각하는 것도 어쩐지 이상하고, 성격은 또 아주 활달해요. 어쩌면 결혼하고 나서 무슨 일이 생길지도 모릅니다.'

교장 사모님과 모든 부인들이 몹시 실망할 정도로 그는 청혼을 않고 계속 미루기만 했습니다. 그는 앞으로 닥칠 의무와 책임을 줄곧 생각하면서도 거의 매일 바렌카와 산책을 했는데, 아마 이것 역시 자신의 의무라고 생각했던 모양입니다. 그리고 가정생활에 대해 이야기하려고 나를 찾아오곤 했지요. 만약 '그 엄청난 스캔들'이 갑자기 일어나지 않았더라면 그는 확실히 청혼했을 테고, 우리가 심심해서, 또 할 일 없어서 수천 건씩 이뤄지는 그 쓸모없고 어리석은 결혼들 중 하나가 성사되었을 겁니다. 바렌카의 동생, 코발렌코는 벨리코프를 처음 만난 날부터 그를 참을 수 없을 만큼 미워했다는 사실을 미리 말해 둬야겠군요.

'이해할 수 없어요.' 어깨를 으쓱하며 그는 말하곤 했지요. '당신들은 남을 감시하고 다니는 저런 혐오스러운 낯짝을 어떻게 참을 수 있는 겁니까? 아, 여러분들은 어떻게 여기서 살 수 있죠? 여기 분위기는 숨이 막히고 불쾌하군요. 여러분들이 정말 교육자, 교사 맞습니까? 여러분들에게선 관료 냄새가 나고, 여기는 학문의 전당이 아니라 관구(管區)의 자치 기관 같아요. 경찰서 초소에서나 날 법한 썩은 냄새가 진동합니다. 동료 여러분, 나는 여러분과 잠시 생활하다가 시골집으로 떠날 겁니다. 그곳에서 가재를 잡으며 소러시아인들을 가르치겠어요. 나는 곧 떠날 테니 여러분은 여러분의 유다와 함께 남으시지요. 망할 놈의 인간 같으니!'

혹은 저음의 굵은 목소리로, 때론 가늘고 삑삑거리는 목소리로 눈물이 날 정도로 크게 웃어 대거나 양팔을 벌리며 내게 묻곤 했지요.

'도대체 왜 그가 우리 집에 앉아 있는 거죠? 그가 원하는 게 뭡니까? 그냥 앉아서 쳐다보는 거요?'

심지어 그는 벨리코프에게 '착취자, 혹은 거미'[26] 라는 별명을 붙였고, 우리는 그의 누이 바렌카가 이 '거미'에게 시집가려 한다는 말을 차마 하지 못했습니다. 어느 날 교장 사모님이 코발렌코에게 벨리코프처럼 건실하고, 모든 사람들의 존경을 받는 사람에게 누이를 시집보내면 어떻겠느냐고 넌지시 물었지요. 그러자 그는 얼굴을 찌푸리고 투덜거렸어요.

'내 알 바 아닙니다. 누이가 독사 같은 놈에게 시집간다고 해도 말입니다. 난 남의 일에 간섭하는 걸 싫어합니다.'

이제 그 뒤로 무슨 일이 일어났는지 들어 보세요. 어떤 장난꾸러기가 풍자화를 그렸습니다. 덧신을 신고 바지를 걷어 올린 벨리코프가 우산을 쓴 채 바렌카와 팔짱을 끼고 걸어가는 모습의 그림이었지요. 그 그림 아래에는 '사랑에 빠진 안트로포스'라는 제목도 붙어 있었답니다. 특히 그의 얼굴 표정이 실물과 놀랄 정도로 흡사했습니다. 확실히 그걸 그린 작가는 하루 이틀 작업한 게 아니었어요. 남녀 김나지움 교사들, 신학교 교사들과 관리들까지 모두 그 그림을 한 장씩 받았지요. 물론 벨리코프도 받았습니다. 그는 풍자화를 보고 아주 불쾌해했어요.

우리는 함께 집 밖으로 나왔습니다. 그날이 마침 5월 1일

---

26) 우크라이나 작가 M. L. 크로피브니츠키가 쓴 희곡의 제목.

일요일이었고, 모든 학생들과 교사들은 김나지움에 모였다가 함께 교외 숲으로 걸어갈 참이었어요. 우리 모두가 학교 밖으로 나오자, 벨리코프의 얼굴은 새파랗게 질리고 먹구름보다 암울해졌습니다.

'정말로 나쁘고 사악한 사람들이 있어요!' 이렇게 말하는 그의 입술이 떨리기 시작했지요.

심지어 그가 불쌍해 보일 지경이었습니다. 우리는 걸어가다가 갑자기, 상상해 보세요, 자전거를 타는 코발렌코와 그 뒤에서 역시 자전거를 타는, 다소 지쳤는지 얼굴이 상기되었지만 여전히 명랑하고 즐거워 보이는 바렌카를 발견했습니다.

'우리가 앞으로 갈게요!' 그녀가 소리쳤어요. '정말 날씨가 좋아요, 너무너무 좋은 날씨예요!'

두 사람은 곧 사라졌습니다. 새파랗던 벨리코프의 얼굴은 아예 창백해지고 돌처럼 굳어 버렸어요. 그는 걸음을 멈추고 날 바라보았지요……

'도대체 이게 무슨 일이죠? 아마 내가 잘못 본 건가요? 김나지움 선생과 여자가 자전거를 타는 게 올바른 행동인가요?'

'올바르지 않을 건 없지요.' 내가 대답했습니다. '건강을 위해 자전거를 탈 수도 있잖아요.'

'어떻게 그럴 수 있죠?' 나의 태연한 반응에 그가 놀라서 소리를 질렀어요. '무슨 말씀을 그렇게 하세요?'

그는 몹시 놀라서 더 이상 걸으려 하지 않고 집으로 돌아갔습니다.

다음 날 그는 줄곧 신경질적으로 두 손을 비비면서 몸을 부르르 떨곤 했지요. 얼굴을 보니 그의 몸 상태가 좋지 않다는 걸 대번에 알 수 있었습니다. 그는 수업이 끝나기 전에 퇴근했는데, 생전 처음 있는 일이었어요. 식사도 하지 않았습니다. 저녁 무렵, 바깥은 완전히 여름 날씨였지만 그는 옷을 더 따뜻하게 입고 코발렌코의 집으로 느릿느릿 걸어갔어요. 바렌카는 집에 없었고 그녀의 동생만이 있었습니다.

'앉으세요.' 코발렌코가 차갑게 말하면서 눈썹을 찌푸렸습니다. 졸린 듯한 얼굴의 그는 이제 식사를 마치고 막 쉬려던 참이었으므로 기분이 그다지 좋지 않았어요.

벨리코프는 십여 분 동안 잠자코 앉아 있다가 입을 열었습니다.

'마음을 좀 가볍게 하고 싶어서 당신에게 왔어요. 난 아주, 아주 괴롭습니다. 어떤 풍자화가가 나와, 우리 두 사람과 아주 가까운 한 분의 모습을 우스꽝스럽게 그렸습니다. 나는 그 그림이 나와 상관없다는 사실을 당신에게 확실히 밝히는 것이 내 의무라고 생각합니다……. 나는 그렇게 조소받을 만한 짓 따위 전혀 하지 않았어요. 되레 나는 줄곧 아주 점잖은 사람답게 행동했습니다.'

코발렌코는 얼굴을 찌푸리고 말없이 앉아 있었습니다. 벨리코프는 잠시 기다렸다가 애처로운 목소리로 조용히 말을 이었지요.

'그리고 당신에게 말할 게 또 있습니다. 나는 오랫동안 교직에서 일했고, 당신은 이제 막 근무를 시작했지요. 선배로서 당신에게 경고하는 것 또한 내 의무라고 생각합니다. 당신이 자

상자 속 인간

전거를 타는 모습을 보았는데, 그건 젊은이를 가르치는 교사에겐 아주 비난받을 만한 오락입니다.'

'왜죠?' 코발렌코가 낮은 목소리로 물었습니다.

'여기서 설명이 더 필요한가요, 미하일 사비치, 정말 이해가 안 됩니까? 만약 교사가 자전거를 타고 다니면 학생들은 어떻게 해야 합니까? 학생들은 물구나무서서 걸어 다닐 수밖에 없어요! 일단 회람을 통해 허가된 것이 아니니 절대로 해서는 안 됩니다. 어제 나는 공포를 느꼈어요! 당신 누이를 보았을 때 정신이 아찔했습니다. 여성이나 아가씨가 자전거를 타는 건 끔찍한 일입니다!'

'도대체 무슨 말을 하고 싶은 거요?'

'내가 하고 싶은 말은 딱 한 가지, 당신에게 경고하는 거요, 미하일 사비치. 당신은 젊고 앞날이 창창하니 아주, 아주 조심해서 행동해야만 합니다. 당신은 너무 무모해요, 아, 너무 무모합니다! 당신은 항상 자수 셔츠를 입고 거리에서 책을 들고 돌아다니던데, 이젠 급기야 자전거까지 타는군요. 당신과 당신 누이가 자전거를 탄다는 걸 교장이 알게 되고, 장학관의 귀에까지 들어간다면…… 좋을 게 뭐가 있겠소?'

'나와 누이가 자전거를 타건 말건 그건 누구도 상관할 일이 아닙니다!' 코발렌코는 이렇게 말하면서 얼굴을 붉혔습니다. '내 집안일이나 가족 일에 간섭하는 자는 누구든 가만두지 않을 거요.'

벨리코프는 낯빛이 창백해져서 일어났습니다.

'당신이 그런 어조로 말한다면 나는 더 이상 대화할 수 없습니다. 내 앞에서 상관들에 대해 그렇게 말하지 마십시오. 당신은 존경심을 가지고 상관들을 대해야 합니다.'

'내가 상관들에 대해 무슨 나쁜 말이라도 했나요?' 코발렌코는 악의에 가득 찬 눈길로 그를 바라보면서 물었습니다. '제발 날 가만히 내버려두시오. 난 정직한 사람이고, 당신 같은 사람하고는 더 이상 말하고 싶지 않소. 나는 밀고자를 싫어합니다.'

벨리코프는 긴장한 듯 안절부절못하며 공포에 질린 표정으로 재빨리 옷을 입기 시작했습니다. 그로서는 난생처음 그런 거친 말을 들었기 때문이죠.

'마음대로 말하십시오.' 현관에서 층계참으로 나서면서 그가 말했습니다. '그러나 당신에게 미리 말해 두겠소. 누군가 우리 얘기를 들었을지 모릅니다. 우리의 대화가 왜곡되어 무슨 변고가 생기지 않도록 나는 우리의 대화 내용을…… 요점을 교장 선생님께 보고하겠습니다. 내겐 그래야 할 의무가 있습니다.'

'보고한다고? 가서 보고해!'

코발렌코는 그의 목덜미를 잡고 확 밀쳤고, 벨리코프는 덧신을 덜렁거리며 계단 아래로 굴러떨어졌습니다. 계단이 높고 가팔랐음에도 그는 다치지 않고 밑바닥까지 굴러갔지요. 그는 일어나서 안경이 깨지지 않았는지 코를 만져 보았습니다. 그런데 그가 계단에서 굴러떨어지는 바로 그 순간, 바렌카가 두 명의 부인과 함께 현관에 들어선 겁니다. 그들은 계단 아래에 서서 그를 바라보았는데, 이것이 벨리코프에겐 무엇보다 끔찍한 봉변이었지요. 그로서는 웃음거리가 되느니 차라리 목이나 두 다리가 부러지는 편이 더 나았을 겁니다. 이제 도시 전체가 이 일을 알게 될 테고, 교장과 장학관의 귀에도 들어갈 것이다, 아 아, 아무 일도 일어나지 말아야 할 텐데! 사람들은 풍자화를 새로 그려서 조롱할 테고, 그러면 결국 사직해야 하리라……. 이런 온갖 생각이 그의 머릿속을 스쳐 지나갔습니다.

그가 일어났을 때 바렌카는 그를 알아보았고, 그의 우스꽝스러운 얼굴, 구겨진 외투, 덧신을 바라보며 무슨 일이 일어났는지 짐작조차 못 한 채, 그가 실수로 넘어졌다고 생각하면서 결국 웃음을 참지 못하고 집이 떠나갈 정도로 '하-하-하!' 웃기 시작했습니다.

모든 것은 엄청나게 쩌렁쩌렁 울리는 웃음소리, 바로 '하-하-하' 소리로 끝나 버렸습니다. 혼담은 물론이고, 벨리코프가 지상에서 영위할 삶 역시 끝난 겁니다. 이미 그는 바렌카가 말하는 소리를 듣지 못했고, 아무것도 보지 못했습니다. 집에 돌아온 그는 맨 먼저 책상 위에 놓인 그녀의 초상화를 치운 뒤 자리에 누웠습니다. 그러고는 다시 일어나지 않았습니다.

사흘이 지나고, 아파나시는 내게 찾아와서 자기 주인에게 무슨 일이 일어난 것 같으니 얼른 의사를 데려와야 하지 않겠느냐고 물었습니다. 나는 벨리코프에게 갔지요. 그는 휘장을 치고 담요를 덮은 채 아무 말도 하지 않았어요. 그에게 뭔가 물어보면 '예', '아니오'라고만 대답할 뿐 그 이상 어떤 소리도 내지 않고 다만 누워 있었습니다. 그리고 아파나시는 우울하게 얼굴을 찡그린 채 주위를 서성거리며 깊은 한숨을 내쉬곤 했는데, 술집에서처럼 보드카 냄새가 풍겼지요.

한 달 뒤에 벨리코프는 죽었습니다. 우리 김나지움과 신학교 교사들이 모두 함께 그를 묻어 주었지요. 관 속에 누운 그의 표정은 온화하고 유쾌하고 명랑해 보이기까지 했어요. 마침내 결코 나올 수 없는 상자 속에 눕게 되었음을 기뻐하는 것 같았죠. 그래요, 그는 자기 이상을 달성해 낸 겁니다! 마치 그에게 경의라도 표하듯, 장례식 내내 흐리고 비가 내려서 우리 모두는 덧신을 신고 우산을 들고 있었지요. 바렌카도 장례식에 왔는데, 결국 하관할 때 울음을 터뜨렸습니다. 그때 나는, 소러시아 여자들이 웃거나 울 뿐 그 중간에 해당하는 감정은 없다는 사실을 알아챘습니다.

솔직히 말해서 벨리코프 같은 사람을 땅에 묻는 것은 몹시 즐거운 일입니다. 묘지에서 돌아왔을 때, 우리는 겸손하고 위선적인 표정을 짓고 있었습니다. 어느 누구도 이런 안도감을 겉으로 드러내려고 하지 않았지요. 이 감정은, 가령 우리가 아주 오래전 어린 시절에, 어른들이 외출한 한두 시간 동안 완전한 자유를 만끽하며 정원을 뛰어다녔을 때 느꼈던 감정과 비슷했습니다. 아, 자유, 자유! 자유의 가능성에 대한 암시나 희미한 희망조차 우리 영혼에 날개를 달아 줍니다. 그렇지 않은가요?

우리는 유쾌한 기분으로 묘지에서 돌아왔습니다. 그러나 삶은 일주일도 지나지 않아서 다시 예전처럼 흘러갔습니다. 회람을 통해 금지되지 않았지만 완전히 허락되지도 않은, 그 가혹하고 피곤하고 무의미한 삶 말입니다. 사정은 더 나아지지 않았습니다. 실제로 벨리코프를 땅속에 묻었건만 상자 속 인간들은 여전히 많고, 앞으로도 끊임없이 무수히 나타날 겁니다!"

"정말 그런 인간들이 있습니다." 이렇게 말하고 나서 이반 이비니치는 파이프를 피우기 시작했다.

"앞으로도 그런 인간들이 무수히 나타날 겁니다!" 부르킨이 되뇌었다.

김나지움 교사는 헛간 밖으로 나왔다. 그는 키가 별로 크지 않고 뚱뚱하며 머리가 다 벗어진 데다, 거의 허리띠까지 닿을 만큼 긴 검은 턱수염을 기르고 있었다.

"달, 달이 떴네!" 위를 올려다보며 그가 말했다.

이미 한밤중이었다. 오른쪽으로 마을 전체가 보였고, 5베르스타쯤 되는 기다란 길이 멀리 뻗어 있었다. 만물이 고요하고 깊은 잠에 빠져 있었다. 어떤 움직임도 소리도 없다. 자연이 이토록 고요할 수 있다는 게 믿기지 않는다. 달밤에 농가와 건초 더미와 잠든 버드나무들이 서 있는 넓은 시골길을 바라보노라면 영혼까지 차분해진다. 노동, 근심, 슬픔으로부터 벗어나 평온한 밤의 어둠 속에 몸을 숨긴 시골길이 평화롭고 애잔하고 아름답게 보이고, 별들마저 감동해서 그 시골길을 부드러이 바라보는 듯하다. 세상엔 이미 악이 존재하지 않고 만물은 축복받은 것 같다. 왼편의 마을 변두리에서 들판이 시작되었다. 들판은 멀리 지평선까지 펼쳐져 있고, 달빛이 가득한 너른 들판엔 어떤 움직임도 소리도 없다.

"바로 그거예요." 이반 이바니치가 되뇌었다. "우리가 답답하고 비좁은 도시에서 살며 쓸데없는 서류를 작성하거나 카드 놀이를 하는 것도 상자 속 삶 아닐까요? 우리가 게으름뱅이나 소송꾼들, 어리석고 한가한 여자들 사이에서 평생을 보내며 온갖 헛소리를 듣는 것도 상자 속 삶 아니겠소? 당신이 원한 다면, 아주 교훈적인 이야기를 하나 들려 드리지요."

"아닙니다, 이제 자야겠습니다." 부르킨이 말했다. "안녕히 주무세요."

두 사람은 헛간으로 들어가서 건초 위에 누웠다. 둘 다 건초 속에 파묻혀 막 잠이 들기 시작했을 때, 갑자기 '자작자 작……' 가벼운 발자국 소리가 들렸다. 누군가 헛간에서 멀지 않은 곳을 걷고 있었다. 몇 걸음 걷다가 멈추고, 잠시 후 다시 자작자작 발자국 소리가 들린다……. 개들이 으르렁거리기 시 작했다.

"마르파가 걷고 있군요." 부르킨이 말했다.

발자국 소리가 잠잠해졌다.

"사람들이 거짓말하는 것을 보고 들어야만 하고," 옆으로 돌아누우며 이반 이바니치가 말했다. "그런 거짓말을 묵인한 다며 바보 소리를 들어야 하지요. 모욕과 멸시를 참으면서, 정 직하고 자유로운 사람들의 편이라고 감히 솔직하게 말하지 못 하고, 자신에게 거짓말을 하며 미소 짓는 것, 이 모든 것은 빵 한 조각, 따뜻한 방구석, 한 푼어치밖에 안 되는 하찮은 관등 때문이 아니겠소. 안 돼, 더는 이렇게 살 수 없어!"

"그런데 그건 좀 다른 주제군요, 이반 이바니치." 교사가 말 했다. "그만 잡시다."

십여 분이 지나자 부르킨은 곧 잠이 들었다. 그러나 이반 이바니치는 계속 이리저리 뒤척이고 한숨을 쉬다가 끝내 자리에서 일어나더니 다시 밖으로 나갔다. 그러고는 문 옆에 앉아 파이프를 피우기 시작했다.

(1898)

사랑에 대하여

다음 날 아침 식사로, 아주 맛있는 만두와 바닷가재 그리고 양고기 커틀릿이 나왔다. 모두가 식사하는 동안 요리사 니카노르는 점심으로 무슨 음식을 원하는지 손님들에게 물어보려고 위층에 올라왔다. 그는 뒤룩뒤룩한 얼굴에 눈이 작고 면도를 한 중키의 사내였는데, 깎지 않은 콧수염은 마치 잡아 뜯어 놓은 듯했다.

알료힌은 아름다운 펠라게야가 이 요리사에게 푹 빠져 있다고 말했다. 요리사가 술꾼에 성질까지 난폭해서 그녀는 그에게 시집갈 마음이 없었지만 결혼하지 않고 같이 사는 데는 찬성했다. 하지만 아주 독실한 그는 종교적 신념 때문에 결혼하지 않고 사는 것에 동의하지 않았다. 그는 그녀에게 자기에게 시집오라고 요구할 뿐 다른 것은 원하지 않았다. 그럼에도 술에 취하면 욕설을 퍼붓고 심지어 때리기까지 했다. 그가 술에 취하면 그녀는 위층에 숨어서 흐느껴 울곤 했다. 그러면 알료힌과 하인들은 만일의 경우 그녀를 보호하기 위해 집을 떠나지 않았다.

모두들 사랑에 대해 말하기 시작했다.

"사랑은 어떻게 생겨날까요?" 알료힌이 말했다. "왜 펠라게야는 기질이나 외모가 자기한테 잘 어울리는 다른 누군가를 사랑하지 않고 하필 니카노르 같은 화상 — 우리 집에서는 모두들 그를 화상이라고 부르죠. — 을 사랑하게 됐을까요? 사랑에 있어선 개인의 행복이 중요한 문제인 만큼 그 모든 걸 알 수 없겠지만, 누구든 자기 마음대로 해석할 순 있겠죠. 지금까지 논쟁의 여지가 없는 단 하나의 진실이 있다면, 바로 '사랑의 신비는 아주 크다'는 것입니다. 사람들이 사랑에 대해 쓰고 이야기했던 다른 모든 것들은 해명이 아니라 오히려 해결되지 않은 문제들을 제기한 데에 불과하죠. 어느 한 경우에 적합해 보이는 설명도 다른 열 가지 경우엔 적합하지 않아요. 내 생각에 가장 좋은 방법은 일반화하려 애쓰지 말고 각각의 경우를 따로따로 설명하는 겁니다. 의사들이 말하듯 각각의 경우를 개별화해야만 해요."

"아주 옳은 말씀입니다." 부르킨이 동의했다.

"우리처럼 점잖은 러시아인들은 해결되지 않은 이런 문제들에 열중하는 경향이 있어요. 보통은 사랑을 시화(詩化)하고 장미나 꾀꼬리로 장식하는데, 우리 러시아인들은 사랑을 숙명적 문제들로 치장하죠. 게다가 그중에서 가장 재미없는 문제를 고르고요. 모스크바에서 대학교를 다니던 시절, 내겐 아름다운 애인이 있었는데, 그녀는 내 품에 안길 때마다 내가 자기에게 돈을 얼마나 줄지, 지금 소고기 1푼트27)는 얼마인지를 생각했어요. 우리도 별반 다를 것 없이 사랑을 하면 이게 정당한지 아닌지, 현명한지 어리석은지, 이 사랑은 앞으로 어떻게 될지 따위를 끊임없이 자문하곤 하죠. 나는 이런 사정이 좋은지 나쁜지 잘 모르지만, 이것이 사랑을 방해하고 우리를 불만족스럽고 초조하게 한다는 점은 알지요."

그는 뭔가 하고 싶은 말이 있는 것 같았다. 외롭게 사는 사람들은 무언가 하고 싶은 말이 늘 마음속에 있는 법이다. 도시에 사는 독신자들은 이따금 잠깐 이야기를 나누기 위해 일부러 목욕탕이나 레스토랑에 들러서 목욕탕 일꾼이나 식당 종업원에게 재미있는 이야기를 들려주곤 한다. 시골에 사는 독신자들은 보통 자기를 찾아온 손님들 앞에서 마음을 털어놓는다. 지금처럼 창밖에 잿빛 하늘과 비에 젖은 나무들이 보이는 날씨에는 아무 데도 갈 수 없으니, 그저 이야기를 하거나 듣는 것 말고는 딱히 할 일이 없다.

"난 소피노에 살면서 이미 오래전부터 농장을 돌보고 있습니다." 알료힌이 말문을 열었다. "대학을 졸업한 뒤부터였죠. 난 육체노동을 좋아하지 않는 사람으로 자랐고, 기질적으로 탁상공론을 좋아했어요. 이곳에 왔을 때 영지는 저당잡혀 있었습니다. 아버지가 내 교육비로 많은 돈을 쓰셔서 약간 빚이

___

27) 옛날 러시아의 무게 단위. 1푼트는 0.41킬로그램.

있었기 때문이죠. 그래서 나는 그 빚을 다 갚을 때까지 이곳을 뜨지 않고 일하리라 결심했어요. 그 후 나는 여기서 일하기 시작했죠. 솔직히 그다지 내키지는 않았어요. 이곳의 토지는 생산성이 나빠요. 결국 농사일에서 손해를 보지 않으려면 농노들이나 일용 농부들을 부려야만 해요. 거의 다 마찬가지지만 농부들이 하는 식으로 농지를 경영해야 합니다. 말하자면 가족과 함께 직접 들에 나가서 일해야 하는 거죠. 여기에서 대충이란 없습니다. 그러나 그때 나는 그런 세세한 것에 신경 쓰지 않았어요. 나는 단 한 평의 땅도 놀리지 않으려고 이웃 마을의 농부들과 아낙들을 모두 끌어모아서 정말 억척스럽게 일했습니다. 나 역시 직접 땅을 갈고 씨를 뿌리고 풀을 벴어요. 이렇게 일하는 게 지겨웠고, 때로는 채소밭에서 오이를 훔쳐 먹는 굶주린 시골 고양이처럼 혐오스럽게 얼굴을 찌푸리기도 했습니다. 몸뚱이가 아팠고, 걸으면서 졸기도 했어요. 처음에는 이런 고된 생활과 나의 문화적 습관을 쉽게 조화시킬 수 있을 것 같았죠. 그저 살아가면서 일정한 외적 질서만 지키면 가능하리라고 생각했어요. 나는 위층의 전망 좋은 방에서 살았고, 아침과 점심을 먹고 나서 리큐어를 넣은 커피를 가져오게 했으며, 잠자리에 들면서는 《유럽 통보》를 읽었습니다. 그런데 어느 날 이반 신부가 찾아와서 단숨에 내 리큐어를 다 마셔 버렸고, 그 신부의 딸들은 《유럽 통보》마저 가져가 버렸어요. 여름에, 특히 풀을 베는 동안에 나는 내 방 침대에서 잘 수가 없었어요. 헛간이나 썰매 위, 그것도 아니면 숲속의 파수막 등 아무 데서나 쓰러져 자곤 했으니까요. 이런 상황에서 무슨 책을 읽을 수 있겠어요? 나는 차츰 아래층으로 내려와 하인들의 부엌에서 식사를 하기 시작했습니다. 이전의 사치스러운 생활에서 내게 남은 것이란, 아버지를 위해 일해 왔던 하인들과 잘라 버리면 내 마음이 아플 것 같은 하인들 뿐이었습니다.

처음 몇 해 동안, 나는 이 지방의 명예 치안 판사로 선출됐어요. 이따금 시내에 가서 치안 판사 회의나 순회 재판소 회의에 참석해야 했는데, 그건 무척 즐거운 일이었죠. 특히 겨울에 두세 달가량 외출하지 않고 시골에 틀어박혀 지내다 보면 검은 프록코트가 그리워집니다. 그런데 순회 재판소에는 프록코트, 정복, 연미복을 입은 사람들이 많았어요. 모두 제대로 교육받은 법률가들로, 함께 이야기를 나눌 수 있는 이들이었죠. 썰매에서 잠을 자고 부엌에서 하인들과 식사를 하던 나에게, 깨끗한 속옷을 입고 가벼운 단화를 신고 앞가슴에 쇠줄을 늘어뜨린 채 안락의자에 앉는다는 것은 정말 대단한 호사였어요!

시내에서는 사람들이 나를 친절하게 맞아 주었고, 나도 그들과 교제하기를 즐겼습니다. 그중 가장 친밀하고, 솔직히 가장 유쾌했던 일은 순회 재판소 의장인 루가노비치와 친하게 지내는 것이었어요. 당신들도 그를 알 겁니다. 참 좋은 사람이죠. 그 유명한 방화 사건이 일어난 직후였어요. 법정 심리가 이틀 내내 계속된 탓에 우리는 지쳐 있었습니다. 루가노비치가 나를 보며 말했어요.

'자, 어때요? 우리 집으로 식사나 하러 갑시다.'

뜻밖의 제안이었죠. 왜냐하면 루가노비치와 나는 약간, 그러니까 단지 공적으로만 알고 있었을 뿐, 그의 집에는 단 한 번도 방문한 적이 없었기 때문입니다. 나는 옷을 갈아입으려고 잠시 숙소에 들렀다가 식사를 하러 갔습니다. 바로 거기에서 나는 루가노비치의 아내인 안나 알렉세예브나와 인사를 하게 되었어요. 그 당시 그녀는 스물두 살로 아직 젊은 나이였고, 반년 전에 첫아이를 얻은 상태였지요. 지나간 과거의 일인지라 대체 그녀의 무엇이 그렇게 대단했고, 어떤 점이 그토록 마음에 들었는지 지금은 뭐라 분명히 말하기가 어렵지만, 그때 함께 식사를 하는 동안 나는 그녀의 일거수일투족에서 쉬이 지울 수 없는 강렬한 인상을 받았습니다. 그때까지 한 번도 본 적 없는, 젊고 아름답고 상냥하고 지적이며 매혹적인 여자를 마주했던 겁니다. 나는 금방 그녀에게서 친근하고 낯익은 감정을 느꼈지요. 마치 언젠가 어린 시절에, 어머니의 장롱 위에 놓여 있던 앨범 속에서 본 그 얼굴, 그 상냥하고 총명한 눈을 맞닥뜨린 느낌이었어요.

방화범 사건에서 유대인 넷이 유죄 판결을 받았는데, 내 생각에 이건 말도 안 되는 판결이었어요. 식사 자리에서 나는 몹시 흥분했고 마음이 괴로웠는데, 그때 내가 무슨 얘기를 했는지 지금은 기억나지 않는군요. 안나 알렉세예브나만이 줄곧 고개를 젓다가 남편에게 이렇게 말했어요.

'드미트리, 어떻게 그런 일이 있을 수 있어요?'

루가노비치는 호인이지만 누구든 재판에 회부된 사람은 죄가 있으며, 판결의 정당성에 의혹을 제기하려면 오직 법적 절차를 밟아서 서면으로 표명해야지 식사를 하거나 대화 중에 언급해서는 안 된다는 견해를 가진, 단순한 사람 중 하나였지요.

'나와 당신이 방화를 한 게 아니니 우리가 재판을 받거나 감옥에 갈 일은 없을 거요.' 그는 부드럽게 대꾸했죠.

그들 부부는 내가 더 많이 먹고 마시게 하려고 애를 썼습니다. 몇몇 사소한 일, 예컨대 부부가 함께 커피를 끓인다든지 굳이 말을 다 주고받지 않고도 서로를 이해하는 모습을 보면서 나는 그들이 화복하고 행복하게 살고 있으며, 손님을 반기고 있음을 알 수 있었어요. 식사를 마친 뒤에 그들은 함께 피아노를 쳤고, 잠시 후 어둑해지자 나는 숙소로 돌아왔습니다. 초봄의 일이었어요. 그 후로 나는 여름 내내 아무 데도 가지 않고 소피노에서 지냈습니다. 시내 사정에 대해 생각할 겨를이 없었어요. 그러나 늘씬한 금발 여인에 대한 추억은 늘 마음속에 남아 있었죠. 그녀를 굳이 생각하지는 않았지만 그녀의 가벼운 그림자가 이미 내 마음속에 드리워져 있었던 겁니다.

늦가을에 시내에서 자선 공연이 있었습니다. 나는 도지사가 있는 특별석으로 갔어요.(막간에 거기로 와 달라는 부탁을 받았지요.) 거기서 도지사 부인과 나란히 앉아 있는 안나 알렉세예브나를 보았어요. 나는 그녀의 미모와 사랑스럽고도 부드러운 눈동자를 보고 또다시 지울 수 없는 강렬한 인상과 친근감을 느꼈어요.

우리는 나란히 앉아 있다가 로비를 서성였습니다.

'많이 여위셨어요.' 그녀가 말했습니다. '어디 편찮으셨나요?'

'어깨 신경통이 있어서 비 오는 날엔 잠을 잘 못 잡니다.'

'기운이 없어 보여요. 봄에 우리 집에 식사하러 오셨을 때는 훨씬 젊고 건강하셨는데…… 그때는 힘이 넘쳤고, 이야기도 많이 하셨고, 참 재미있으셨어요. 고백하건대, 당신에게 약간 마음이 끌렸었답니다. 왠지 여름 내내 가끔 당신 생각이 났어요. 그리고 오늘 극장에 갈 채비를 하면서 어쩐지 당신을 만날 것 같은 예감이 들더군요.'

이렇게 말하면서 그녀는 웃기 시작했습니다.

'그런데 오늘은 기운이 없어 보여요.' 그녀는 되풀이해서 말했습니다. '그래선지 나이도 들어 보이고요.'

다음 날 나는 루가노비치의 집에서 아침 식사를 했습니다. 식사를 한 뒤에 그들은 월동 준비를 하러 별장으로 떠났는데, 나도 따라 나섰지요. 나는 그들과 함께 시내로 돌아왔고, 그들의 집에서 조용하고 가족적인 분위기를 만끽하며 차를 마셨습니다. 그때 벽난로의 불길이 타올랐고, 젊은 어머니는 딸아이가 잘 자고 있는지 살피려고 분주히 움직였습니다. 이 일이 있고 나서 나는 시내에 갈 때마다 루가노비치 씨 집에 꼭 들렀죠. 그들도 나도 서로에게 익숙해졌습니다. 보통 나는 그 집 식구처럼 아무 예고 없이 방문하곤 했어요.

'거기 누구세요?' 멀리 떨어진 방에서 너무나 아름답게 느껴지는 목소리가 들려오곤 했습니다.

'파벨 콘스탄티느이치예요.' 하녀와 유모가 이렇게 대답하죠.

안나 알렉세예브나는 걱정스러운 얼굴로 내게 와서 매번 이렇게 물었어요.

'왜 이렇게 오랫동안 오지 않으셨어요? 무슨 일이라도 있었나요?'

그녀의 눈길, 내게 내민 우아하고 고결한 손, 실내복, 머리 모양, 목소리, 걸음걸이는 언제나 내 삶에 새롭고 신선하고 중요한 인상을 불러일으켰습니다. 우리는 오랫동안 이야기를 나누다가 각자 자신의 일에 대해 생각하면서 긴 침묵에 잠기곤 했죠. 어떤 때는 그녀가 날 위해 피아노를 치기도 했어요. 집에 아무도 없을 때면 나는 그곳에 남아 그들을 기다리면서 유모와 이야기를 하거나 아이와 놀아 주거나, 서재의 튀르키예제 소파에 누워 신문을 읽었습니다. 그러다 안나 알렉세예브나가 돌아오면 현관에서 그녀를 맞이하고, 그녀가 사 가지고 온 물건들을 받아 들었죠. 왠지 나는 언제나 소년처럼 사랑과 환희에 흠뻑 취해서 그 물건들을 집 안으로 나르곤 했어요.

'아낙은 근심거리가 없으면 새끼 돼지를 사들인다.'라는 속담이 있죠. 루가노비치 씨 집에는 근심거리가 없었어요. 그래서 나와 친해진 겁니다. 내가 오랫동안 시내에 나오지 않으면 내게 무슨 일이 있거나 아프다고 여겼으므로 그들 부부는 매우 걱정하곤 했어요. 그들은 여러 언어를 아는 나 같은 교양인이 학문이나 문학에 종사하지 않고, 시골에 틀어박힌 채 동분서주하며 중노동을 하는데도 벌이가 시원찮다고 늘 걱정했습니다. 그들은 내가 고통받고 있으며, 내가 웃고 떠들고 즐거이 먹는 것은 다 고통을 감추기 위한 방편이라고 생각했어요. 심지어 기분이 좋고 즐거운 순간에도, 나는 그들의 탐색하는 듯한 시선을 느끼곤 했죠. 그들은 실제로 내가 힘든 일을 겪을 때, 가령 채권자가 나를 핍박할 때나 급히 지불할 돈을 마련하지 못했을 때 특히 안쓰러워했습니다. 부부는 창가에서 소곤거리다가, 남편이 내게 다가와서는 진지한 표정으로 이렇게 말하곤 했어요.

'파벨 콘스탄티노비치, 지금 돈이 필요하다면 사양하지 마시고 우리에게서 빌려 가세요. 나와 아내는 기꺼이 그러겠습니다.'

그러고 나면 그의 귀는 흥분으로 빨갛게 물들었지요. 또 부부는 창가에서 똑같은 방식으로 소곤거리다가, 남편이 귀가 빨개진 채로 내게 와서는 이렇게 말하기도 했습니다.

'나와 아내는 당신이 이 선물을 받아 주시길 간청합니다.'

그러면서 장식용 단추, 담배 케이스나 램프를 주곤 했어요. 나도 그 답례로 시골에서 잡은 새나 버터, 꽃을 그들에게 보냈습니다. 그런데 그들은 둘 다 재산이 많았어요. 처음에 나는 자주 돈을 빌리곤 했습니다. 내 성격이 그다지 까다롭지 않아서 돈을 빌릴 수 있는 곳이면 어디든 가리지 않고 빌려 썼지요. 하지만 루가노비치 부부에게만큼은 무슨 일이 있어도 빌리지 않으려고 했습니다. 그런데 왜 이런 얘길 하고 있는지 모르겠군요!

나는 불행했습니다. 집에서도, 들에서도, 헛간에서도 나는 그녀만을 생각했어요. 나는 거의 노인이나 다름없고(그녀의 남편은 마흔 살이 넘었습니다.) 재미없는 남자와 결혼하여 그의 아이까지 낳은, 젊고 아름답고 총명한 여인의 속마음을 이해하려고 애썼습니다. 그리고 따분하고 상식적이며 지루한 데다 선량하고 어수룩한 남자, 무도회나 야회에서 위엄 있는 사람들 곁에 서서 온순하고 무관심한 표정을 짓고 있는 활기 없고 불필요해 보이는 남자, 마치 내다 팔려고 데려온 듯한 남자, 그러나 자기에겐 행복해질 권리가 있고 그녀에게서 아이를 가질 권리가 있다고 믿는 남자의 속사정을 이해하려고 애썼습니다. 나는 그녀가 왜 내가 아닌 그를 만났고, 왜 우리의 인생에서 이처럼 무서운 실수가 일어났는지 알아내려고 애썼습니다.

시내에 가서 그녀의 눈을 볼 때마다 나는 그녀가 날 기다렸음을 알 수 있었죠. 어느 날은 벌써 아침부터 어떤 특별한 예감에 사로잡혀서 내가 올 것을 짐작했다고, 그녀가 먼저 고백하기도 했어요. 우리는 오랫동안 이야기하거나 침묵하기도 했지만 서로에게 사랑을 고백하지는 않았고, 소심하게 열심히 사랑을 감추었습니다. 우리는 우리의 비밀을 우리 자신에게 드러나게 할 모든 것을 두려워했죠. 나는 깊고 다정하게 그녀를 사랑했어요. 그러나 만일 우리에게 이 사랑에 맞서 싸울 힘이 부족하다면 정녕 우리의 사랑은 어떻게 될지 스스로에게 물었습니다. 조용하고 슬픈 내 사랑이 그녀의 남편과 아이들, 나를 더없이 사랑하고 믿는 그 집안 모든 사람들의 행복한 일상을 갑자기 잔혹하게 깨 버릴 것 같지는 않았어요. 우리의 사랑은 과연 정당한가? 그녀가 나를 따라온다면 어디로 가지? 내가 그녀를 어디로 데려갈 수 있을까? 만약 내가 멋지고 재미있게 살고 있다면, 예컨대 조국의 해방을 위해 투쟁하는 사람이거나 저명한 학자, 배우, 화가라면 또 모를 터였다. 그러나 희망도 즐거움도 없는 평범하고 단조로운 환경에서 똑같이 평범하거나 더욱더 단조로운 환경으로 그녀를 데려가야 할지도 모르는 일 아닌가? 그리고 우리의 행복은 얼마나 오랫동안 지속될까? 내가 병들거나 죽으면, 혹은 정말로 우리의 사랑이 식어 버리면, 도대체 그녀에게 무슨 일이 생길까? 나는 늘 이런 생각에 골몰했는데, 아마 그녀도 비슷한 생각을 했을 겁니다. 그녀는 남편, 아이들 그리고 사위를 아들처럼 사랑하는 자기 어머니를 떠올렸겠죠. 혹시 그녀가 자신의 감정에 빠졌더라면 진실이든 거짓이든 말해야만 했을 거예요. 그녀 입장에선 어느 경우든 똑같이 무섭고 불편했을 테죠. 그리고 그녀는 이 사랑이 내게 행복을 가져다줄지, 안 그래도 힘겹고 온갖 불행으로 가득 찬 내 인생을 더 복잡하게 만들지나 않을지 걱정하며 괴로워했습니다. 그녀는 자신이 나에 비해 그다지 젊지도 않고, 새로운 생활을 시작하기에 부지런하거나 활기차지도 않다고 생각했어요. 또 그녀는, 나더러 뛰어난 주부이자 나를 내조해 줄 수 있는 영리하고 훌륭한 처녀와 결혼해야 한다고, 자기 남편과 얘기하곤 했어요. 그러고는 즉시 온 시내를 다 뒤져도 그런 처녀를 찾아내지 못하리라고 덧붙이곤 했습니다.

그러는 사이에 세월은 흘러갔습니다. 안나 알렉세예브나에겐 벌써 아이가 둘이나 있었어요. 내가 루가노비치 씨 댁에 가면 하녀는 공손히 미소를 띠었고, 아이들은 파벨 콘스탄티노비치 아저씨가 오셨다고 외치며 내 목에 매달리곤 했어요. 모두가 즐거워했죠. 그들은 내 마음속에서 어떤 일이 일어나고 있는지 몰랐고, 나 역시 즐거워한다고 생각했습니다. 모두들 나를 고결한 사람이라고, 어른들도 아이들도 저 고결한 사람이 자신들의 집 안을 서성인다고 여겼을 테죠. 이 점은 나에 대한 그들의 태도에 특별한 매력을 부여했습니다. 마치 내가 있어서 자기들의 생활이 더욱 윤택하고 아름다워졌다고 생각하는 것 같았어요. 종종 나와 안나 알렉세예브나는 함께 걸어서 극장에 다녔습니다. 우리는 어깨를 맞대고 1층 정면 일등석에 나란히 앉곤 했어요. 나는 그녀 손에 들린 오페라글라스를 말없이 받아 들었는데, 그럴 때면 '그녀가 내 곁에 있다', '그녀는 내 여자다', '우리는 서로 없이는 살 수 없다'고 느꼈습니다. 그러나 어떤 이상한 오해 탓인지, 우리는 매번 극장을 나와 작별 인사를 나누고 남남인 양 헤어졌습니다. 시내에는 우리에 대해서 이러쿵저러쿵 말들이 많았지만 그건 전혀 사실이 아니었어요.

그 무렵 몇 년 사이, 안나 알렉세예브나는 더욱 자주 어머니나 언니한테 다녀오곤 했습니다. 그녀는 이미 우울증을 앓고 있었고, 자기 인생이 불만족스럽고 심지어 망가졌다고 느꼈어요. 그리고 남편도 아이들도 보고 싶어 하지 않았어요. 그녀는 이미 신경 쇠약 치료를 받고 있었습니다.

우리는 침묵하고 또 침묵했지만, 그녀는 사람들 앞에서 내게 이상하리만큼 화를 내곤 했어요. 내가 무슨 말을 하건 그녀는 내 말에 동의하지 않았고, 내가 누구와 논쟁을 하면 내 상대의 편을 들었습니다. 내가 뭔가를 떨어뜨리면 그녀는 싸늘하게 '축하해요.'라고 말했죠.

그녀와 극장에 가면서 내가 깜빡하고 오페라글라스를 못 챙기기라도 하면 그녀는 곧장 이렇게 쏘아붙였습니다.

'당신이 잊어버릴 줄 알았어요.'

다행인지 불행인지, 우리 인생에서 조만간 끝나지 않는 건

아무것도 없습니다. 우리에게 이별의 시간이 다가왔어요. 루
가노비치 씨가 서쪽에 자리한 어느 현의 지사로 임명되었기
때문이죠. 가구와 말, 별장을 팔아야 했어요. 별장에 갔다 돌
아오면서 마지막으로 정원과 초록색 지붕을 보려고 뒤돌아섰
을 때 모두 슬픔에 잠겼습니다. 나는 별장하고만 헤어지는 것
이 아님을 깨달았어요. 의사의 권고대로 안나 알렉세예브나
는 8월 말에 요양하러 크림에 가야 했고, 얼마 뒤에 루가노비
치 씨도 아이들을 데리고 서부 지방으로 떠나기로 했습니다.

　우리는 모두 함께 안나 알렉세예브나를 전송했습니다. 그녀
가 이미 남편과 아이들이랑 작별 인사를 하고, 세 번째 종이
울리기 직전의 아주 짧은 순간에, 나는 그녀가 하마터면 잊
고 떠날 뻔한 여행 바구니 하나를 선반에 올려 주기 위해 그
녀의 칸막이 객실로 뛰어 들어갔습니다. 이제 작별 인사를 해
야만 했어요. 칸막이 객실에서 우리 두 사람의 눈길이 마주쳤
을 때, 더는 참을 수가 없었어요. 나는 그녀를 껴안았고, 그녀
는 내 가슴에 얼굴을 파묻었어요. 눈에서 눈물이 하염없이 흘
러내렸습니다. 그녀의 얼굴, 어깨, 눈물에 젖은 손에 입맞춤을
하면서 ― 오, 나와 그녀는 얼마나 불행했던가! ― 나는 그녀
에게 사랑을 고백했습니다. 그리고 쓰라린 고통을 느끼며, 우
리의 사랑을 방해한 모든 것들이 얼마나 쓸데없고 하찮고 거
짓되었는지를 비로소 알게 되었지요. 사랑을 할 때 그 사랑을
논하려면 일반적인 의미의 죄나 선, 행복이나 불행보다 더 중
요하고 높은 곳에서 출발해야만 하고, 그러지 않으면 절대 사
랑을 논해서는 안 된다는 사실을 깨달았습니다.

나는 마지막으로 키스하고 그녀의 손을 꼭 쥐었지요. 그리고 우리는 영원히 헤어졌습니다. 기차는 이미 움직이고 있었어요. 나는 옆 객실에 앉아서 ― 그곳은 비어 있었습니다. ― 다음 역에 닿을 때까지 내내 흐느껴 울었습니다. 그러고 나서 소피노의 집으로 걸어갔지요……."

알료힌이 이야기하는 사이에 비는 그치고 어느덧 해가 얼굴을 내밀었다. 부르킨과 이반 이바느이치는 발코니로 나갔다. 발코니에서는 정원과, 햇빛에 거울처럼 빛나는 넓은 수역(水域)의 경치가 아름답게 내다보였다. 그들은 넋을 잃고 풍광을 바라보면서 자기들한테 아주 솔직하게 이야기를 들려준, 선하고 영리한 눈을 가진 이 남자가 학문이나 자기 인생을 더 즐겁게 해 줄 만한 다른 일에 종사하지 않고, 이 드넓은 영지에서 다람쥐 쳇바퀴 돌듯 빈둥거리며 지낸다는 사실에 감탄과 함께 안타까움을 느꼈다. 그리고 그가 칸막이 객실에서 그녀의 얼굴과 어깨에 키스했을 때, 그 젊은 부인이 얼마나 슬픈 표정이었을지를 상상했다. 그들 두 사람은 시내에서 그녀를 만난 적이 있었고, 심지어 부르킨은 그녀와 아는 사이로, 그녀가 아름답다고 생각해 왔던 것이다.

(1898)

개를 데리고 다니는 부인

1

해변에 새로운 얼굴, 개를 데리고 다니는 부인이 나타났다고 사람들이 말했다. 벌써 이 주 동안 얄타²⁸⁾에서 지내며 이곳에 익숙해진 드미트리 드미트리치 구로프도 새로운 얼굴들에 흥미를 갖기 시작했다. 그는 베르네의 노천카페²⁹⁾에 앉아서 해변을 따라 걸어가는 젊은 부인을 보았다. 키가 그리 크지 않은 금발의 부인으로, 베레모를 쓰고 있었다. 하얀 스피츠 한 마리가 그녀의 뒤를 따라 달려가고 있었다.

그 후에도 그는 시립 공원과 작은 공원에서 하루에 몇 번씩 그녀와 우연히 마주쳤다. 그녀는 언제나 똑같은 베레모를

---

28) 흑해에 둘러싸인 크림반도 남해안의 휴양 도시. 아름다운 자연 경관과 온화한 날씨로 유명하다.
29) 당시 얄타에 살던 프랑스인 베르네가 운영하던 노천카페.

쓰고 혼자 산책을 했고, 하얀 스피치를 데리고 다녔다. 아무도 그녀가 누구인지 알지 못했다. 그녀는 그저 '개를 데리고 다니는 부인'으로 불렸다.

'그녀가 남편이나 지인들 없이 홀로 여기에 있다면 그녀와 사귀는 것이 헛일은 아닐 거야.'라고 구로프는 생각했다.

그는 아직 마흔이 되지 않은 나이였지만 벌써 열두 살짜리 딸 하나와 김나지움에 다니는 아들이 둘 있었다. 그는 대학교 2학년 때 일찍 결혼했는데, 지금은 아내가 그보다 한 갑절 반은 더 나이 들어 보였다. 아내는 짙은 눈썹에 키가 크고 직설적이며 거만하고 듬직했는데, 자칭 사색가였다. 그녀는 책을 많이 읽었고, 편지에 경음 부호[30]를 쓰지 않았으며, 남편을 드미트리가 아니라 지미트리라고 불렀다. 그는 은근히 아내를 어리석고 속이 좁으며 촌스럽다고 생각했는데, 그녀를 두려워했으므로 집에 있기를 싫어했다. 오래전부터 아내를 배신하고 종종 바람을 피우기도 했다. 그래서인지 그는 여자들에 대해 거의 언제나 나쁘게 말하곤 했다. 그가 있는 자리에서 여자가 화제에 오르면 그는 여자들을 이렇게 부르곤 했다.

"저급한 인종!"

그는 여자들을 마음 내키는 대로 부를 만큼 쓰디쓴 경험을 충분히 했다고 생각했지만, '저급한 인종' 없이는 단 이틀도 살지 못했다. 그는 남자들의 모임을 따분하고 언짢게 여겼

---

30) 볼셰비키 혁명 이후, 개정 철자법이 도입되기 전에 경자음으로 끝나는 단어 끝에는 경음 부호를 써야만 했다. 어떤 사람들은 개인 서신을 쓸 때 이 규칙을 무시하고 경음 부호를 쓰지 않았다.

으며, 남자들과는 별로 말도 하지 않았고 냉담하게 굴었다. 그러나 여자들과 함께 있을 때면 자유를 느꼈고, 여자들과는 무슨 얘기를 하고 어떻게 행동해야 할지 알았다. 심지어 아무 말을 하지 않더라도 여자들과 함께 있으면 마음이 편했다. 그의 외모와 성격, 기질에는 뭔지 모를 매력이 있었는데, 바로 그것이 여자들의 마음을 끌고 유혹했다. 그도 이 점에 대해 알고 있었으며, 그 역시 어떤 힘에 의해 여자들에게 이끌렸다.

몇 번의 경험, 정말로 쓰디쓴 경험을 통해 그는 모든 남녀 사이의 친교가 처음엔 삶에 아주 유쾌한 변화를 가져다주는 정겹고 가벼운 모험으로 다가오지만 점잖은 사람들, 특히 동작이 굼뜨고 우유부단한 모스크바 사람들의 경우엔 반드시 아주 복잡하고 커다란 문제로 발전하게 되고, 결국 곤경에 빠진다는 점을 배웠다. 그러나 매력적인 여자를 새로 만날 때마다 지난날의 쓰디쓴 경험은 이상하게도 슬그머니 기억에서 사라졌고, 그저 즐겁게, 모든 것이 단순하고 재미있게 보였다.

어느 날 저녁 무렵에 그가 정원에서 식사를 하는데, 베레모를 쓴 그 부인이 옆 테이블에 앉으려고 천천히 다가왔다. 표정, 걸음걸이, 옷차림, 머리 모양으로 보건대 그녀는 점잖은 계급 출신이고, 결혼했으며, 얄타에는 처음인데 혼자 왔고, 여기서 따분하게 지내고 있음을 알 수 있었다……. 이 지방의 풍기가 문란하다는 이야기는 대부분 사실이 아니므로 그는 그런 소문을 경멸했다. 대개 그런 이야기는 할 수만 있다면 기꺼이 불륜을 저지르고 싶어 하는 사람들이 지어낸 뜬소문임을 알고 있었다. 그러나 그 부인이 서너 걸음 떨어진 옆 테이블에 앉자, 그는 여자를 쉬이 유혹하여 산속으로 여행을 떠나는 장면을 그려 보았다. 그리고 신속하고 순간적인 관계라든가, 이름도 성도 모르는 미지의 여인과 로맨스를 즐기는 유혹적인 상념에 사로잡혔다.

그는 부드럽게 스피츠를 불렀고, 그 개가 다가오자 손가락으로 위협했다. 스피츠는 으르렁거렸다. 이에 구로프가 다시 개를 을러댔다.

부인은 그를 한번 쳐다보더니 이내 눈을 내리떴다.

"물지 않아요." 이렇게 말한 뒤 그녀는 얼굴을 붉혔다.

"뼈를 줘도 되나요?" 그녀가 괜찮다고 고개를 끄덕이자 그는 부드럽게 물었다.

"얄타에 오신 지 오래됐나요?"

"닷새쯤 됐어요."

"나는 여기서 지낸 지 벌써 이 주째랍니다."

잠시 침묵이 흘렀다.

"시간은 빠르게 지나가는데 여긴 정말 지루해요!" 그녀는 그를 보지 않고 말했다.

"보통 그렇게들 얘기를 하죠. 벨료프나 쥐즈드라[31] 같은 곳에 살면서 지루해하지 않던 사람도 여기에 오면, '아, 지루해! 아, 먼지투성이야!'라고 말한답니다. 그라나다[32]에서라도 온 듯이 말이죠."

---

31) 러시아 중부의 작은 도시들.
32) 스페인 안달루시아 지역의 유명한 관광 도시. 19세기에 러시아인들은 스페인, 특히 그라나다를 낭만적이고 이국적이며 신비롭게 여겼다.

그녀가 웃었다. 그러고 나서 두 사람은 서로 모르는 사람들처럼 말없이 식사를 이어 갔다. 식사를 마치고 그들은 나란히 걸으면서 행선지나 화제에 구애받지 않는, 자유롭고 넉넉한 사람들처럼 가벼운 농담을 주고받기 시작했다. 그들은 산책하면서 이상한 빛을 띤 바다에 대해 이야기했다. 더없이 부드럽고 따뜻한 연보랏빛 바닷물 위로 달이 금빛 띠를 드리우고 있었다. 그들은 뜨거운 해가 저물었음에도 날이 몹시 무덥다는 얘기를 했다. 구로프가 자기는 모스크바 출신이며, 인문학을 공부했지만 은행에서 일한다고 말했다. 한때 사립 오페라단에서 가수가 되려고 준비했으나 그만두었고, 모스크바에 집을 두 채 소유하고 있다는 이야기도 했다. 그는 그녀로부터, 그녀가 페테르부르크에서 자랐으며, S시로 시집가서 벌써 이 년을 살았고, 앞으로 한 달쯤 얄타에 더 머무를 예정이며, 마찬가지로 휴식을 원하는 남편 역시 이곳에 올지 모른다는 이야기를 들었다. 그녀는 남편이 어디에서 근무하는지, 이를테면 현청 소속인지 현 의회에서 일하는지 설명할 수 없자 스스로도 우스워했다. 구로프는 그녀의 이름이 안나 세르게예브나라는 점도 알아냈다.

그 후 자기 호텔 방으로 돌아온 그는 그녀를 생각하면서, 아마 내일도 그녀와 만나게 되리라고 짐작했다. 반드시 그럴 것이다. 잠자리에 들면서 그는 그녀가 바로 얼마 전까지 대학생이었고, 지금 자신의 딸처럼 공부를 했으리라고 생각했다. 그리고 그녀가 웃거나 낯선 사람과 대화할 때 여전히 소심하고 어색해하던 모습을 떠올렸다. 분명 그녀는 난생처음 이런 상황에, 예컨대 사람들이 기웃대며 그녀를 쳐다보고, 그녀로서는 상상조차 할 수 없는 어떤 은밀한 목적을 가지고 그녀에게 말을 붙이는 상황에 홀로 처했을 것이다. 그는 그녀의 가늘고 연약한 목과 아름다운 회색 눈동자를 떠올렸다.

'어쨌거나 그 여자에겐 어딘지 애잔한 데가 있어.' 이렇게 생각하면서 그는 잠이 들었다.

2

그녀를 알게 된 뒤로 한 주일이 흘렀다. 휴일이었다. 방 안은 무더웠고, 거리에는 회오리바람이 불어서 먼지가 일었고 모자는 벗겨졌다. 구로프는 하루 종일 갈증이 나서 카페에 자주 들락거렸고, 안나 세르게예브나에게 시럽을 탄 물이나 아이스크림을 권했다. 어디에도 몸 둘 곳이 없었다.

저녁이 되어 바람이 좀 잦아들자, 그들은 배가 들어오는 광경을 보려고 방파제로 나갔다. 부두는 산책을 나온 사람들로 붐볐다. 그들은 꽃다발을 들고 누군가를 마중하기 위해 모여 있었다. 옷을 잘 차려입은 얄타 사람들의 특징 두 가지가 유독 눈에 띄었는데, 가령 나이 지긋한 부인들은 젊은이처럼 옷을 입고, 장군들이 제법 많다는 점이었다.

파도가 성난 까닭에 배는 이미 해가 진 뒤에야 늦게 도착했다. 게다가 부두에 배를 대려고 방향을 돌리는 데에 오랜 시간이 걸렸다. 안나 세르게예브나는 아는 사람이라도 찾는 듯이 오페라글라스로 배와 승객들을 살폈다. 그러다 구로프를 바라볼 때면 눈이 빛났다. 그녀는 말이 많아졌고 짤막한 질문을 던져 댔는데, 그녀 자신도 무엇을 물었는지 금방 잊어버렸다. 그러는 와중에 인파 속에서 오페라글라스를 잃어버렸다.

옷을 잘 차려입은 군중은 곧 흩어졌고, 벌써 인적이 뜸해졌다. 바람도 완전히 잦아들었다. 구로프와 안나 세르게예브나는 아직 배에서 내리지 않은 누군가를 기다리는 듯 계속 서 있었다. 안나 세르게예브나는 이제 입을 다물었고, 구로프를 바라보지 않은 채 꽃향기를 맡고 있었다.

"저녁이 되니까 날씨가 좀 좋아졌군요." 그가 말했다. "이제 어디로 간다? 어디 한 바퀴 돌고 올까요?"

그녀는 아무 대답도 하지 않았다.

그는 그녀를 유심히 바라보다가 별안간 그녀를 포옹하며 입술에 키스를 했다. 꽃향기와 습기가 느껴졌다. 그는 혹시나 누가 보지 않았는지 소심하게 주변을 얼른 둘러보았다.

"당신 숙소로 갑시다……." 그가 조용히 말했다.

그리고 두 사람은 빠르게 걸었다.

그녀의 호텔 방은 무더웠고, 그녀가 일본 상점에서 구입한 향수 냄새가 났다. 그 순간 구로프는 그녀를 바라보면서 '살다 보니 이런 만남도 다 있군!' 하고 생각했다. 그는 과거에 만난 여자들에 대한 추억을 간직하고 있었다. 그에겐 사랑 때문에 즐거워하던, 비록 짧았지만 행복했다며 고마워하던 편안하고 선량한 여자들이 있었다. 그런가 하면 그의 아내처럼 진실성 없고 지나치게 말이 많으며 가식적인 데다 히스테리를 부리면

230

서, 이건 사랑이나 열정이 아닌 뭔가 더 의미 있는 것이라도 되는 양 얘기하는 여자들도 있었다. 그리고 매우 아름답지만 차가운 성격을 지닌, 삶이 줄 수 있는 것보다 더 많은 것을 얻어내려고 탐욕스러운 얼굴로 뭐든 집요하게 낚아채려 했던 두세 명의 여자들도 있었다. 그들은 이미 젊지도 않고, 변덕스러운데다 분별력마저 없는, 고압적이고 멍청한 인간들이었다. 사랑이 식자 그녀들의 미모는 오히려 그에게 혐오감을 불러일으켰고, 심지어 그들의 속옷 레이스조차 생선 비늘처럼 느껴졌다.

그러나 지금 눈앞엔 서툴고 경험 없는 젊은 여자의 소심함과 어색한 감정만이 있었다. 마치 누군가가 갑자기 문을 두드린 듯 당황스러워했다. 안나 세르게예브나, 이 '개를 데리고 다니는 부인'은 이미 일어난 일을 어쩐지 특별하고 매우 심각하게 대했으며, 예컨대 자신을 타락한 여자로 여기는 듯했다. 이상하고 어색한 일이었다. 그녀의 모습은 맥이 풀리고, 풀이 죽고, 얼굴 양옆으로 긴 머리카락이 애처롭게 흘러내리고 있었다. 침울한 자세로 생각에 잠긴 모습은 마치 옛날 회화에 나오는 죄지은 여자 같았다.

"기분이 안 좋아요." 그녀가 말했다. "당신은 이제 저를 존중하지 않는 첫 사람이 되었군요."

호텔 방의 테이블 위에 수박이 놓여 있었다. 구로프는 한 조각을 잘라서 천천히 먹기 시작했다. 침묵 속에서 적어도 반시간이 지났다.

안나 세르게예브나는 애처로워 보였고, 그녀에게서 착실하고 순진하며 세상의 분진이 묻지 않은 여인의 청순함을 느꼈다. 테이블 위에서 타고 있던 촛불 하나가 그녀의 얼굴을 희미하게 비추었다. 그녀의 마음이 무거워 보였다.

"왜 내가 당신을 더 이상 존중하지 않는다는 건가요?" 구로프가 물었다. "당신은 자신이 무슨 말을 하고 있는지 모르고 있어요."

"하느님, 저를 용서해 주세요!" 두 눈에 눈물을 가득 머금고 그녀가 말했다. "무서워요."

"당신은 마치 자신을 변명하는 것 같군요."

"제가 어떻게 변명할 수 있겠어요? 저는 더럽고 비열한 여자예요. 스스로를 경멸할 뿐 변명할 생각은 없어요. 남편을 속인 게 아니라 나 자신을 속였어요. 지금 이 순간뿐만 아니라 이미 오래전부터 속여 왔어요. 제 남편은 정직하고 좋은 사람일지 몰라도 하인에 불과해요! 저는 그 사람이 거기에서 무슨 일을 어떻게 하는지 몰라요. 그 사람이 하인이라는 사실만을 알아요. 시집갔을 때 스무 살이었는데, 저는 호기심 탓에 괴로워했고 더 나은 뭔가를 원했어요. '그래, 다른 삶이 있을 거야.' 스스로에게 말하곤 했죠. 살고 싶었어요! 제대로 살고 싶었어요……. 호기심이 타올랐죠……. 당신은 이해하지 못하겠지만, 하느님께 맹세코 나는 자신을 통제할 수 없었어요. 내게 무슨 일이 생겼던 거죠. 나를 주체할 수가 없었어요. 그래서 남편에게 몸이 아프다고 말하고 이곳에 왔어요……. 여기서도 열에 달뜬 채로, 마치 미친 여자처럼 내내 돌아다녔죠……. 이제 나는 누구나 경멸하는 저속하고 쓸모없는 여자가 되고 말았어요."

구로프는 벌써 여자의 말을 듣고 있기가 지루했다. 그녀의 순진한 어투와, 때와 장소에 맞지 않는 뜬금없는 참회가 짜증스러웠다. 눈물이 고여 있지 않았다면 그녀가 농담을 하거나 연기를 한다고 생각했을지도 모른다.

"당신이 뭘 원하는지 이해할 수 없군요." 그가 나지막하게 말했다.

그녀는 그의 가슴에 얼굴을 묻고 바싹 달라붙었다.

"믿어 줘요, 저를 믿어 줘요. 제발……." 그녀가 말했다. "나는 정직하고 깨끗한 생활이 좋아요. 죄짓기는 싫어요. 내가 지금 뭘 하고 있는지 모르겠어요. 흔히 사람들은 '귀신에게 홀렸다'고 말하는데, 내가 지금 그렇다고 할 수 있어요."

"그만, 그만 됐소……." 그가 웅얼거렸다.

그는 겁에 질려 움직이지 않는 그녀의 눈동자를 바라보았고, 그녀에게 키스하며 조용하고 부드럽게 말했다. 그녀는 조금씩 안정을 찾았고 다시 즐거워했다. 이윽고 두 사람은 소리 내어 웃기 시작했다.

잠시 후 그들이 바깥으로 나왔을 때 해변에는 사람의 그림자 하나 없었고, 삼나무로 둘러싸인 시내는 쥐 죽은 듯 고요했다. 그러나 바다의 파도는 여전히 철썩이며 해안에 부딪혔다. 고기잡이배 한 척이 물결에 흔들리고, 그 위에서 작은 등불이 졸린 듯 깜박이고 있었다.

그들은 마차를 잡아타고 오레안다[33]로 향했다.

---

33) 얄타에서 6.4킬로미터쯤 떨어진 해안 도시로, 차르의 여름 별장이 있다.

"나는 조금 전 아래층 현관에서 당신의 성을 알아냈습니다. 칠판에 폰 디데리츠라고 쓰여 있더군요." 구로프가 말했다. "남편이 독일인인가요?"

"아뇨. 아마 그 사람 할아버지가 독일인이었고, 그이는 정교 신자예요." 오레안다에 당도한 두 사람은 교회에서 멀지 않은 벤치에 앉아 바다를 내려다보며 잠자코 있었다. 멀리 아침 안개 사이로 얄타가 희미하게 보였고, 하얀 구름은 산봉우리에 걸려 움직이지 않았다. 나뭇잎들은 미동조차 없었고, 매미가 울었다. 멀리 아래에서 들려오는 단조롭고 흐릿한 파도 소리는 우리들을 기다리는 안식과 영면을 속삭이고 있었다. 여기에 아직 얄타도 오레안다도 없었던 때에 저 밑에서는 줄곧 파도 소리가 철썩거렸을 테고, 지금도 철썩이고 있으며, 우리가 사라진 뒤에도 똑같이 무심하고 공허하게 철썩이리라. 그리고 이 불변성 속에, 우리들 각자의 삶과 죽음에 대한 완전한 무관심 속에 어쩌면 우리의 영원한 구원의 증거, 이 지상에서 끊임없는 완성을 향해 부단히 움직이는 삶의 증거가 숨어 있는지도 모른다. 새벽빛을 받아 더욱 아름다워 보이는 젊은 여자와 나란히 앉아서 바다와 산과 구름과 드넓은 하늘이 늘어선 동화 같은 풍광을 바라보며 마음이 편안하고 황홀해진 구로프는 이런 생각을 했다. '곰곰이 따져 보면 우리가 존재의 고상한 목적과 인간의 존엄성을 잊고 스스로 생각하거나 행하는 것을 제외한 모든 것, 즉 이 세상의 모든 것은 본질적으로 아름답다.'

경비원인 듯한 남자가 다가오더니 그들을 잠시 바라보다가

떠나 버렸다. 이러한 사소한 일조차 아주 신비롭고 아름답게
보였다.

아침노을로 밝게 빛나는 동안, 이미 등불을 끈 배 한 척이
페도샤[34]에서 도착하는 모습이 보였다.

"풀잎에 이슬이 맺혔어요." 안나 세르게예브나가 침묵을 깨
며 말했다.

"그렇군요. 돌아갈 시간이에요."

그들은 시내로 돌아왔다.

그 뒤로 그들은 매일 정오에 해변에서 만나 함께 점심을 먹
고 저녁 식사도 하고, 산책을 하거나 황홀하게 바다를 바라보
았다. 그녀는 잠을 잘 못 잤다느니, 심장이 불안하게 뛴다느니
불평을 해 댔다. 때론 질투로, 때론 두려움으로 불안해진 그녀
는 그가 자신을 충분히 존중하지 않는 것 아니냐며 항상 똑
같은 질문을 하곤 했다. 종종 그는 작은 공원이나 정원에서,
근처에 사람이 없을 때면 돌연 그녀를 끌어안고 열정적으로
키스했다. 완전한 무위(無爲), 행여 누가 볼까 봐 주위를 살피
면서 두려움 속에 나누는 한낮의 키스, 무더위, 바다 냄새, 언
제나 눈앞에서 얼쩡거리는 화려한 옷차림의 게으르고 살찐
사람들, 이 모든 것들이 그를 완전히 변화시켰다. 그는 안나
세르게예브나에게 참으로 멋지고 매력적이라고 말했고, 참을
수 없는 열정에 사로잡혀 그녀에게서 한 발짝도 떨어지지 않
았다. 그녀는 자주 생각에 잠겨, 그가 자신을 존중하지 않을

---

34) 크림의 남동쪽에 위치한 휴양 도시.

뿐만 아니라 조금도 사랑하지 않으며 그저 저속한 여자로 여기고 있음을 고백하라고 졸라 댔다. 거의 매일 밤늦은 시각이면 그들은 교외나 오레안다 혹은 폭포 쪽으로 마차를 타고 나갔다. 산책은 성공적이었고, 인상은 매번 변함없이 아름답고 장엄했다.

그들은 그녀의 남편이 오기를 기다리고 있었다. 하지만 남편으로부터 눈병이 났으니 빨리 집으로 돌아오라고 애원하는 편지가 왔다. 안나 세르게예브나는 서두르기 시작했다.

"제가 떠나니 잘됐어요." 그녀가 구로프에게 말했다. "이건 운명 그 자체예요." 구로프는 마차를 타고 가는 그녀를 배웅했다. 기차역까지 꼬박 하루가 걸렸다. 그녀는 급행열차의 객실에 자리를 잡고 출발을 알리는 두 번째 벨이 울렸을 때 이렇게 말했다.

"당신의 얼굴을 한 번 더 보여 줘요……. 한 번 더 볼래요. 네, 그렇게요……."

그녀는 울지 않았으나 마치 아픈 사람처럼 슬퍼 보였다. 그녀의 얼굴이 떨렸다.

"당신을 생각하고…… 추억할 거예요." 그녀가 말했다. "하느님이 당신과 함께하시길. 안녕히 계세요. 잘 지내시길 빌겠어요. 날 나쁘게 생각하지 마세요. 우리는 영원히 헤어지는군요. 그래야만 해요, 다시 만나면 안 되니까. 그럼 안녕히 계세요."

기차는 재빨리 떠났고, 기차의 불빛도 곧 사라졌다. 이윽고 경적도 들리지 않았다. 마치 모든 것이 이 달콤한 망각, 이 미친 짓을 한시라도 빨리 멈추게 하려고 일부러 약속이라도 한 것 같았다. 구로프는 승강장에 홀로 남아 멀리 어둠을 응시한 채, 방금 잠에서 깨어난 듯 귀뚜라미의 울음소리와 전깃줄이 윙윙거리는 소리에 귀를 기울였다. 그는 자기 인생에서 또 하나의 편력, 혹은 모험이 이미 다 끝났다고, 이제는 추억만이 남았다고 생각했다……. 그는 감동했고 기분이 우울했으며 가벼운 후회도 했다. 어쨌거나 이제 더는 만날 수 없는 그 젊은 여자는 그와 함께하면서도 행복해하지 않았다. 그는 그녀를 친절하게 진심으로 대했지만 그녀에 대한 그의 태도, 말투와 애무 속에는 그녀보다 거의 두 배나 나이가 많은 운 좋은 남자의 가벼운 조소와 무례한 거만함이 그림자처럼 비치곤 했다. 그녀는 언제나 그를 친절하고 비범하고 고상한 사람이라 불렀으니, 분명 그녀에겐 그의 실제 모습이 비치지 않았으리라. 즉, 그는 자기도 모르게 그녀를 속인 셈이었다…….

이곳 정거장에는 벌써 가을 냄새가 풍겼고, 밤은 서늘했다.

'나도 북쪽으로 돌아갈 때가 됐군.' 구로프는 승강장을 떠나면서 생각했다. '돌아갈 때가 됐어!'

3

모스크바의 집에서는 벌써 모든 것이 겨울처럼 돌아가고 있었다. 페치카를 땠고, 아이들이 등교 준비를 하며 차를 마시는 아침마다 아직 어두운 탓에 유모는 잠시 등불을 밝혀야 했다. 이미 강추위가 시작되었다. 첫눈이 내려 처음 썰매를 타는 날에는 하얀 대지와 하얀 지붕을 즐겁게 바라보며 부드럽고 달콤한 공기를 들이마신다. 이맘때가 되면 어린 시절이 생각난다. 서리를 맞아 하얘진, 선량한 모습의 늙은 피나무와 자작나무는 삼나무와 종려나무보다 더 가까이 마음에 와닿는다. 그 나무들 곁에 있으면 더는 산과 바다에 대해 생각하고 싶지 않다.

구로프는 모스크바 사람이었고, 맑고 추운 날에 모스크바로 돌아왔다. 털외투에 따뜻한 장갑을 끼고 페트롭카 거리를 거닐거나 토요일 저녁에 종소리를 듣고 있으면 최근의 여행과 다녀왔던 장소들은 모조리 매력을 잃었다. 점차 그는 모스크바 생활에 빠져들었고, 하루에 세 종류의 신문을 열심히 읽었지만 자신의 원칙에 따라 모스크바 신문들은 들여다보지 않는다고 말했다. 그는 이미 레스토랑, 클럽, 초대연, 기념식에 마음이 끌렸고, 자기 집에 유명한 변호사들과 예술가들이 드나들고 박사 클럽에서 교수와 카드놀이를 하는 걸 자랑스럽게 여겼다. 벌써 그는 프라이팬에 담긴 셀랸카[35] 한 접시를 먹어 치울 수 있었다…….

한 달쯤 지나면 안나 세르게예브나도 안개에 휩싸인 듯 기억 속에서 희미해지고, 그저 이따금 애잔한 미소를 띤 채 다른 여자들처럼 꿈속에 나타나리라고 그는 생각했다. 그러나 한 달도 더 지나고 한겨울이 되었건만, 안나 세르게예브나에 대한 기억은 바로 어제 헤어진 것처럼 전부 다 또렷이 떠올랐

---

35) 고기나 생선에 양배추와 양파 등을 버무려 구운 요리.

고, 추억은 더욱 강렬하게 타올랐다. 밤의 정적 속에서 아이들이 예습하는 소리가 서재로 들려올 때, 레스토랑에서 로맨스 악곡이나 오르간 연주를 들을 때, 페치카에서 윙윙 눈보라 치는 소리가 날 때면 별안간 기억 속에서 모든 것이 되살아났다. 방파제에 갔던 일, 산에 안개가 자욱했던 이른 아침, 혹은 페도샤에서 도착하던 배 그리고 입맞춤. 그는 오랫동안 방 안을 서성이면서 추억에 잠겨 미소를 지었다. 그러고 나면 추억은 공상으로 바뀌고, 지난 일이 상상 속에서 미래와 뒤섞이곤 했다. 안나 세르게예브나는 꿈에 나타나지 않았지만 어딜 가든 그림자처럼 뒤를 따라다니며 그를 주시했다. 눈을 감으면 그녀가 생생하게 보였다. 그녀는 이전보다 더 아름답고 더 젊었으며 더 사랑스러웠다. 그 자신도 얄타에 있을 때보다 더 멋져 보였다. 그녀는 밤마다 책장이나 벽난로나 방구석에서 그를 바라보았고, 그는 그녀의 숨소리와 부드럽게 옷자락 스치는 소리를 들었다. 그는 거리에서 여자들을 쳐다보며 그녀를 닮은 여자가 없는지 찾아보곤 했다…….

그는 누군가와 얄타의 추억을 나누고 싶은 간절한 열망에 사로잡혔다. 그러나 집에서는 자신의 사랑에 대해 말할 수 없는 노릇이었다. 물론 집 밖에서도 말할 상대가 없긴 마찬가지였다. 세입자에게 이야기할 수도 없었고, 그렇다고 은행 사람들에게 털어놓을 수도 없었다. 그런데 무엇에 대해 이야기한단 말인가? 정말로 그는 그때 사랑을 했던가? 정말로 그와 안나 세르게예브나의 관계 속에 뭔가 아름답고 시적이며 유익한 것, 혹은 단지 흥미로운 무엇이라도 있었던가? 그래서 사랑에 대해, 여자들에 대해 막연히 이야기를 늘어놓았지만 아무도 무엇이 문제인지 추측하지 못했다. 오직 그의 아내만이 검은 눈썹을 움직이며 말하곤 했다.

"지미트리, 당신에겐 멋쟁이 역할이 전혀 어울리지 않아요."

어느 날 밤, 박사 클럽에서 같이 카드놀이를 하던 관리와 밖으로 나오면서 그는 끝내 참지 못하고 말해 버렸다.

"내가 얄타에서 얼마나 매력적인 여성과 사귀었는지 아시면 놀랄걸요!"

그 관리는 썰매를 타고 먼저 출발했지만 갑자기 뒤돌아보며 소리쳤다.

"드미트리 드미트리치!"

"왜요?"

"최근에 당신이 한 말이 옳았어요. 그 철갑상어에서 썩은 냄새가 났어!"

아주 평범한 이 한마디가 웬일인지 구로프를 돌연 화나게 했다. 모욕적이고 불결하게 느껴졌다. 얼마나 야만적인 습관이며, 야만적인 인간들인가! 얼마나 무의미한 밤이고, 전혀 흥미롭지 않은 그저 그런 나날인가! 미친 듯 벌이는 카드놀이, 폭식, 폭음, 언제나 똑같은 내용의 대화. 쓸데없는 사건과 진부한 대화로 가장 좋은 세월과 가장 건강한 힘을 빼앗기고 있지 않은가. 결국 남는 것이란 꼬리가 잘리고 날개가 꺾인 삶, 실없는 말뿐이다. 마치 정신 병원이나 강제 노동 수용소에 갇힌 듯 벗어날 수도, 도망칠 수도 없다!

구로프는 밤새 잠을 이루지 못했고 화가 났다. 다음 날은 온종일 두통에 시달렸다. 그 뒤로 이어지는 밤마다 그는 제대로 잠들지 못했고, 늘 침대에 앉아 생각에 잠기거나 방 안을 이리 저리 서성이곤 했다. 아이들도 지겨웠고, 은행도 권태로웠으며, 아무 데도 가고 싶지 않았고, 아무 말도 하고 싶지 않았다.

12월에 며칠 휴가를 냈다. 그는 여행 채비를 마친 후, 아내에게 어떤 청년의 취직을 주선하러 페테르부르크에 다녀오겠다고 말하고는 S시로 떠났다. 왜 그랬을까? 그 자신도 잘 몰랐다. 안나 세르게예브나를 보고 싶었고, 가능하다면 그녀와 만나서 잠시 이야기를 나누고 싶었다.

오전에 S시에 도착한 그는 가장 좋은 호텔 방을 잡았다. 바닥에는 온통 회색의 군복용 천이 깔려 있었고, 탁자에는 잿빛 먼지가 내려앉은 잉크병이 놓여 있었다. 잉크병에 붙은 기마상은 목이 떨어져 나간 채 모자를 든 한 손을 치켜들고 있었다. 호텔 경비가 그에게 필요한 정보를 알아봐 주었다. 폰 디데리츠는 호텔에서 멀지 않은 구(舊)곤차르나야 거리의 주택에서 부유하고 호화롭게 살고 있었다. 자기 소유의 말을 여러 필 가지고 있으며, 이 도시에서 그를 모르는 사람은 아무도 없다고 했다. 경비는 그 사람의 이름을 드르이드이리츠라고 발음했다.

구로프는 서두르지 않고 구곤차르나야 거리로 나가서 그 집을 찾았다. 그 주택의 바로 앞에는 못을 박은 회색의 긴 울타리가 펼쳐져 있었다.

'이런 울타리라면 쉽게 넘어 도망갈 수 있겠군.' 구로프는 울타리와 창문을 번갈아 쳐다보며 생각했다.

그는 온갖 생각을 해 보았다. 오늘은 휴일이니까 아마 남편이 집에 있을 거다. 어쨌거나 곧장 집으로 들어가서 그녀를 당황하게 한다면 분별없는 짓이다. 쪽지를 보냈다가 혹시 남편의 손에라도 들어가면 모든 것이 끝장이다. 가장 좋은 방법은 우연에 맡기는 거다. 그래서 그는 울타리 근처의 길거리에서 계속 서성대며 우연한 만남을 고대했다. 거지 하나가 대문 안으로 들어가자, 개들이 그 거지에게 덤벼드는 모습이 보였다. 한 시간쯤 지나자 피아노 치는 소리와, 희미하고 불분명한 음향이 들려왔다. 아마 안나 세르게예브나가 연주하는 것이리라. 갑자기 현관문이 열리더니 노파가 걸어 나왔고, 그 뒤를 따라 낯익은 하얀 스피츠가 달려 나왔다. 구로프는 개를 부르고 싶었으나 돌연 심장이 뛰고 흥분한 바람에 개의 이름이 생각나지 않았다.

오래도록 서성이다 보니 그는 회색 울타리가 점점 더 싫어졌다. 어쩌면 안나 세르게예브나는 이미 그를 잊고 다른 사람과 즐겁게 지내고 있을지도 모른다. 이런 망할 놈의 울타리를 아침부터 밤까지 연신 쳐다봐야만 하는 젊은 여자라면 당연히 그랬으리라고 그는 초조하게 생각했다. 호텔 방으로 돌아온 그는 어찌해야 할지 몰라서 오랫동안 소파에 앉아 있다가 식사를 하고 긴 잠에 빠졌다.

'이 모든 게 얼마나 어리석고 불안한가!' 잠에서 깨어난 그는 어두운 창문을 바라보며 생각했다. 이미 밤이었다. '어쩌자고 이렇게 오래 잤을까? 이 밤중에 뭘 하지?'

병원에서나 볼 법한 싸구려 회색 담요가 덮인 침대에 앉아,

그는 성을 내며 스스로를 비웃었다.

'그래, 개를 데리고 다니는 부인이라…… 이게 사랑의 편력인가……. 이렇게 여기에 앉아서…….'

그날 아침에 그는 역에서 「게이샤」의 초연을 알리는, 몹시 큰 글씨로 적힌 포스터를 보았다. 그 기억이 떠오르자 그는 곧장 극장으로 향했다.

'그녀가 초연을 보러 올 가능성은 충분하고도 남지.' 그는 생각했다.

극장은 만원이었다. 지방 극장이 대개 그렇듯이, 샹들리에 위로 담배 연기가 자욱했고, 최상층 관람석은 소란스럽고 들떠 있었다. 공연이 시작되기 전, 관람석 첫째 줄에 자리 잡은 지방의 멋쟁이들은 뒷짐을 지고 서 있었다. 도지사를 위한 특별석 맨 앞줄에는 도지사의 딸이 모피 목도리를 두르고 앉아 있었고, 도지사는 커튼 뒤에 점잖게 숨어 있어서 손만 보였다. 무대 커튼이 흔들렸고, 오케스트라는 한동안 악기를 조율했다. 관객들이 입장해서 자리를 잡는 내내 구로프는 눈으로 열심히 그녀를 찾았다.

드디어 안나 세르게예브나가 들어왔다. 그녀는 세 번째 줄에 앉았다. 그녀를 보자 그의 심장이 조여들었다. 지금 그는 온 세상에서 그녀보다 자기에게 더 친밀하고, 더 소중하고, 더 중요한 사람은 없다는 사실을 분명히 깨달았다. 지방의 군중 속에 묻혀 있는 이 작은 여인, 딱히 눈에 띄지 않지만 평범한 오페라글라스를 두 손에 들고 있는 저 여인이 지금 그의 삶을 온통 충만하게 하고, 그의 슬픔이자 기쁨이며, 이 순간 그가 원하는 유일한 행복이었다. 저속한 오케스트라와 시시하고 보잘것없는 바이올린 소리를 들으면서 그는 그녀가 참으로 아름답다고 생각했다.

짧은 구레나룻에 매우 키가 크고 구부정한 자세의 젊은 남자가 안나 세르게예브나와 함께 들어와서 나란히 앉았다. 남자는 걸음을 옮길 때마다 고개를 끄덕이며 계속 인사를 하는 듯 보였다. 아마도 그 남자는 그때 얄타에서, 그녀가 씁쓸한 감정이 북받쳐 하인이라고 불렀던 남편 같았다. 실제로 남자의 긴 얼굴, 구레나룻, 약간 벗겨진 이마에는 어딘지 모르게 노예 같은 비굴함이 어려 있었다. 그는 알랑거리는 미소를 지었다. 그의 단춧구멍에서는 학술 단체의 회원 배지 같은 것이 웨이터의 번호표처럼 반짝이고 있었다.

첫 번째 막간 휴식 시간에 남편이 담배를 피우러 나가자, 그녀는 혼자 좌석에 앉아 있었다. 역시 1층 관람석에 앉아 있던 구로프는 그녀에게 다가가서 간신히 미소를 지으며 떨리는 목소리로 말했다.

"안녕하세요."

그녀는 그를 힐끗 쳐다보고는 얼굴이 창백해졌다. 잠시 후 그녀는 자기 눈을 못 믿겠다는 듯이 두려움에 떨며 다시 한 번 그를 바라보았다. 그리고 기절하지 않으려고 감정을 억누르며, 부채와 오페라글라스를 두 손으로 꼭 움켜쥐었다. 두 사람은 아무 말도 하지 않았다. 그녀는 앉아 있었고, 여자의 당황한 모습에 놀란 구로프는 감히 그녀 곁에 앉을 생각조차 못하고 서 있었다. 바이올린과 플루트가 조율하고 있었다. 특별석에 앉은 모든 사람들이 쳐다보는 것 같아서 갑자기 두려워졌다. 마침내 그녀가 일어나더니 입구 쪽으로 재빨리 걸어갔다. 그는 그녀의 뒤를 따라갔다. 두 사람은 괜히 복도와 계단을 오르락내리락했다. 그들의 눈앞에서 법관 제복을 입은 사람들, 교사 제복을 입은 사람들, 황실의 영지를 관리하는 공무원 제복을 입은 사람들이 어른거렸다. 모두들 배지를 달고 있었다. 그리고 부인들과 옷걸이에 걸린 모피 외투들이 아른아른했다. 틈새로 불어 드는 바람에 담배꽁초 냄새가 퍼졌다. 심장이 세차게 뛰고 있음을 느끼면서 구로프는 생각했다. '오, 하느님! 왜 이 사람들은, 이 오케스트라는⋯⋯.'

그 순간 돌연, 그날 저녁 역 승강장에서 안나 세르게예브나를 배웅하며 '모든 것이 끝났고, 우리는 다시 만날 일이 없을 거야.'라고 자신에게 했던 말이 떠올랐다. 그러나 끝나려면 아직 많은 시간이 필요했다!

'계단식 반원형 관람석 입구'라고 쓰인, 좁고 어두운 계단에서 그녀가 멈춰 섰다.

"당신을 보고 얼마나 놀랐는지 몰라요!" 그녀는 여전히 창백하고 당황한 얼굴로, 간신히 숨을 내쉬며 말했다. "아, 당신을 보고 얼마나 놀랐는지! 하마터면 죽는 줄 알았어요. 대체 왜 오신 거예요? 왜?"

"이해해 줘요, 안나, 이해해 주세요⋯⋯." 그는 나직한 목소리로 서둘러 말했다 "제발, 이해해 줘요⋯⋯."

그녀는 두려움과 애원과 사랑이 뒤섞인 눈길로 그를 바라보았고, 그의 모습을 기억 속에 더 확실히 각인시키려는 듯

뚫어지게 쳐다보았다.

"저는 너무 괴로워요!" 그녀는 그의 답을 듣지 않고 바로 말을 이었다. "저는 언제나 당신만을 생각했고, 당신 생각을 하면서 살았어요. 그러나 잊으려, 잊으려 했는데 도대체 왜, 왜 오셨어요?"

위층 층계참에서 학생 두 명이 담배를 피우며 아래를 내려다보았지만 구로프는 상관하지 않았다. 외려 안나 세르게예브나를 끌어당겨 그녀의 얼굴과 볼, 손에 키스하기 시작했다.

"무슨 짓을 하는 거예요, 무슨 짓을 하는 거예요!" 그를 밀쳐 내면서 그녀가 두려움에 휩싸여 말했다. "우리는 둘 다 미쳤어요. 오늘 당장 떠나세요, 지금 떠나세요…….제발 부탁이에요, 제발…… 사람들이 여기로 와요!"

계단을 따라 밑에서 위로 누군가 올라오고 있었다.

"당신은 떠나야만 해요……." 안나 세르게예브나가 속삭이는 소리로 말을 이었다. "아시겠어요, 드미트리 드미트리치? 제가 당신을 만나러 모스크바로 갈게요. 저는 한 번도 행복했던 적이 없었고, 지금도 불행해요. 앞으로도 절대 행복하지 못할 거예요. 절대로! 더 이상 저를 괴롭히지 마세요! 맹세해요, 제가 모스크바로 갈게요. 그러니 지금은 헤어져요! 나의 다정하고 소중한 사람, 지금은 헤어져요!"

그녀는 그의 손을 잡고 놓은 뒤 재빨리 계단을 내려가면서 계속 그를 뒤돌아보았다. 그녀의 눈을 보니 실제로 그녀는 행복해 보이지 않았다……. 구로프는 잠시 서서 귀를 기울였다가 주변이 조용해지자 자신의 외투를 찾아 들고 극장을 나섰다.

4

안나 세르게예브나는 그를 만나러 모스크바로 오곤 했다. 두세 달에 한 번, S시를 떠나면서 그녀는 부인병에 대해 교수와 상담하러 간다고 남편에게 말했다. 남편은 반신반의했다. 모스크바에 도착하면 '슬라뱐스키 바자르'에 묵었고, 곧장 구로프에게 빨간 모자를 쓴 심부름꾼 소년을 보냈다. 그러면 구로프가 그녀를 만나러 왔다. 모스크바에서 이 일을 아는 사람은 아무도 없었다.

어느 겨울 아침에, 그는 이런 방식으로 그녀에게 가고 있었다.(전날 밤에 심부름꾼 소년이 찾아왔으나 그는 집에 없었다.) 가는 길에 딸아이를 김나지움에 데려다주고 싶어서 딸과 함께 걷고 있었다. 물기를 머금은 함박눈이 펑펑 내렸다.

"지금 영상 3도인데 눈이 내리는구나." 구로프가 딸에게 말했다. "땅의 표면만 따뜻하지 대기 상층의 기온이 전혀 다르단다."

"아빠, 그런데 왜 겨울에는 천둥이 안 쳐요?"

그는 딸에게 그 점에 대해서도 알려 주었다. 그는 딸에게 설명하면서, 지금 밀회를 하러 가지만 이 사실을 아는 사람은 아무도 없고, 아마 앞으로도 아는 이가 없으리라고 생각했다. 그에게는 두 개의 삶이 있었다. 하나는 필요하다면 누구나 볼 수 있고 알 수 있는 공공연한 삶, 조건적 진실과 조건적 거짓으로 가득 찬 삶, 그의 지인들과 친구들의 삶과 완전히 비슷한 삶이고, 다른 하나는 은밀하게 흘러가는 삶이다. 아마도 우연히 기묘하게 뒤얽힌 어떤 사정 때문에 그에게 중요하고 흥미로우며 반드시 필요했던 것, 그가 진실하게 대했고 자신을 속이지 않았던 것, 그의 삶에서 가장 소중했던 것은 모두 다른 사람들 모르게 은밀히 이루어졌다. 반면에 진실을 숨기기 위해 그가 뒤집어쓴 가식과 껍데기 같은 것, 예컨대 은행 근무, 클럽에서의 논쟁, 그의 '저급한 인종'인 아내와 함께 참석하는 기념식 따위는 모두 공공연한 것이었다. 그래서 그는 자신의 기준으로 남들을 판단했고, 보이는 것을 믿지 않았으며, 누구나 밤의 장막 같은 비밀 속에서 가장 흥미로운 진짜 인생을 살고 있다고 생각했다. 각 개인의 삶은 비밀 속에서 유지되고, 아마도 부분적으론 이런 이유 때문에 교양인은 저마다의 비밀이 존중받을 수 있도록 그토록 과민하게 애쓰는지도 모른다.

딸을 학교까지 데려다주고 나서 구로프는 '슬라뱐스키 바자르'로 향했다. 그는 아래층에서 털외투를 벗고, 위층으로 올라가 조용히 방문을 두드렸다. 그가 좋아하는 회색 옷을 입은 안나 세르게예브나는 여행과 기다림에 지쳐서 엊저녁부터 그가 오기를 기다리고 있었다. 낯빛이 창백한 그녀는 그를 보고도 웃지 않았다. 다만 그가 방 안으로 들어서자마자 그의 가슴에 안겼다. 마치 이 년은 만나지 못한 사람들처럼 그들의 키스는 길고 길었다.

"그래, 어떻게 지냈어요?" 그가 물었다. "새로운 소식은 없고요?"

"기다려요, 이제 말할게요……. 말할 수 없어요."

그녀는 우느라 말을 할 수가 없었다. 그녀는 돌아서서 손수건으로 눈을 꼭 눌렀다.

'그래, 울고 싶다면 울어야지. 난 좀 앉아야겠군.' 이렇게 생각하며 그는 안락의자에 앉았다.

잠시 후 그는 벨을 눌러 차를 가져오라고 일렀다. 그가 차를 마시는 동안, 그녀는 창문을 향해 서 있었다. 그녀는 흥분해서 울었고, 또 자신들의 인생이 몹시도 애처롭다는 서글픈 생각이 들어서 울었다. 그들은 마치 도둑처럼 사람들의 눈을 피해 은밀히 만날 수밖에 없다. 정말 그들의 인생이 망가지지 않았다고 할 수 있는가?

"이제, 그만!" 그가 말했다.

그는 자기들의 사랑이 언제 끝날지 모르지만 분명히 빨리 끝날 것 같지 않다고 생각했다. 안나 세르게예브나가 그에게 더욱더 강한 애착을 가지고 그를 열렬히 사랑하는데, 그런 그녀에게 이 모든 것이 언젠가는 끝나리라고 차마 말할 수 없었다. 그녀도 이 말을 믿지 않을 것이다.

그는 그녀에게 다가가서 애무하고 농담하려고 그녀의 어깨를 잡았다. 그 순간 그는 거울에 비친 자기 모습을 보았다.

그의 머리칼은 이미 세기 시작했다. 요 몇 년 사이에 부쩍 늙고 추해진 모습이 이상해 보였다. 그의 두 손이 놓인 그녀의 어깨는 따스했지만 떨리고 있었다. 아직은 무척 따뜻하고 아름답지만 아마도 자신의 삶처럼 이미 퇴색하고 시들기 시작한 이 생명에 그는 연민을 느꼈다. 무엇 때문에 그녀는 그를 이토록 사랑하는 걸까? 그는 언제나 여자들에게 실제와 다른 모습으로 비쳤고, 여자들은 실제의 그를 사랑한 게 아니라 그들이

상상으로 만들어 낸 남자, 평생 간절히 찾아다녔던 남자를 사
랑했다. 그 후 자신들의 실수를 알아차리고도 그들은 계속 그
를 사랑했다. 그리고 그들 중 어느 누구도 그와 함께해서 행복
하지 않았다. 시간이 흐르는 동안, 그 역시 여자들과 사귀고
만나고 헤어졌지만 사랑한 적은 한 번도 없었다. 무엇이든 할
수 있었지만 사랑만은 결코 아니었다.

그런데 머리칼이 세기 시작한 이제야 난생처음으로 진실한
사랑을 하게 되었다.

안나 세르게예브나와 그는 아주 가까운 사람처럼, 피붙이
처럼, 부부처럼, 다정한 친구처럼 서로를 사랑했다. 그들은 운
명이 서로를 맺어 주었다고 생각했고, 왜 그에게 아내가 있고
그녀에게 남편이 있는지 이해할 수 없었다. 마치 붙잡힌 두 마
리의 암수 철새가 강제로 각기 다른 새장에서 살고 있는 것
같았다. 그들은 과거의 부끄러웠던 일들을 서로 용서했고, 현
재의 모든 일도 용서했으며, 이 사랑이 그들 두 사람을 변화시
켰다고 느꼈다.

예전에 그는 슬픈 순간마다 머리에 떠오르는 온갖 판단으
로 자신을 진정시켰지만, 이제는 판단하기를 좋아하지 않았고
깊은 연민을 느꼈으며 진실하고 상냥해지고 싶었다.

"그만 눈물 그쳐요, 내 사랑." 그가 말했다. "그만큼 울었으
면 됐어요…… 이제 얘기 좀 하고, 뭔가 생각해 봅시다."

이윽고 그들은 어떻게 하면 남의 눈을 피하고 속여야만 하
는 상황, 서로 다른 도시에서 살며 오랫동안 만날 수 없는 이
상황으로부터 벗어날 수 있을지 오랫동안 상의하고 이야기했

다. 어떻게 하면 이 견딜 수 없는 굴레에서 놓여날 수 있을까?

"어떻게? 어떻게 하면?" 그는 자신의 머리를 감싸 쥐며 물었다. "어떻게 하면?"

좀 더 세월이 지나고 해결책을 찾으면 그땐 정말로 새롭고 멋진 삶이 시작될 것 같았다. 하지만 끝은 아직 멀고도 멀며, 가장 복잡하고 어려운 일이 이제 막 시작되었다는 사실을 두 사람은 똑똑히 알고 있었다.

(1899)

보통 사람들의 애환과 행불행을
수채화처럼 그려 낸 삶의 예술가

1

안톤 파블로비치 체호프(1860~1904)는 투르게네프, 도스토
옙스키, 톨스토이로 이어지는 이른바 '러시아 장편 소설의 황
금시대'의 사실주의적 문학 전통을 계승, 극복하여 러시아 문
학사에 단편 소설의 새 시대를 열었고, 세계 문학사에서 오
헨리, 모파상과 함께 세계 3대 단편 작가로 꼽힌다. 거대 이
념을 제기하고 생산해 냈던 도스토옙스키나 톨스토이와 달
리 체호프는 보통 사람들의 소소한 일상을 간결한 언어와 문
체로 마치 수채화처럼 담백하게 그려 낸 삶의 예술가다. 얼추
500편에 이르는 그의 단편들에는 돈과 뒷배가 없는 보통 사
람들, '작은 인간들'(사회적 약자들), 순진하고 영악한 아이들,
삶에 치이고 버림받은 여자들이 가득하다. 이들의 웃음과 유
머, 슬픔과 고통, 탄식과 절망, 행복과 불행 등으로 짜인 온갖

문양의 조각보가 체호프의 예술 세계라고 할 수 있다.

체호프는 러시아 구력으로 1860년 1월 17일, 남부 러시아 아조프해의 항구 도시 타간로크에서 식료품 잡화점을 운영하는 파벨 체호프의 5남 2녀 중 셋째 아들로 태어났다. 아버지가 파산하여 가족이 모스크바로 이주했으나 체호프만은 타간로크에 남아 가정 교사를 하면서 학비를 벌어 8년제 중학교 과정인 김나지움을 졸업하고, 1879년에 모스크바 대학교 의학부에 입학했다. 1880년 3월 9일, 첫 단편 소설 「박식한 이웃에게 보내는 편지」를 페테르부르크 주간지 《잠자리》에 발표한 뒤, '안토샤 체혼테', '쓸개 없는 사람', '형제의 형제' 등의 필명으로 학비와 생활비를 벌기 위해 약 육 년 동안 각종 신문과 잡지에 400여 편의 펠리에톤[1]과 유머 단편을 기고했다. 초기 펠리에톤과 유머 단편에는 체호프의 기지와 유머, 가벼운 풍자가 반짝인다.

일찍이 체호프의 문학적 재능을 알아본 선배 작가 그리고로비치와 당시 최대 일간지 《신시대》의 편집자 수보린으로부터 '더 이상 재능을 낭비하지 말라'는 충고를 들은 뒤 체호프는 1886년 2월 15일, 《신시대》에 처음으로 '안톤 체호프'라는 실명으로 「추도 미사」를 발표했다. 이때부터 체호프는 100여 편의 주옥같은 단편들을 세상에 내놓는다. 「반카」, 「사냥꾼」,

---

1) 저널리즘의 한 장르로, 원래 신문 문예란 하단에 각종 소식을 전하는 글이었는데, 차츰 체호프, 도스토옙스키를 비롯한 여러 작가들이 창작 활동을 선보이면서 예술성, 풍자성, 사실성을 중시하는 문학 예술 장르로 발전했다.

「복권」, 「초원」, 「행복」, 「명명일」, 「상자 속 인간」, 「입맞춤」 등이 여기에 속한다. 1890년 4월, 체호프는 자기 삶을 일신하고 삼 개월 동안 유형지의 실태를 조사하기 위해 마차를 타고 시베리아를 횡단하여 사할린섬에 도착한다. 이 여행에 기초하여 인상기 「시베리아 여행」과 사할린에 대한 광범위한 실태 보고서인 「사할린섬」을 집필한다. 1890년대에 발표된 체호프의 일련의 중단편들 ——「유형지에서」, 「이웃들」, 「6호실」, 「다락방이 있는 집」, 「농부들」, 「사랑에 대해여」, 「개를 데리고 다니는 부인」—— 속에선 초기의 유머 단편들과는 달리 다양한 삶과 현실에 대한 체호프의 깊은 이해와 묵직한 시선이 느껴진다. 그후 체호프는 희곡 「갈매기」(1896), 「바냐 아저씨」(1899), 「세 자매」(1901), 「벚꽃 동산」(1903)을 써서 러시아 희곡사에 새로운 장을 열었고, 세계 현대 극예술에도 지대한 영향을 끼쳤다.

1904년 6월, 체호프는 지병인 폐렴이 악화되어 아내 올가 크니페르와 함께 남부 독일의 바덴바일러로 요양을 떠났으나 병세는 호전되지 않아, 마침내 7월 2일 새벽 3시경에 호텔에서 생을 마쳤다. 그의 유해는 모스크바로 운구되어 노보제비치 수도원의 묘지에 안장되었다. 그는 죽어 가면서 아내와 의사에게 평소 좋아했던 샴페인을 부탁했고, 샴페인을 마시면서 "오랜만에 마셔 보는 샴페인…… 맛이 좋네. 나는 죽어요."라는 마지막 말을 남겼다. 평소 "의학은 나의 아내, 문학은 나의 애인"이라고 입버릇처럼 말하면서 의학보다 문학을 지극히 사랑했던, 당대 러시아 작가들 사이에서 최고의 신사로 통했던 안톤 체호프다운 '가벼운' 죽음이라고 아니할 수 없다.

2

잠시 의사로 복무한 세월을 빼고, 약 이십 년 동안 학비와 가족의 생활비를 벌기 위해 500여 편의 중단편을 끊임없이 써낸 체호프는 고달픈 생계형 작가였음에 틀림없다. 그래서 그의 수많은 단편들 중 보석 같은 작품을 선별해 내기란 쉽지 않다. 그의 창작 활동은 다양한 필명으로 신문 문예란에 저널리즘적 펠리에톤과 짧은 유머 단편들을 마구 써낸 초기(1880~1885), 예술적 향기가 가득한 단편들을 발표한 중기(1886~1890), 사할린 여행 이후 삶과 현실에 대한 심오한 관찰과 사색이 반영된 단편과 희곡을 발표한 후기(1891~1904)로 구분된다.

이 책에 소개된 열아홉 편의 단편은 각 창작 시기를 대표하는 것들이지만, 그 선별 과정에는 옮긴이의 문학적 취향이 일정 부분 작용했다. 체호프의 초기 작품들 중에서는 일곱 편의 단편을 뽑았다. 「박식한 이웃에게 보내는 편지」(1880)에는 체호프다운 유머와 가벼운 풍자가 빛난다. 지주 귀족 출신 퇴역 하사는 자기 마을로 이사 온 교수이자 과학자에게 편지를 보내면서 겸손을 가장한 자신의 박식을 은근히 뽐내는데, 그 박식에 드러나는 엉터리 논리와 무지가 실소를 자아낸다. 「물음표와 느낌표로 이어지는 인생」(1882)도 체호프의 유머가 빛나는 펠리에톤이다. 작품을 읽다 보면 동서고금을 막론하고 인생의 각 시기를 몇몇 물음표와 느낌표로 재미있게 정리할 수 있음을 깨닫게 된다. 「그와 그녀」(1883)에서는 화자, 그와 그녀,

주변 사람들의 다양한 관점에서 그와 그녀의 성격과 생활이 객관적으로 묘사된다. 그와 그녀(부부)가 서로 무시하고 아등 바등 싸우면서도 헤어지지 않고 사는 까닭은 각자에게 많은 단점이 있지만 하나의 장점이 있기 때문은 아닐까? 「뚱뚱이와 홀쭉이」(1883)는 8등 문관 홀쭉이의 속물근성을 희화, 풍자하고 있다. 홀쭉이는 오랜만에 만난 죽마고우 뚱뚱이 앞에서 처음엔 은근히 으스대다가 뚱뚱이가 3등 문관이라는 사실을 알고 나서 갑자기 쩔쩔매는데, 홀쭉이뿐만 아니라 그의 아내와 아들도(심지어 그들의 트렁크, 보따리, 마분지 상자까지도) 돌연 태도가 달라져 몸이 쪼그라들고 히죽거리는 모습이 재미있기도 하고 씁쓸하기도 하다. 「굴」(1884)에서는 맛있는 굴 요리와 허기진 아이, 다섯 달 동안 일자리를 찾는 아버지가 묘하게 대비된다. 굶주림으로 환각 상태에 빠진 아이가 굴뿐만 아니라 식당의 식탁보, 접시, 하얀 벽보, 아버지의 덧신을 씹어 먹는 모습은 가여우면서도 충격적이다. 「살아 있는 연대기」(1885)에서는 먼 과거가 되어 버린 도시의 중요한 문화 행사를 아이들의 나이와 연결시켜 회상하는 어른들의 모습이 왠지 정겹고 따스하게 느껴진다. 「인생은 아름다워」(1885)에서 체호프는 자살을 기도하려는 사람에게 몇몇 재미있는 실례를 들면서 "현재에 만족할 줄 알고, 상황이 더 나쁠 수도 있었음을 자각하고 기뻐하라!"라고 가볍게 충고한다.

체호프의 중기 작품들 중에서는 여섯 편을 선별했다. 다섯 아이가 램프 불빛 아래서 돈내기 카드놀이에 열중하는 모습을 그린 「아이들」(1886)에서 체호프는 놀이와 돈에 대한 다양한 반응과 태도를 통해 아이들의 심리와 성격을 묘사한다. 이 작품을 읽으면서 어린 시절에 친구들과 10원짜리 동전을 걸고 밤새 '섯다' 하던 추억이 떠올라서 나도 모르게 웃고 말았다. 사람들 사이의 소통 부재와 '작은 인간'의 슬픔을 그린 「애수」(1886)는 톨스토이가 체호프의 걸작 중 하나로 꼽은 작품이다. 마부는 얼마 전에 아들이 죽은 일을 승객들에게 말하지만 아무도 그의 슬픔에 반응하거나 공감하지 않는다. 결국 마부는 자신의 슬픔을 말에게 이야기하는데, 참으로 가슴이 먹먹해지는 장면이다. 「추도 미사」(1886)는 지금까지 사용했던 여러 필명 대신 처음으로 안톤 체호프라는 실명으로 발표한 의미 있는 작품이다. 도시로 나가 배우가 된 딸을 '탕녀'라고 생각하면서 부끄러워했던 아버지가 죽은 딸의 추도 미사를 올리면서 귀향한 딸과의 짧은 만남과 행복했던 순간을 추억한다. 딸과 화해하고 지난날을 용서하는 따스한 아버지의 모습과, 기존 관습과 전통에서 벗어나지 못하는 고루한 아버지의 모습이 현저히 대비된다. 톨스토이가 「애수」와 함께 체호프의 걸작 중 하나로 꼽은 「반카」는 도시에서 구두장이의 수습공이 되어 주인과 고참들에게 매를 맞으며 고되게 일하는 아홉 살 소년 반카의 모습을 생생하게 그린다. 반카의 편지에는 고향과 할아버지를 그리워하는 소년의 마음이 눈물이 날 정도로 절절하게 담겨 있다. 「복권」(1887)에서 부부는 복권 당첨을 상상하면서 영지 구입, 해외여행, 휴가 등 각자의 꿈과 셈법에 따라 서로 다른 달콤한 공상에 빠진다. 떡 줄 사람은 생각도 않는데 김칫국부터 마시는 사람의 심리가 유머러스하게 그려지고 있다. 별이 빛나는 초원의 밤에 늙은 목부, 젊은 목부, 순찰원은 어딘가에 묻혀 있는 신비한 보물과 행복에 대해 이야기한다. 초원의 묘사와 그들의 대화로 엮인 「행복」(1887)은 '언어로 그린 한 폭의 풍경화'처럼 아름답다. 책장을 넘기면서 우리는 '나의 진짜 보물과 행복은 어디에 있을까?'라는 생각을 하게 된다.

체호프의 후기 작품 중에서는 여섯 편을 뽑았다. 인간 영혼에 대한 이야기라고 할 수 있는 「유형지에서」(1892)는 체호프가 시베리아 여행 중에 만난 다양한 유형수들의 삶을 그리고 있다. 늙은 유형수와 젊은 타타르인 유형수, 지주 귀족 출신의 유형수는 각자 동토에서 생존할 수 있는 나름의 방법을 가지고 있다. 스스로 행복한 사람이고 자기 운명의 주인이라고 생각하는 늙은 유형수는 아내를 그리워하는 타타르인에게 "아버지도 아내도 자유도 농가도 말뚝도 필요 없어! 아무것도 필요 없다고, 제기랄!"이라고 말한다. 늙은 유형수의 말에는 무소유와 무정부주의와 비폭력주의를 지향하는 톨스토이 사상이 반영되어 있는데, 체호프는 한때 톨스토이 사상에 푹 빠진 적이 있었다. 「이웃들」(1892)은 휴머니즘과 자유연애, 여성의 권리와 개인의 자유를 옹호하는 인텔리겐치아들이 실제 상황에 직면했을 때 얼마나 무기력하고 무능하고 무책임한 사람들인지 여실히 보여 준다. 이바신의 여동생 지나와 동거하는 블라시치는 거의 모든 '이웃들'과 육체적 관계를 맺을 만큼 비도덕적이고 이기적인 자기 아내를 깨끗이 정리하지 못하고 질질 끌려다니는데, 블라시치의 모습에는 우유부단한 돈키호

테의 그림자가 어른거린다. 「다락방이 있는 집」(1896)은 두 개의 슈제트 —— 화가와 미슈시의 슬픈 사랑 이야기, 화가와 리다의 뜨거운 논쟁 —— 로 구성되어 있다. 아름다운 자연 묘사, 화가와 미슈시의 밤의 대화는 서정적이고 시적이다. 사회 활동에 무관심하고 순수 예술과 개인의 자유를 옹호하는 화가와 미슈시의 언니이자 열렬한 사회 활동가 리다가 벌이는 농민의 삶과 노동, 가난 등에 대한 논쟁은 또 다른 흥미를 불러일으킨다. 「상자 속 인간」(1898)의 벨리코프는 날씨가 좋을 때도 덧신을 신고 우산을 쓰고 검은 안경을 쓰고 다닌다. 시계는 시계 주머니에, 우산은 우산집에, 주머니칼은 칼집에 넣어야만 한다. 그가 가르치는 그리스어도 현실과 사람들한테서 자신을 숨기는 '상자'다. 그는 상자 속에 있을 때만 평온함을 느낀다. 주변 사람들은 자신의 원칙을 강요하는 벨리코프를 불편해하고, 심지어 그의 언행에서 공포를 느낀다. 활달한 말괄량이 처녀 바렌카와의 만남과 사귐은 잠시 그를 상자 밖으로 나오게 하지만 그는 결국 상자 밖의 세계를 견디지 못하고 죽음에 이른다. 마침내 그는 상자 같은 관 속에 누워서 다시 평온함을 느낀다. 상자 속 인간인 벨리코프의 형상은 세기말 러시아를 반영하는 강력한 전형이자 또 다른 '잉여 인간'이라고 할 수 있다.

체호프와 리디야 아빌로바 부인의 만남과 사랑 그리고 이별을 반영한 「사랑에 대하여」(1898)와 「개를 데리고 다니는 부인」(1899)은 이성과 상식으로는 도무지 이해할 수 없는 '사랑의 신비'를 다루고 있다. 「사랑에 대하여」에서 시골 지주 알료힌과 순회 재판소 의장의 아내 안나는 서로 호감을 갖고 만나다가 사랑에 빠지지만 알료힌은 안나의 남편과 자식들에 대한 죄의식과 미래의 불확실성 때문에, 안나는 가족에 대한 의무와 죄의식 때문에 서로 사랑을 고백하지 못한다. 의무와 사랑 사이에서 갈등하다 우울증에 걸린 안나는 요양을 떠나고, 마침내 헤어지는 순간에야 알료힌은 안나가 탄 기차에 뛰어올라 그녀의 어깨와 손에 키스를 퍼붓고 사랑을 고백하면서 지금까지 그들의 사랑을 방해한 것들이 얼마나 하찮고 위선적이었는지를 깨닫는다. 지난 사랑을 추억하면서 알료힌은 "사랑을 할 때 그 사랑을 논하려면 일반적인 의미의 죄나 선, 행복이나 불행보다 더 중요하고 높은 곳에서 출발해야만 하고, 그러지 않으면 절대 사랑을 논해서는 안 된다."라고 지인들에게 말한다. 「사랑에 대하여」의 후속편이라고 할 수 있는 「개를 데리고 다니는 부인」은 유부남과 유부녀의 일탈과 불륜을 더 본격적으로 다루고 있다. 마흔을 바라보는 은행원 구로프와 개를 데리고 다니던 스무 살 남짓의 안나는 휴양지 얄타에서 우연히 만나 서로 호감을 가지고 대화를 나누다가 그녀의 호텔 방에서 사랑을 나눈다. 휴가를 마치고 두 사람은 각각 모스크바와 S시로 떠난다. 휴양지에서 흔히 생기는 일과성 해프닝으로 생각했던 구로프는 이상스레 그녀를 자꾸 떠올리며 그리워하다가 S시로 찾아가 안나를 만나고(그녀 역시 구로프를 잊지 못하고 있었다.), 그 후 그들은 두세 달에 한 번씩 모스크바의 슬라뱐스키 바자르에서 밀회를 즐긴다. 그러면서 "아주 가까운 사람처럼, 피붙이처럼, 부부처럼, 다정한 친구처럼 서로를 사랑"하게 되고, "이 사랑이 그들 두 사람을 변화시켰다고 느낀다." 그들의 사랑이 어떻게 끝날지는 작가-화자도 독자도 아무도 모른다. 그러나 두 사람은 "끝은 아직 멀고도 멀며, 가장 복잡하고 어려운 일이 이제 막 시작되었다는 사실"을 알고 있다. 체호프는 톨스토이처럼 안나들의 일탈과 부정(不貞)을 도덕과 윤리의 잣대로 재단하지 않고, 도스토옙스키처럼 그들을 파멸로 몰아가지도 않는다. 체호프는 이런 사랑, 이런 인생도 있다고 그냥 보여 줄 뿐이다. 우리도 안나들의 일탈을 단순한 육체적 욕망의 분출이 아니라 부부간 소통의 부재와 정신적 결핍 때문이라는 관점에서 공감하고 연민할 수 있지 않을까?

3

해럴드 블룸이 말했듯이 "체호프는 단순할지 몰라도 언제나 심오하게 미묘하다." 그래서 그럴까? 러시아 작가들 가운데 체호프는 가장 쉽고도 어려운 작가로 일컬어진다. 그렇다. 체호프는 톨스토이나 도스토옙스키처럼 자신의 생각을 독자들에게 결코 강요하는 법이 없고, 복잡다단한 인간 심리를 분석하거나 해명하려 들지 않는다. 그저 평범한 사람들의 소소한 일상, 자꾸 뭔가에 걸려 넘어지는 작은 인간들의 눈물과 웃음으로 얼룩진 일상을 보여 주고 들려줄 뿐이다. 실제로 가을의 작가, 황혼의 작가로 불리는 체호프의 단편에 등장하는 수많은 등장인물들의 유머와 웃음 속에는 언제나 짙은 우수의 강이 흐른다. 지극히 개인적인 고백이지만, 평생 러시아 문학을 공부하면서 한때는 인간 영혼의 밑바닥을 잔혹하게 파헤치는 도스토옙스키, 삶의 의미와 진실을 끊임없이 탐구하는 톨스토이, 시대와 지식인의 문제를 고민하는 투르게네프에게 푹 빠진 적이 있는데, 요즘은 체호프를 즐겨 읽는다. 다종다양한 인간의 삶을 바라보는 그의 따스한 시선과 작은 목소리가 좋기 때문이다. "체호프 앞에서는 누구나 무의식적으로 더 단순하고, 더 진실하고, 자신에게 더 충실해지고 싶어진다."(막심 고리키)라고 하는데, 독자들도 그의 단편을 읽으면서 자신과 타인의 삶을 때론 이해하고 때론 용서하면서 참된 기쁨을 맛보고 위로를 받았으면 좋겠다.

이 책에 연대순으로 수록된 열아홉 편의 단편을 읽다 보면 독자들은 체호프 창작 시학의 변화를 자연스럽게 감지할 수 있을 것이다. 「그와 그녀」, 「굴」, 「아이들」, 「추도 미사」, 「복권」, 「행복」, 「유형지에서」, 「이웃들」은 우리말로 좀처럼 소개되지 않았던 작품들이고, 체호프의 각 창작 시기를 대표하는 나머지 단편들도 옮긴이의 언어와 문체로 새롭게 번역한 것이다. 번역 원전으로는 나우카 출판사에서 간행한 30권짜리 『체호프 전집』(모스크바, 1985~1987)을 사용했다.

2024년 겨울
이항재

작가 연보

1860년 러시아 구력으로 1월 17일, 남부 러시아, 아조프해(海)
에 접한 항구 도시 타간로크에서 식료품 잡화점을 경
영하는 파벨 체호프의 5남 2녀 중 셋째 아들로 태어
났다.

1867년 그리스계 교회의 부속 학교에 입학했다.

1869년 타간로크의 김나지움에 입학했다.

1872년 수학과 지리 성적의 부진으로 낙제했다.

1873년 가을, 처음으로 극장에 가서 오펜바흐의 오페레타 「아
름다운 엘레나」를 관람했다. 이때부터 이따금 극장에
출입했다.

1875년 맏형 알렉산드르와 둘째 형 니콜라이가 진학을 위해
모스크바로 떠났다. 알렉산드르는 모스크바 대학교 물

리 수학과에, 니콜라이는 미술 학교에 진학했다.

1876년 4월, 아버지가 파산하여 일가족이 모스크바의 빈민가
로 이주했다. 체호프는 가정교사로 고학하면서 중학교
를 졸업할 때까지 고향에 남았다.

1879년 6월, 김나지움을 졸업하고 대학 입학 자격을 취득했다.
시 자치회의 장학금을 받아 9월에 모스크바 대학 의학
부에 입학했다. 이해 말부터 유머 잡지에 투고하기 시
작했다.

1880년 최초의 단편 「박식한 이웃에게 보내는 편지」가 페테르
부르크의 주간지 《잠자리》에 게재되었다. 이후 칠 년
간, 안토샤 체혼테, 루베르 등의 필명으로 주간지나 신
문에 유머 소품을 기고했다. 연말에 《잠자리》의 편집자
로부터 혹평을 받고 반년가량 집필을 중단했다.

1881년 4막의 희곡 「플라토노프」를 써서 여배우 예르몰로바에
게 상연 가능성을 타진했으나 거절당했다.

1882년 10월, 유머 주간지 《오스콜키(단편들)》의 발행자 레이
킨과 알게 되었다. 이후 오 년에 걸쳐서 약 300여 편의
소품을 이 잡지에 기고했다.

1883년 다윈의 진화론에 기초한 논문 「성(性)적 권위의 역사」
를 구상했다. 「기쁨」, 「관리의 죽음」, 「일그러진 거울」
등을 발표했다.

1884년 6월, 모스크바 대학 의학부를 졸업했다. 여름에 보스크
레센스크의 군 자치회 병원에 근무했다. 9월에 의사로
개업했다. 12월, 처음으로 객혈을 했다. 첫 유머 단편집

『멜리포메나 이야기』를 자비로 출판했다. 단편 「카멜레온」, 「앨범」, 「감」 등을 발표하고 장편 「사냥터의 비극」을 신문에 연재했다.

1885년   레이킨의 소개로 《페테르부르크 신문》에 기고하기 시작했다. 5월, 키셀료프가의 영지인 바브키노에서 지내는 동안 인상파 화가 레비탄을 만났다. 12월, 레이킨과 함께 페테르부르크로 가서 문단의 원로인 그리고로비치와 보수파 신문 《신시대》의 사장 수보린을 방문하여 대환영을 받았다. 「하사관 프리시체프」, 「비애」, 「무도회의 음악사」, 「거울」, 「손님」, 「너무 짜다」 등을 발표했다.

1886년   《신시대》에 단편 「추도 미사」를 처음으로 본명으로 발표했다. 3월, 그리고로비치로부터 찬사와 격려의 편지를 받았다. 4월, 두 번째 객혈을 했다. 이 무렵 톨스토이주의에 관심을 보이기 시작했다. 이해부터 1890년까지 (지금 체호프 기념관이 세워져 있는) 사도바야 크돌린스카야 거리에 거주했다. 「발견」, 「애수」, 「아뉴타」, 「아가피야」, 「수렁」, 「반카」 등이 수록된 단편집 『잡화집』을 출판했다.

1887년   4월, 고향인 러시아 남부로 여행을 떠났다. 단편집 『황혼』을 출판했다. 9월, 4막 희곡 「이바노프」를 집필하여 11월, 코르시 극장에서 상연했다. 「적」, 「베로치카」, 「입맞춤」, 「카슈탄카」 등을 발표했다.

1888년   1월, 월간지 《북방 통보》에 「광야」를 발표했다. 3월, 소설가 가르신이 자살하자 큰 충격을 받았다. 중편 「등

불」을 집필했다. 10월에 러시아 학술원으로부터 푸시
킨 상을 수상했다. 12월, 차이콥스키와 교우했다. 「자고
싶어라」, 「미녀」, 「명명일 파티」, 「발작」과 단막극 「곰」,
「청혼」 등을 발표했다.

1889년   1월, 페테르부르크에서 유부녀인 여성 작가 리디야 아
빌로바와 교우했다. 희곡 「이바노프」를 개작하여 알렉
산드린스키 극장에서 상연했다. 6월, 화가인 둘째 형 니
콜라이가 폐결핵으로 사망했다. 7~8월, 중편 「지루한
이야기」를 집필했다. 12월, 그동안 틈틈이 써 왔던 4막
희곡 「숲의 정령」(「바냐 아저씨」의 원형)이 아브라모바
극장에서 상연되었지만 혹평을 받았다. 단편 「공작 부
인」, 「내기」와 단막극 「결혼식」 등을 집필했다.

1890년   3월, 단편집 『우울한 사람들』을 출판했다. 4월, 마차로
시베리아를 횡단하여 사할린으로 여행을 떠났다. 7월,
사할린섬에 도착하여 이후 삼 개월간 유형지의 실태를
조사했다. 10월, 사할린을 출발하여 해로로 동중국해,
인도양, 수에즈 운하를 경유하여 12월 초순, 모스크바
로 귀환했다. 단편 「도적들」, 「구세프」와 인상기 「시베리
아 여행」을 발표했다.

1891년   3~4월, 수보린과 함께 남부 유럽을 여행했다. 중편 「결
투」를 발표했다. 사할린에서의 조사 활동에 대한 보고
서인 「사할린섬」을 집필했다. 가을에는 대기근으로 생
겨난 난민 구제 사업에 힘을 쏟았다. 「아낙네들」, 「결
투」와 단막극 「창립 기념일」 등을 발표했다.

1892년　1월, 아빌로바와 재회했다. 니제고로드, 보로네즈의 기근 구제 활동에 참여했다. 3월, 멜리호보에 땅을 구입하여 일가족을 데려왔으며 여름에 콜레라가 유행하자 의사로서 방역 사업에 참가했다.

　　　　11월, 「6호실」을 《러시아 사상》에 발표하여 큰 반향을 불러일으켰다. 「아내」, 「음탕한 여인」, 「이웃들」 등을 발표했다.

1894년　3월, 얄타에 체류하는 동안 심장 이상을 경험했다. 9~10월, 밀라노, 니스 등 남부 유럽을 여행했다. 「검은 옷의 수도사」, 「여인 왕국」, 「로스차일드의 바이올린」, 「대학생」, 「문학 교사」 등을 발표했다.

1895년　2월, 아빌로바를 방문했다. 8월, 처음으로 톨스토이를 방문했다. 11월, 희곡 「갈매기」를 집필했다. 「삼 년」, 「아리아드네」, 「살인」, 「목 위의 안나」 등을 발표했다.

1896년　4월, 「우리의 인생」을 집필했다. 8월, 멜리호보 근교의 탈레슈 마을에 초등학교를 지어 기증했다. 8~9월, 캅카스와 크림반도를 여행했다. 10월, 알렉산드린스키 극장에서 「갈매기」가 초연되었지만 대실패로 끝났다. 「다락방이 있는 집」을 발표했다.

1897년　멜리호보 근교의 노보세르키 마을에 초등학교를 지어 기증했다. 3월, 모스크바에서 수보린과 만나 식사를 하던 중 심한 객혈을 하여 입원했다. 4월, 《러시아 사상》에 「농부들」을 발표했다. 9월, 요양을 위해 니스로 출발하여 1898년 3월까지 체류했다. 단편 「고향에서」, 「짐

마차」 등을 발표했다.

1898년 1월, 작품의 권한을 출판업자 마르크스에게 매각했다.
3~4월, 얄타에서 고리키와 교우하는 한편, 쿠프린, 부
닌 같은 작가와도 교류했다. 4월, 모스크바 예술 극장
의 여배우 올가 크니페르를 방문하여 급속히 가까워
졌다. 5월, 아빌로바와 이별했다. 8월, 얄타의 새집으로
이사했다. 10월, 모스크바 예술 극장에서 「바냐 아저
씨」를 초연했다. 「진료 중에」, 「귀여운 여인」, 「개를 데
리고 다니는 부인」 등을 발표했다.

1900년 1월, 톨스토이, 코롤렌코와 함께 학술원 명예 회원으로
선출되었다. 4월, 얄타에서 요양 중인 그에게 모스크바
예술 극장 단원들이 위문차 찾아와 「바냐 아저씨」를
상연했다. 8월부터 본격적으로 「세 자매」를 집필했다.
이 무렵 올가 크니페르에게 자주 편지를 보냈다. 단편
「골짜기」를 발표했다.

1901년 1월, 모스크바 예술 극장에서 「세 자매」를 초연했다. 올
가 크니페르와 결혼했다. 8월, 유서를 작성했다. 가을에
고리키, 톨스토이, 발몬트 등과 교류했다. 12월, 객혈했다.

1902년 4월, 페테르부르크에서 아내 크니페르가 발병하자, 이를
간호하다가 과로로 객혈했다. 6월, 희곡 「벚꽃 동산」을
구상했다. 8월, 고리키의 학술원 명예 회원 자격 박탈에
대한 항의로 자신도 명예 회원직을 사퇴했다. 10월, 최
후의 단편 소설 「약혼녀」를 집필했다.

1903년 1월, 발병했다. 여름부터 「벚꽃 동산」의 집필에 착수하

여 10월에 탈고했다. 12월, 「벚꽃 동산」의 상연을 위해 모스크바로 향했다.

1904년 1월, 모스크바 예술 극장에서 「벚꽃 동산」을 초연했다. 2월, 얄타로 돌아오지만 폐 늑막염의 악화로 6월, 요양을 위해서 아내 크니페르와 함께 남부 독일의 바덴바일러로 떠났다. 병세는 호전되지 않고 7월 2일 오전 3시에 장결핵으로 생을 마쳤다. 마지막으로 남긴 말은 "이히 슈테르베.(Ich sterbe.)", 즉 '나는 죽는다.'라는 의미의 독일어였고 유해는 모스크바 노보제비치 수도원의 묘지에 안장되었다.

세계문학전집 **461**

사랑에 대하여

1판 1쇄 펴냄 2025년 1월 17일
1판 2쇄 펴냄 2025년 2월 12일

지은이 안톤 체호프
옮긴이 이항재
발행인 박근섭, 박상준
펴낸곳 (주)민음사

출판등록 1966. 5. 19. (제 16-490호)
서울특별시 강남구 도산대로1길 62(신사동) 강남출판문화센터 5층 (우편번호 06027)
대표전화 02-515-2000 팩시밀리 02-515-2007
www.minumsa.com

© 이항재, 2025. Printed in Seoul, Korea

ISBN 978-89-374-6461-4 04800
ISBN 978-89-374-6000-5 (세트)

* 잘못 만들어진 책은 구입처에서 교환해 드립니다.